Ovid | Ars amatoria

P. Ovidius Naso
Ars amatoria
Liebeskunst

Lateinisch / Deutsch

Übersetzt und herausgegeben
von Michael von Albrecht

Reclam

RECLAMS UNIVERSAL-BIBLIOTHEK Nr. 357
1992, 2016 Reclam jun. GmbH & Co. KG,
Siemensstraße 32, 71254 Ditzingen
Gestaltung: Cornelia Feyll, Friedrich Forssman
Druck und Bindung: Esser printSolutions GmbH,
Untere Sonnenstraße 5, 84030 Ergolding
Printed in Germany 2024
RECLAM, UNIVERSAL-BIBLIOTHEK und
RECLAMS UNIVERSAL-BIBLIOTHEK sind eingetragene Marken der Philipp Reclam jun. GmbH & Co. KG, Stuttgart
ISBN 978-3-15-000357-2

www.reclam.de

P. Ovidi Nasonis
Artis amatoriae libri tres

Liebeskunst in drei Büchern
von P. Ovidius Naso

Liber primus

Si quis in hoc artem populo non novit amandi,
hoc legat et lecto carmine doctus amet.
arte citae veloque rates remoque reguntur,
arte leves currus: arte regendus Amor.
curribus Automedon lentisque erat aptus habenis,
Tiphys in Haemonia puppe magister erat:
me Venus artificem tenero praefecit Amori;
Tiphys et Automedon dicar Amoris ego.
ille quidem ferus est et qui mihi saepe repugnet;
sed puer est, aetas mollis et apta regi.
Phillyrides puerum cithara perfecit Achillem
atque animos placida contudit arte feros.
qui totiens socios, totiens exterruit hostes,
creditur annosum pertimuisse senem;
quas Hector sensurus erat, poscente magistro
verberibus iussas praebuit ille manus.
Aeacidae Chiron, ego sum praeceptor Amoris;
saevus uterque puer, natus uterque dea.
sed tamen et tauri cervix oneratur aratro,
frenaque magnanimi dente teruntur equi:
et mihi cedet Amor, quamvis mea vulneret arcu
pectora, iactatas excutiatque faces;
quo me fixit Amor, quo me violentius ussit,
hoc melior facti vulneris ultor ero.
non ego, Phoebe, datas a te mihi mentiar artes,
nec nos aëriae voce monemur avis,
nec mihi sunt visae Clio Cliusque sorores
servanti pecudes vallibus, Ascra, tuis;

Erstes Buch

Einleitung

Kennt einer in diesem Volk die Liebeskunst nicht, so lese er dieses Gedicht und sei danach ein Meister in der Liebe! Kunst steuert Schiffe, die mit Segel und Ruder angetrieben werden, Kunst lenkt leichte Wagen, Kunst muss auch Amor lenken. Automedon ging geschickt mit Wagen und geschmeidigen Zügeln um, Tiphys war auf dem Argonautenschiff Steuermann. Mich hat Venus zum Lehrmeister für den zarten Amor bestellt. So mag ich denn Amors Tiphys und Automedon heißen. Er ist zwar wild, so dass er sich oft gegen mich sträubt, aber er steht noch im Knabenalter, das bildsam ist und sich lenken lässt. Der Sohn der Phillyra bildete Achill als Kind im Zitherspiel aus und dämpfte seinen wilden Sinn durch die sanfte Kunst. Er, der so oft die Bundesgenossen, so oft die Feinde erschreckt hat, soll den Greis, so alt er auch war, sehr gefürchtet haben; die Hände, die Hektor zu spüren bekommen sollte, streckte er hin, um Hiebe zu empfangen, wenn der Lehrer es verlangte. Chiron ist der Lehrer für Achill, ich bin es für Amor. Beide Knaben sind wild, beide von Göttinnen geboren. Doch auch des Pflugstiers Nacken bequemt sich unter das schwere Joch, und das stolze Pferd scheuert mit dem Zahn das Gebiß. So wird mir Amor nachgeben, mag er mir mit seinem Bogen die Brust auch noch so tief verwunden, mag er auch seine Fackeln schütteln und schwingen! Je schwerer mich Amor getroffen, je heftiger er mich gebrannt hat, desto besser tauge ich zum Rächer für die mir zugefügte Wunde. Ich will nicht lügen, o Phoebus, du hättest mir deine Künste verliehen; mich mahnt auch keine Vogelstimme aus der Luft, und Clio und ihre Schwestern sind mir nicht erschienen, während ich in deinen Tälern, Ascra, Schafe hütete. Erfahrung ist die Triebfeder die-

usus opus movet hoc: vati parete perito;
vera canam. coeptis, mater Amoris, ades.
este procul, vittae tenues, insigne pudoris,
quaeque tegis medios instita longa pedes:
nos Venerem tutam concessaque furta canemus
inque meo nullum carmine crimen erit.
principio, quod amare velis, reperire labora,
qui nova nunc primum miles in arma venis;
proximus huic labor est placitam exorare puellam;
tertius, ut longo tempore duret amor.
hic modus; haec nostro signabitur area curru;
haec erit admissa meta premenda rota.

Dum licet et loris passim potes ire solutis,
elige cui dicas »tu mihi sola places.«
haec tibi non tenues veniet delapsa per auras;
quaerenda est oculis apta puella tuis.
scit bene venator, cervis ubi retia tendat;
scit bene, qua frendens valle moretur aper;
aucupibus noti frutices; qui sustinet hamos,
novit quae multo pisce natentur aquae:
tu quoque, materiam longo qui quaeris amori,
ante frequens quo sit disce puella loco.
non ego quaerentem vento dare vela iubebo,
nec tibi ut invenias longa terenda via est.
Andromedan Perseus nigris portarit ab Indis,
raptaque sit Phrygio Graia puella viro;

ses Werkes! Gehorcht dem kundigen Seher! [30] Wahres werde ich singen. Mutter Amors, steh mir in meinem Unternehmen bei! Bleibt fern, feine Kopfbinden, Kennzeichen der Sittsamkeit, und du, langer Besatz, der die Füße halb bedeckt! Wir werden sicheren Liebesgenuss und erlaubte Heimlichkeiten besingen, und in meinem Gedicht wird kein Verbrechen gelehrt.

[35] Erstens bemühe dich, einen Gegenstand für deine Liebe zu finden, der du jetzt als Rekrut in der Liebe zum ersten Mal deinen Dienst antrittst. Die nächste Aufgabe ist, das Mädchen deiner Wahl durch Bitten zu erweichen; die dritte, der Liebe lange Dauer zu verleihen. So weit unser Plan. Auf diesem Feld wird unser Wagen seine Spur ziehen, [40] an dieser Wendemarke unser eilendes Rad scharf vorbeistreifen.

Wo sind Mädchen zu finden?

Solange es dir freisteht und du am lockeren Zügel überall umherschweifen kannst, erwähle die, zu der du sagen willst: »Du allein gefällst mir.« Sie wird zu dir nicht vom blauen Himmel herabfallen, du musst schon mit eigenen Augen nach einem geeigneten Mädchen Ausschau halten. [45] Der Jäger weiß wohl, wo er für die Hirsche die Netze spannen soll, er weiß wohl, in welchem Tal der zähneknirschende Eber sich aufhält; den Vogelstellern sind die Büsche bekannt; der Mann, der die Angelrute hält, weiß, in welchen Gewässern viele Fische schwimmen; du auch, der du einen Gegenstand für eine dauerhafte Liebe suchst, [50] lerne zuvor, wo Mädchen in großer Zahl zu finden sind! Ich will dir nicht befehlen, auf deiner Suche die Segel dem Wind anzuvertrauen; um fündig zu werden, brauchst du nicht mühsam einen weiten Weg zurückzulegen. Lass doch Perseus seine Andromeda von den schwarzen Indern holen und den Phryger die Griechin rauben! [55] Dir wird

tot tibi tamque dabit formosas Roma puellas,
»haec habet« ut dicas »quicquid in orbe fuit.«
Gargara quot segetes, quot habet Methymna racemos,
aequore quot pisces, fronde teguntur aves,
quot caelum stellas, tot habet tua Roma puellas:
mater in Aeneae constitit urbe sui.
seu caperis primis et adhuc crescentibus annis,
ante oculos veniet vera puella tuos;
sive cupis iuvenem, iuvenes tibi mille placebunt:
cogeris voti nescius esse tui.
seu te forte iuvat sera et sapientior aetas,
hoc quoque, crede mihi, plenius agmen erit.

Tu modo Pompeia lentus spatiare sub umbra,
cum sol Herculei terga leonis adit,
aut ubi muneribus nati sua munera mater
addidit, externo marmore dives opus;
nec tibi vitetur quae priscis sparsa tabellis
porticus auctoris Livia nomen habet,
quaque parare necem miseris patruelibus ausae
Belides et stricto stat ferus ense pater;
nec te praetereat Veneri ploratus Adonis
cultaque Iudaeo septima sacra Syro,
nec fuge linigerae Memphitica templa iuvencae
(multas illa facit, quod fuit ipsa Iovi);
et fora conveniunt (quis credere possit?) amori,
flammaque in arguto saepe reperta foro.
subdita qua Veneris facto de marmore templo
Appias expressis aëra pulsat aquis,

Rom so viele und so schöne Mädchen geben, dass du sagst: »Diese Stadt hat alles, was es je auf der Welt gegeben hat.« Wie viel Saatfelder Gargara hat, wie viel Reben Methymna, wie viel Fische das Meer, wie viel Vögel das Laub birgt, wie viel Sterne der Himmel, so viele Mädchen hat dein Rom! [60] In der Stadt ihres Aeneas hat seine Mutter ihr Standquartier aufgeschlagen. Lockt dich die früheste, noch heranwachsende Jugend, werden dir wirkliche Mädchen unter die Augen kommen; begehrst du eine junge Frau, werden dir tausend gefallen. Du wirst die Qual der Wahl haben! [65] Und wenn dich vielleicht das reife und weisere Alter erfreut, so wird auch diese Schar, glaube mir nur, mehr als zahlreich sein!

Verschiedene Treffpunkte in Rom

Schlendre du nur lässig im Schatten der Säulenhalle des Pompeius dahin, wenn die Sonne in das Zeichen des herculischen Löwen getreten ist, [69] oder dort, wo zu der Stiftung des Sohnes die Mutter die ihre hinzugefügt hat, ein Bauwerk, reich an ausländischem Marmor. Vermeide auch nicht die Säulenhalle, die, mit alten Gemälden geschmückt, nach ihrer Gründerin die livianische heißt, und auch diejenige nicht, in der die Beliden sich befinden, die es wagten, ihren unseligen Vettern den Tod zu bringen (ihr grausamer Vater steht mit gezücktem Schwerte da). [75] Lass dir auch nicht das Fest des Adonis entgehen, um den Venus weint, und den geheiligten siebten Tag, den der syrische Jude feiert! Meide auch nicht den memphitischen Tempel der Göttin in Kuhgestalt mit ihren linnenen Gewändern! Sie macht aus vielen Mädchen das, was sie selbst für Iuppiter war. Auch die Marktplätze sind – wer könnte es glauben? – für die Liebe geeignet, [80] und auf dem wortreichen Forum hat so mancher seine Flamme gefunden. Wo beim marmornen Tempel der Venus die appische Nymphe Springbrunnen in die Luft

illo saepe loco capitur consultus Amori,
quique aliis cavit, non cavet ipse sibi;
illo saepe loco desunt sua verba diserto,
resque novae veniunt, causaque agenda sua est.
hunc Venus e templis, quae sunt confinia, ridet;
qui modo patronus, nunc cupit esse cliens.

Sed tu praecipue curvis venare theatris;
haec loca sunt voto fertiliora tuo.
illic invenies quod ames, quod ludere possis,
quodque semel tangas, quodque tenere velis.
ut redit itque frequens longum formica per agmen,
granifero solitum cum vehit ore cibum,
aut ut apes saltusque suos et olentia nactae
pascua per flores et thyma summa volant,
sic ruit ad celebres cultissima femina ludos;
copia iudicium saepe morata meum est.
spectatum veniunt, veniunt spectentur ut ipsae;
ille locus casti damna pudoris habet.
primus sollicitos fecisti, Romule, ludos,
cum iuvit viduos rapta Sabina viros.
tunc neque marmoreo pendebant vela theatro,
nec fuerant liquido pulpita rubra croco;
illic quas tulerant nemorosa Palatia frondes
simpliciter positae scena sine arte fuit;
in gradibus sedit populus de caespite factis,
qualibet hirsutas fronde tegente comas.
respiciunt oculisque notant sibi quisque puellam
quam velit, et tacito pectore multa movent;

schießen lässt, dort wird oft der Rechtsgelehrte von Amor ergriffen, und wer für andere Vorsichtsmaßregeln traf, trifft für sich selbst keine. [85] Dort fehlen oft dem Beredten die passenden Worte, und ein neuer Fall kommt auf ihn zu: Er muss seine eigene Sache vertreten. Über ihn lächelt Venus vom benachbarten Tempel. Wer eben noch Anwalt war, begehrt jetzt, Klient zu sein.

Das Theater

Du aber geh vor allem im Rund des Theaters auf Jagd: [90] Dieses Gebiet ist ergiebiger, als du es in deinen kühnsten Wünschen erhoffst. Dort findest du etwas zum Lieben, etwas zum Spielen, dort findest du, was du einmal berühren und was du festhalten willst. Wie Ameisen in langem Zuge dicht durcheinanderwimmeln, wenn sie ihre gewohnte Speise im körnertragenden Munde befördern, [95] oder wie Bienen, wenn sie ihre geliebten Waldtäler und duftenden Weideplätze erreicht haben, um Blumen und Thymianspitzen schwärmen, so eilen fein herausgeputzte Frauen zu den gut besuchten Spielen. Oft hat die reiche Auswahl mich mit meinem Urteil zögern lassen. Sie kommen, um zu schauen, sie kommen, um sich selbst anschauen zu lassen. [100] Das ist ein gefährlicher Ort für die Keuschheit! Du, Romulus, hast als erster die Spiele aufregend gestaltet, als die geraubten Sabinerinnen die frauenlosen Männer erfreuten! Damals hing weder über dem marmornen Theater ein Sonnensegel, noch war die Bühne von Krokusessenz gerötet. [105] Dort waren einfach Laubbäume aufgestellt, die das waldreiche Palatium hervorgebracht hatte; so kam eine kunstlose Szene zustande. Auf Stufen aus Rasenstücken saß das Volk, und Kränze aus dem nächstbesten Laub bedeckten das struppige Haar. Die Männer schauen zurück, und jeder fasst das Mädchen ins Auge, [110] das er will, und in verschwie-

dumque rudem praebente modum tibicine Tusco
ludius aequatam ter pede pulsat humum,
in medio plausu (plausus tunc arte carebant)
rex populo praedae signa petita dedit.
protinus exiliunt animum clamore fatentes
virginibus cupidas iniciuntque manus;
ut fugiunt aquilas, timidissima turba, columbae
utque fugit visos agna novella lupos,
sic illae timuere viros sine lege ruentes;
constitit in nulla qui fuit ante color.
nam timor unus erat, facies non una timoris:
pars laniat crines, pars sine mente sedet;
altera maesta silet, frustra vocat altera matrem;
haec queritur, stupet haec; haec manet, illa fugit.
ducuntur raptae, genialis praeda, puellae,
et potuit multas ipse decere timor.
si qua repugnarat nimium comitemque negarat,
sublatam cupido vir tulit ipse sinu
atque ita »quid teneros lacrimis corrumpis ocellos?
quod matri pater est, hoc tibi« dixit »ero.«
Romule, militibus scisti dare commoda solus:
haec mihi si dederis commoda, miles ero.
scilicet ex illo sollemni more theatra
nunc quoque formosis insidiosa manent.

Nec te nobilium fugiat certamen equorum:
multa capax populi commoda Circus habet.

gener Brust bewegen sie so manches. Und während zur rohen Melodie des etruskischen Bläsers der Tänzer dreimal mit dem Fuß auf den geebneten Boden stampfte, gab der König mitten im Beifall (der Beifall war damals noch nicht gesteuert) dem Volk das erwünschte Zeichen zum Beutemachen. [115] Alsbald springen sie auf, bekunden ihren Willen durch Geschrei und ergreifen mit gieriger Hand von den Jungfrauen Besitz. Wie Tauben, die verängstigte Schar, vor Adlern fliehen und wie das zarte Lamm vor dem Anblick der Wölfe, so fürchteten sie sich vor den Männern, die sich, als gäbe es kein Gesetz, auf sie stürzten. [120] Allen Mädchen wich die Farbe aus den eben noch roten Wangen; denn die Furcht war ein und dieselbe und hatte doch viele Gesichter: Ein Teil rauft sich das Haar, ein Teil bleibt fassungslos sitzen, die eine schweigt betrübt, die andere ruft vergeblich nach der Mutter; diese klagt, jene ist starr vor Entsetzen, diese bleibt, jene flieht. [125] Hinweggeführt werden die geraubten Mädchen als hochzeitliche Beute, und vielen mochte sogar die Furcht gut zu Gesichte stehen. Hatte eine sich allzu sehr gesträubt und sich nicht zur Begleiterin hergeben wollen, hob der Mann sie an seine begehrliche Brust, trug sie fort und sagte: »Was entstellst du deine zarten Augen durch Tränen? [130] Was deiner Mutter dein Vater ist, das werde ich dir sein.« Romulus, du allein verstandest dich darauf, deinen Soldaten Vergünstigungen zu gewähren. Wenn du mir solche Vergünstigungen verschaffst, werde auch ich Soldat. Natürlich bleibt seitdem, da der Brauch inzwischen geheiligt ist, das Theater noch heute eine Gefahrenquelle für die Schönen.

Zirkus und Arena

[135] Lass dir auch nicht das Wettrennen der edlen Pferde entgehen: Viele Vorteile bietet der Zirkus mit seiner Menschenmen-

nil opus est digitis per quos arcana loquaris,
nec tibi per nutus accipienda nota est;
proximus a domina nullo prohibente sedeto;
iunge tuum lateri qua potes usque latus.
et bene, quod cogit, si nolis, linea iungi,
quod tibi tangenda est lege puella loci.
hic tibi quaeratur socii sermonis origo,
et moveant primos publica verba sonos:
cuius equi veniant facito, studiose, requiras,
nec mora, quisquis erit cui favet illa, fave.
at cum pompa frequens caelestibus ibit eburnis,
tu Veneri dominae plaude favente manu;
utque fit, in gremium pulvis si forte puellae
deciderit, digitis excutiendus erit;
etsi nullus erit pulvis, tamen excute nullum:
quaelibet officio causa sit apta tuo;
pallia si terra nimium demissa iacebunt,
collige et inmunda sedulus effer humo:
protinus, officii pretium, patiente puella
contingent oculis crura videnda tuis.
respice praeterea, post vos quicumque sedebit,
ne premat opposito mollia terga genu.
parva levis capiunt animos: fuit utile multis
pulvinum facili composuisse manu;
profuit et tenui ventos movisse tabella
et cava sub tenerum scamna dedisse pedem.
hos aditus Circusque novo praebebit amori
sparsaque sollicito tristis harena foro.
illa saepe puer Veneris pugnavit harena
et, qui spectavit vulnera, vulnus habet:

ge. Du brauchst weder mit Fingerzeichen geheime Mitteilungen zu machen noch durch Winke ein Signal zu empfangen. Dicht neben deiner Dame sollst du ungehindert sitzen; [140] schmiege deine Seite immerfort, so eng du kannst, an die ihre. Und es ist gut, dass die Schranke dich zwingt, zu ihr zu rücken, selbst wenn du es nicht wolltest; das Gesetz des Ortes verlangt, dass du das Mädchen berührst. Hier suche du ein Gespräch anzuknüpfen, das euch verbindet, und alltägliche Worte mögen zuerst erklingen: [145] Dass du mir nur, mein Eifriger, fragst, wessen Pferde jetzt kommen! Und ergreife unverzüglich die Partei dessen, dem ihre Gunst gilt, wer es auch sein mag. Aber wenn der Festzug mit seinen zahlreichen elfenbeinernen Götterbildern aufmarschiert, klatsche unserer lieben Frau Venus hingebungsvoll Beifall. [149] Und wenn zufällig – wie es zu geschehen pflegt – in den Schoß des Mädchens Staub fällt, wirst du ihn mit den Fingern abschütteln müssen. Auch wenn kein Staub fällt, schüttle das Nichts dennoch fort. Jeder Anlass sei für deine Dienstfertigkeit recht. Wenn das Kleid zu tief herabhängt und auf der Erde liegt, so nimm es und heb es beflissen vom unreinen Boden auf. [155] Und als Lohn für deinen Diensteifer wird deinen Augen sofort der Anblick ihrer Beine zuteil – und sie lässt es zu. Schau außerdem zurück und achte darauf, dass kein Hintermann sein Knie gegen ihren zarten Rücken drücke. Kleinigkeiten erobern leichtsinnige Herzen. Für viele hat es sich schon gelohnt, [160] das Polster mit gefälliger Hand zurechtzurücken. Es ist auch nützlich gewesen, mit einem dünnen Schreibtäfelchen als Fächer Wind zu machen und unter den zarten Fuß ein geschwungenes Schemelchen zu stellen. Dies sind die Annäherungsmöglichkeiten, die einer neuen Liebe der Zirkus und die tränenbringende Arena auf dem unruhigen Forum bieten werden. [165] In jenem Sand hat oft der Sohn der Venus gekämpft, und wer bei Verwundungen zuschaute, hat nun selbst eine Wunde. Während er

dum loquitur tangitque manum poscitque libellum
et quaerit posito pignore, vincat uter,
saucius ingemuit telumque volatile sensit
et pars spectati muneris ipse fuit.

Quid, modo cum belli navalis imagine Caesar
Persidas induxit Cecropiasque rates?
nempe ab utroque mari iuvenes, ab utroque puellae
venere, atque ingens orbis in Urbe fuit.
quis non invenit turba, quod amaret, in illa?
eheu, quam multos advena torsit amor!
ecce, parat Caesar, domito quod defuit orbi,
addere: nunc, Oriens ultime, noster eris.
Parthe, dabis poenas; Crassi gaudete sepulti
signaque barbaricas non bene passa manus.
ultor adest primisque ducem profitetur in annis
bellaque non puero tractat agenda puer.
parcite natales timidi numerare deorum:
Caesaribus virtus contigit ante diem.
ingenium caeleste suis velocius annis
surgit et ignavae fert male damna morae:
parvus erat manibusque duos Tirynthius angues
pressit et in cunis iam Iove dignus erat;
nunc quoque qui puer es, quantus tum, Bacche, fuisti,
cum timuit thyrsos India victa tuos?
auspiciis annisque patris, puer, arma movebis
et vinces annis auspiciisque patris.
tale rudimentum tanto sub nomine debes,
nunc iuvenum princeps, deinde future senum;

noch sprach und die Hand berührte, das Programm verlangte und unter Einsatz eines Pfandes wettete, wer von beiden den Sieg davontragen werde, seufzte er verwundet auf, fühlte das gefiederte Geschoss und war damit selbst in das Spiel einbezogen, das er anschaute.

Gespielte Seeschlacht und Triumphzug

Wie war es doch, als Caesar kürzlich bei der Vorführung einer Seeschlacht persische und athenische Schiffe kämpfen ließ? Kamen da doch von beiden Meeren junge Männer und Mädchen, und in der Stadt war die ganze weite Welt vertreten. Wer fand in jener Menschenmenge keinen Gegenstand für seine Liebe? Wehe, wie viele ließ Liebe zu einer Fremden Folterqualen leiden! Seht, Caesar schickt sich an, die Welteroberung zu vervollständigen. Jetzt, fernster Orient, wirst du unser sein. Parther, du wirst bestraft werden. Freut euch, ihr bestatteten Helden des Crassus und ihr Feldzeichen, denen Barbarenhände Schimpf angetan haben! Der Rächer ist da, lässt trotz seiner Jugend schon den Feldherrn erkennen und übernimmt als Knabe die Führung eines Krieges, der nicht Sache eines Knaben ist. Zählt nicht ängstlich die Geburtstage von Göttern! Caesaren wird Tüchtigkeit vor der Zeit zuteil. Der vom Himmel stammende Geist erhebt sich schneller als das gesetzliche Alter und erträgt schlecht den Verlust, den träges Warten bedeutet. Klein war Hercules und erdrückte doch mit den Händen zwei Schlangen; so machte er schon in der Wiege seinem Vater Iuppiter Ehre. Und du, Bacchus, noch heute ein Knabe, wie klein warst du erst, als das besiegte Indien vor deinen Thyrsusstäben zitterte? Vom Glück gesegnet und jung, wie dein Vater war, wirst du, Knabe, den Krieg beginnen und siegen, jung und vom Glück gesegnet wie er. Solch einen Anfang bist du uns als Träger eines so großen Namens schuldig,

cum tibi sint fratres, fratres ulciscere laesos,
cumque pater tibi sit, iura tuere patris.
induit arma tibi genitor patriaeque tuusque;
hostis ab invito regna parente rapit.
tu pia tela feres, sceleratas ille sagittas;
stabit pro signis iusque piumque tuis.
vincuntur causa Parthi, vincantur et armis:
Eoas Latio dux meus addat opes.
Marsque pater Caesarque pater, date numen eunti:
nam deus e vobis alter es, alter eris.
auguror en, vinces, votivaque carmina reddam
et magno nobis ore sonandus eris:
consistes aciemque meis hortabere verbis
(o desint animis ne mea verba tuis!);
tergaque Parthorum Romanaque pectora dicam
telaque, ab averso quae iacit hostis equo.
qui fugis ut vincas, quid victo, Parthe, relinques?
Parthe, malum iam nunc Mars tuus omen habet.
ergo erit illa dies, qua tu, pulcherrime rerum,
quattuor in niveis aureus ibis equis;
ibunt ante duces onerati colla catenis,
ne possint tuti, qua prius, esse fuga.
spectabunt laeti iuvenes mixtaeque puellae,
diffundetque animos omnibus ista dies;
atque aliqua ex illis cum regum nomina quaeret,
quae loca, qui montes quaeve ferantur aquae,
omnia responde, nec tantum si qua rogabit;
et quae nescieris, ut bene nota refer:

jetzt der Erste unter den Jünglingen, später der Erste im Rat der Alten! [195] Da du Brüder hast, räche die Kränkung der Brüder; da du einen Vater hast, schütze die Rechte des Vaters! Des Vaterlandes Vater, dein Vater hat dir die Waffen angelegt. Der Feind raubt das Königtum gegen den Willen deines Vaters! Du wirst heilige Waffen tragen, er fluchbeladene Pfeile; [200] vor deinen Feldzeichen werden Recht und frommer Sinn stehen. Das Recht entscheidet gegen die Parther, mögen nun auch die Waffen gegen sie entscheiden! Möge mein Feldherr Macht und Reichtum des Orients Latium einverleiben! Vater Mars und Vater Caesar, schenkt ihm bei seinem Aufbruch euren göttlichen Beistand, denn einer von euch ist schon ein Gott, der andere wird es werden. [205] Siehe, ich prophezeie es, du wirst siegen, und ich werde meine Gelübde durch Verse einlösen, und wir werden dich in großem Stil zu besingen haben. Du wirst auftreten und das Heer mit meinen Worten ermahnen (o mögen meine Worte nicht hinter deinem Mut zurückbleiben!). Und ich werde künden, wie die Parther Rücken an Rücken flohen und die Römer Brust an Brust vormarschierten, [210] und von den Pfeilen, die der Feind rückwärts vom fliehenden Ross abschießt. O Parther, der du fliehst, um zu siegen, was bleibt dir, wenn du besiegt wirst? Parther, dein Kriegsglück steht schon jetzt unter einem bösen Vorzeichen. Also wird der Tag kommen, an dem du, Herrlichster auf Erden, ganz in Gold mit vier schneeweißen Rossen einherfahren wirst. [215] Vorausgehen werden Fürsten, den Hals mit Ketten beschwert, damit sie sich nicht wie früher durch die Flucht in Sicherheit bringen können. Froh werden junge Männer zuschauen und junge Mädchen in ihrer Mitte, und allen wird dieser Tag das Herz höher schlagen lassen. Fragt dann eine von ihnen nach den Namen der Könige, [220] nach Landschaften, Bergen, Gewässern, die im Triumphzug mitgeführt werden, so gib auf alles eine Antwort – und nicht nur, wenn eine fragt. Auch was du nicht

hic est Euphrates, praecinctus harundine frontem;
cui coma dependet caerula, Tigris erit;
hos facito Armenios, haec est Danaëia Persis;
urbs in Achaemeniis vallibus ista fuit;
ille vel ille duces, et erunt quae nomina dicas,
si poteris, vere, si minus, apta tamen.

Dant etiam positis aditum convivia mensis;
est aliquid praeter vina, quod inde petas.
saepe illic positi teneris adducta lacertis
purpureus Bacchi cornua pressit Amor,
vinaque cum bibulas sparsere Cupidinis alas,
permanet et capto stat gravis ille loco.
ille quidem pennas velociter excutit udas,
sed tamen et spargi pectus Amore nocet.
vina parant animos faciuntque caloribus aptos;
cura fugit multo diluiturque mero.
tunc veniunt risus, tum pauper cornua sumit,
tum dolor et curae rugaque frontis abit.
tunc aperit mentes aevo rarissima nostro
simplicitas, artes excutiente deo.
illic saepe animos iuvenum rapuere puellae,
et Venus in vinis ignis in igne fuit.
hic tu fallaci nimium ne crede lucernae:
iudicio formae noxque merumque nocent.
luce deas caeloque Paris spectavit aperto,
cum dixit Veneri »vincis utramque, Venus.«
nocte latent mendae vitioque ignoscitur omni,
horaque formosam quamlibet illa facit.

weißt, berichte, als wäre es dir wohlbekannt: »Das ist der Euphrat, die Stirn mit Schilfrohr gekrönt. Der, dem das Haar bläulich herabhängt, wird der Tigris sein. [225] Diese Leute halte für Armenier! Das ist das von Danaë stammende Persien; diese Stadt lag in den achaemenischen Tälern; der oder jener sind Fürsten.« Und dann magst du Namen nennen, die richtigen, wenn du sie weißt, andernfalls wenigstens passende.

Das Gastmahl

Auch Gastmähler mit gedeckten Tischen eröffnen dir einen Zugang; [230] außer dem Wein gibt es noch mehr, was du dort holen kannst. Oft hat der purpurne Amor dort mit seinen zarten Armen die Hörner des bereitstehenden Bacchus an sich gezogen und gepresst; und hat erst der Wein die durstigen Flügel Cupidos durchtränkt, bleibt er schwerfällig an dem Platz stehen, den er sich erobert hat. [235] Er schüttelt zwar schnell das feuchte Gefieder aus, doch ist es gefährlich, die Brust auch nur leicht von Amor besprengen zu lassen. Wein macht das Herz bereit und für die Glut der Leidenschaft empfänglich; durch viel unvermischten Rebensaft entflieht die Sorge und löst sich auf. Dann kommt das Lachen, dann spielt der Arme plötzlich den Stier, [240] dann schwinden Schmerz, Sorgen und Runzeln von der Stirn; dann öffnet die in unserer Zeit so seltene Einfalt die Herzen, da der Gott alle Künstelei verjagt. Dort haben oft Mädchen die Herzen junger Männer geraubt, und Venus im Wein war Feuer im Feuer. [245] Hier traue du nicht allzu sehr der trügerischen Lampe! Der Beurteilung von Schönheit schaden Nacht und Wein. Bei Tageslicht und unter freiem Himmel hat Paris die Göttinnen geprüft, als er zu Venus sagte: »Du, Venus, besiegst beide.« Bei Nacht bleiben die Mängel verborgen, man ist nachsichtig gegenüber jeglichem Fehler, [250] und die Dämmerstunde macht jede beliebige Frau

consule de gemmis, de tincta murice lana,
consule de facie corporibusque diem.

Quid tibi femineos coetus venatibus aptos
enumerem? numero cedet harena meo.
quid referam Baias praetextaque litora Bais
et quae de calido sulphure fumat aqua?
hinc aliquis vulnus referens in pectore dixit
»non haec, ut fama est, unda salubris erat.«
ecce, suburbanae templum nemorale Dianae
partaque per gladios regna nocente manu;
illa, quod est virgo, quod tela Cupidinis odit,
multa dedit populo vulnera, multa dabit.

Hactenus, unde legas quod ames, ubi retia ponas,
praecipit imparibus vecta Thalea rotis.
nunc tibi quae placuit, quas sit capienda per artes,
dicere praecipuae molior artis opus.
quisquis ubique, viri, dociles advertite mentes
pollicitisque favens vulgus adeste meis.

schön. Geht es um Edelsteine, purpurgefärbte Wolle, schöne Gesichter und körperliche Vorzüge, so ziehe das Tageslicht zu Rate!

Treffpunkte außerhalb Roms

Was soll ich dir noch Versammlungsorte von Frauen aufzählen, die für deine Jagd geeignet sind? Die Zahl der Sandkörner wird geringer sein. [255] Was soll ich noch Baiae nennen, den Strand, der Baiae umsäumt, und das Wasser, das vom heißen Schwefel dampft? Einer, der von hier eine Wunde im Herzen nach Hause trug, hat gesagt: »Dieses Wasser war nicht so heilsam, wie man behauptet.« Siehe, da ist der Tempel der Diana im Walde vor der Stadt und die Königswürde, die mit frevlerischer Hand durch das Schwert erworben wurde! [261] Diese Diana, mag sie auch eine Jungfrau sein und Cupidos Geschosse verabscheuen, hat doch dem Volk viele Liebeswunden geschlagen und wird es weiterhin tun.

Wie erobert man Mädchen?

Bis hierher schreibt dir Thalia, die auf ungleichen Rädern fährt, vor, wo du dir den Gegenstand deiner Liebe aussuchen und wo du die Netze spannen sollst. [265] Jetzt gehe ich daran zu sagen, mit welchen Kunstgriffen das Mädchen, das dir gefallen hat, gefangen werden muss, eine Aufgabe, die besondere Kunstfertigkeit verlangt. Wer ihr auch seid, ihr Männer allerorten, merkt auf mit gelehrigem Sinn und lauscht als andächtiges Volk meinen Verheißungen!

Prima tuae menti veniat fiducia, cunctas
posse capi: capies, tu modo tende plagas.
vere prius volucres taceant, aestate cicadae,
Maenalius lepori det sua terga canis,
femina quam iuveni blande temptata repugnet;
haec quoque, quam poteris credere nolle, volet.
utque viro furtiva Venus, sic grata puellae;
vir male dissimulat, tectius illa cupit.
conveniat maribus ne quam nos ante rogemus,
femina iam partes victa rogantis aget.
mollibus in pratis admugit femina tauro,
femina cornipedi semper adhinnit equo:
parcior in nobis nec tam furiosa libido;
legitimum finem flamma virilis habet.
Byblida quid referam, vetito quae fratris amore
arsit et est laqueo fortiter ulta nefas?
Myrrha patrem, sed non qua filia debet, amavit,
et nunc obducto cortice pressa latet;
illius lacrimis, quas arbore fundit odora,
unguimur, et dominae nomina gutta tenet.
forte sub umbrosis nemorosae vallibus Idae
candidus, armenti gloria, taurus erat,
signatus tenui media inter cornua nigro;
una fuit labes, cetera lactis erant.
illum Cnosiadesque Cydoneaeque iuvencae
optarunt tergo sustinuisse suo.
Pasiphaë fieri gaudebat adultera tauri;
invida formosas oderat illa boves.

Selbstvertrauen

Zuerst durchdringe dich die Zuversicht, dass alle erobert werden können. Du wirst sie fangen, spanne nur die Netze aus! Eher können im Frühjahr die Vögel schweigen, im Sommer die Zikaden, eher kann der arkadische Jagdhund vor dem Hasen fliehen als eine Frau einem jungen Manne widerstehen, wenn er sie schmeichelnd in Versuchung führt; auch eine, von der man glauben könnte, sie wolle nicht, wird wollen. Und wie dem Mann die heimliche Venus willkommen ist, so ist sie es dem Mädchen; der Mann kann es nur schlecht verbergen, die Begierde der Frau ist besser versteckt. Gesetzt, wir Männer würden uns einig, bei keiner den ersten Schritt zu tun, so ist die Frau schon besiegt und wird die Rolle der Werbenden spielen. Auf den schwellenden Wiesen muht dem Stier sein Weibchen zu, und den behuften Hengst wiehert immer die Stute an. Mäßiger ist in uns die Begierde und nicht so rasend; die Glut des Mannes hat ihre natürliche Grenze. Was soll ich Byblis erwähnen, die in verbotener Liebe zum Bruder entbrannt war und sich für ihren Frevel tapfer mit dem Strang bestrafte? Myrrha liebte den Vater, aber nicht, wie eine Tochter es soll, und ist jetzt unter Rinde verborgen, die sie ringsum beengt. Mit den Tränen, die sie ihrem duftenden Baum entströmen lässt, salben wir uns, und der Tropfen trägt immer noch den Namen der Frau, die ihn geweint hat.

Es war einmal in den schattigen Tälern am Fuße des waldigen Ida ein schneeweißer Stier, der Stolz der Herde. Mitten zwischen den Hörnern war er mit einem feinen schwarzen Mal gezeichnet. Er hatte nur diesen einzigen Flecken, alles übrige war weiß wie Milch. Ihn wünschten die Kühe von Cnossus und von Cydonea auf ihrem Rücken zu tragen. Pasiphaë freute sich, die ehebrecherische Geliebte eines Stiers zu werden; eifersüchtig hasste sie die schönen Rinder.

nota cano; non hoc, centum quae sustinet urbes,
quamvis sit mendax, Creta negare potest.
ipsa novas frondes et prata tenerrima tauro
fertur inadsueta subsecuisse manu;
it comes armentis, nec ituram cura moratur
coniugis, et Minos a bove victus erat.
quo tibi, Pasiphaë, pretiosas sumere vestes?
ille tuus nullas sentit adulter opes.
quid tibi cum speculo montana armenta petenti?
quid totiens positas fingis inepta comas?
crede tamen speculo, quod te negat esse iuvencam:
quam cuperes fronti cornua nata tuae!
sive placet Minos, nullus quaeratur adulter;
sive virum mavis fallere, falle viro.
in nemus et saltus thalamo regina relicto
fertur, ut Aonio concita Baccha deo.
a, quotiens vaccam vultu spectavit iniquo
et dixit »domino cur placet ista meo?
aspice ut ante ipsum teneris exultet in herbis;
nec dubito quin se stulta decere putet«!
dixit et ingenti iamdudum de grege duci
iussit et inmeritam sub iuga curva trahi,
aut cadere ante aras commentaque sacra coëgit
et tenuit laeta paelicis exta manu;
paelicibus quotiens placavit numina caesis
atque ait exta tenens »ite, placete meo«
et modo se Europen fieri, modo postulat Ion,
altera quod bos est, altera vecta bove!
hanc tamen implevit vacca deceptus acerna
dux gregis, et partu proditus auctor erat.

Ich singe von bekannten Dingen; dies kann nicht einmal Kreta mit seinen hundert Städten leugnen, mag es auch noch so lügnerisch sein. Selbst soll sie dem Stier frisches Laub und besonders zartes Gras [300] mit ungeübter Hand geschnitten haben. Sie begleitet die Zugtiere auf die Weide, und die Rücksicht auf ihren Ehemann hält sie nicht vom Aufbruch zurück. So war Minos von einem Rind aus dem Felde geschlagen. Was nützt es dir, Pasiphaë, wertvolle Kleider anzulegen? Dein Ehebrecher hat keinen Sinn für Kostbarkeiten. [305] Was nützt dir der Spiegel, wenn du zum Vieh auf die Bergweide strebst? Wozu ordnest du (höchst überflüssig!) so oft dein Haar? Glaube doch deinem Spiegel, wenn er dir sagt, dass du keine Kuh bist! Ach, wie gerne wolltest du, dass an deiner Stirne Hörner gewachsen wären! Gefällt dir Minos, so suche keinen Ehebrecher; [310] willst du aber lieber deinen Mann betrügen, so betrüge ihn mit einem Mann! Die Königin verlässt ihr Ehegemach und stürzt in Wald und Berge wie eine Bacchantin, die vom aonischen Gott besessen ist. Ach, wie oft sah sie eine Kuh mit scheelem Blick an und sprach: »Warum gefällt diese Hergelaufene meinem Geliebten? [315] Sieh nur, wie sie vor ihm im zarten Grase herumhüpft! Ich zweifle nicht, die Törin meint, das stehe ihr gut.« Sprach's und ließ sie stracks aus der riesigen Herde hinwegführen, unverdient unters krumme Joch zerren oder vor dem Altar bei einer eigens ausgedachten Opferhandlung niederstrecken [320] und hielt die Eingeweide ihrer Nebenbuhlerin in schadenfroher Hand. Wie oft versöhnte sie Gottheiten durch Schlachtung von Rivalinnen, packte die Eingeweide und sprach: »Jetzt geht und gefallt meinem Liebsten.« Und bald wünscht sie, Europa zu werden, bald Io, denn die eine war eine Kuh, und die andre ritt auf einem Stier. [325] Schließlich schwängerte sie der Herr der Herde, getäuscht durch eine Kuh aus Ahornholz. Und bald war durch die Geburt der Erzeuger offenbar geworden.

Cressa Thyesteo si se abstinuisset amore
(et quantum est uno posse carere viro!),
non medium rupisset iter curruque retorto
Auroram versis Phoebus adisset equis.
filia purpureos Niso furata capillos
pube premit rabidos inguinibusque canes.
qui Martem terra, Neptunum effugit in undis,
coniugis Atrides victima dira fuit.
cui non defleta est Ephyraeae flamma Crëusae
et nece natorum sanguinolenta parens?
flevit Amyntorides per inania lumina Phoenix;
Hippolytum rabidi diripuistis equi.
quid fodis inmeritis, Phineu, sua lumina natis?
poena reversura est in caput ista tuum.
omnia feminea sunt ista libidine mota;
acrior est nostra plusque furoris habet.
ergo age, ne dubita cunctas sperare puellas:
vix erit e multis, quae neget, una, tibi.
quae dant, quaeque negant, gaudent tamen esse rogatae:
ut iam fallaris, tuta repulsa tua est.
sed cur fallaris, cum sit nova grata voluptas
et capiant animos plus aliena suis?
fertilior seges est alienis semper in agris
vicinumque pecus grandius uber habet.

Sed prius ancillam captandae nosse puellae
cura sit: accessus molliet illa tuos.
proxima consiliis dominae sit ut illa, videto,
neve parum tacitis conscia fida iocis.

Hätte die Kreterin sich der Liebe zu Thyestes enthalten (und was macht es schon aus, auf einen einzigen Mann zu verzichten!), so hätte Phoebus seinen Weg nicht in der Mitte unterbrochen, seinen Wagen nicht umkehren lassen und wäre nicht mit den Rossen zurück zur Morgenröte gefahren. [331] Dem Nisus stahl seine Tochter die purpurnen Haare, dafür umgeben ihren Unterleib rasende Hunde. Der Atride, der zu Lande dem Mars und zu Wasser dem Neptun entrann, fiel – o Grauen! – seiner Gattin zum Opfer. [335] Wer hat nicht über die Verbrennung der ephyraeischen Crëusa geweint und über die Mutter, blutig vom Mord an den Söhnen? Amyntors Sohn Phoenix hat mit leeren Augenhöhlen geweint, den Hippolytus habt ihr, rasende Rosse, zerrissen. Was stichst du, Phineus, deinen schuldlosen Söhnen die Augen aus? [340] Diese Strafe wird sich gegen dein eigenes Haupt kehren.

All dies hat weibliche Leidenschaft bewirkt. Sie ist heftiger als die unsrige und steht dem Wahnsinn näher. Also wohlan, trage keine Bedenken, dir Hoffnung auf alle Frauen zu machen; von vielen wird kaum eine dir einen Korb geben. [345] Die sich verschenken und die sich verweigern, freuen sich immerhin, dass man um sie warb. Magst du auch enttäuscht werden, so ist eine Zurückweisung doch gefahrlos; aber warum solltest du enttäuscht werden, wo doch ein neues Vergnügen willkommen ist und Fremdes das Herz mehr einnimmt als Eigenes! Fruchtbarer ist die Saat stets auf fremden Äckern, [350] und des Nachbarn Vieh hat ein pralleres Euter.

Vom Umgang mit der Dienerin

Doch lass es dir vorher angelegen sein, die Dienerin des Mädchens, das du erobern willst, kennenzulernen. Sie wird dir den Zugang erleichtern. Sieh zu, dass sie die engste Beraterin deiner Dame und eine völlig zuverlässige Mitwisserin für ver-

hanc tu pollicitis, hanc tu corrumpe rogando:
quod petis, ex facili, si volet illa, feres.
illa leget tempus (medici quoque tempora servant)
quo facilis dominae mens sit et apta capi;
mens erit apta capi tum, cum laetissima rerum
ut seges in pingui luxuriabit humo.
pectora, dum gaudent nec sunt adstricta dolore,
ipsa patent; blanda tum subit arte Venus.
tum, cum tristis erat, defensa est Ilios armis;
militibus gravidum laeta recepit equum.
tum quoque temptanda est, cum paelice laesa dolebit;
tum facies opera, ne sit inulta, tua.
hanc matutinos pectens ancilla capillos
incitet et velo remigis addat opem,
et secum tenui suspirans murmure dicat
»at, puto, non poteras ipsa referre vicem.«
tum de te narret, tum persuadentia verba
addat, et insano iuret amore mori.
sed propera, ne vela cadant auraeque residant:
ut fragilis glacies, interit ira mora.
quaeris an hanc ipsam prosit violare ministram?
talibus admissis alea grandis inest.
haec a concubitu fit sedula, tardior illa;
haec dominae munus te parat, illa sibi.
casus in eventu est: licet hic indulgeat ausis,
consilium tamen est abstinuisse meum.
non ego per praeceps et acuta cacumina vadam,
nec iuvenum quisquam me duce captus erit.
si tamen illa tibi, dum dat recipitque tabellas,
corpore, non tantum sedulitate, placet,

schwiegene Scherze sei. [355] Bestich diese durch Versprechungen und durch Bitten. Was du erstrebst, wirst du leicht bekommen, wenn sie es will. Sie wird den Zeitpunkt auswählen (auch Ärzte achten ja auf die rechte Zeit), da das Herz ihrer Gebieterin zugänglich und leicht zu erobern ist. [359] Ihr Herz wird dann leicht zu erobern sein, wenn es sich in freudiger Stimmung entfaltet wie die Saat auf fettem Boden. Während das Herz sich freut und kein Schmerz es bedrückt, ist es von selbst aufgeschlossen; dann schleicht sich Venus mit schmeichelnder Kunst heran. Damals, als es traurig war, wurde Troia mit Waffen verteidigt; als es fröhlich war, nahm es das Pferd auf, das Soldaten gebären sollte. [365] Dann auch muss man sie in Versuchung führen, wenn sie betrübt ist, weil eine Rivalin ihr Kummer bereitet. Dann wirst du ihr dazu verhelfen, sich zu rächen. Möge die Magd sie, wenn sie ihr früh am Morgen das Haar kämmt, aufhetzen, gleichsam dem Segel mit dem Ruder nachhelfen und still für sich seufzend murmeln: [370] »Aber ich glaube, du brächtest es ja wohl doch nicht fertig, ihm mit gleicher Münze heimzuzahlen.« Dann möge sie von dir erzählen, überzeugende Worte hinzufügen und schwören, du sterbest vor wahnsinniger Liebe. Aber beeile dich, damit nicht das Segel schlaff herabfällt und der günstige Wind sich legt. Wie das zerbrechliche Eis schmilzt auch der Zorn mit der Zeit.

[375] Fragst du, ob es nützlich sei, auch die Dienerin selbst zu verführen? Erlaubst du dir dies, so gehst du ein großes Risiko ein. Die eine wird nach dem Liebesgenuss eifriger, die andere träger, die eine macht dich ihrer Herrin zum Geschenk, die andere will dich für sich. Der Ausgang ist ungewiss; mag auch der Zufall deinem Wagnis günstig sein, [380] so rate ich dir doch, Abstand zu halten. Ich will nicht über abschüssiges Gelände und spitze Berggipfel wandern, und kein junger Mann wird unter meiner Führung betrogen sein. Erregt sie aber, während sie Briefchen überbringt und in Empfang nimmt,

fac domina potiare prius, comes illa sequatur:
non tibi ab ancilla est incipienda Venus.
hoc unum moneo, si quid modo creditur arti
nec mea dicta rapax per mare ventus agit:
aut †non temptasses† aut perfice: tollitur index,
cum semel in partem criminis ipsa venit.
non avis utiliter viscatis effugit alis,
non bene de laxis cassibus exit aper.
saucius arrepto piscis teneatur ab hamo:
perprime temptatam nec nisi victor abi.
sed bene celetur: bene si celabitur index,
notitiae suberit semper amica tuae.

Tempora qui solis operosa colentibus arva,
fallitur, et nautis aspicienda putat.
nec semper credenda Ceres fallacibus arvis
nec semper viridi concava puppis aquae,
nec teneras semper tutum captare puellas:
saepe dato melius tempore fiet idem.
sive dies suberit natalis sive Kalendae,
quas Venerem Marti continuasse iuvat,
sive erit ornatus non, ut fuit ante, sigillis,
sed regum positas Circus habebit opes,
differ opus: tunc tristis hiems, tunc Pliades instant,
tunc tener aequorea mergitur Haedus aqua;

durch ihre Gestalt und nicht nur durch ihre Beflissenheit dein Wohlgefallen, [385] so sieh zu, dass du zuerst die Herrin gewinnst; dann lass die andre als Begleiterin folgen. Du darfst beim Venusdienst nicht mit der Magd beginnen. Dies eine lass dir gesagt sein, wenn man der Kunst überhaupt den geringsten Glauben schenken kann und wenn der stürmische Wind meine Worte nicht übers Meer davonträgt: Entweder versuch es erst gar nicht oder führe es zu Ende! Du schaltest sie als Verräterin aus, [390] wenn sie einmal selbst mitschuldig ist. Es nützt nichts, wenn ein Vogel mit Leim an den Flügeln entflieht. Es ist nicht gut, wenn der Eber aus dem weitmaschigen Garn loskommt; der vom Haken verletzte Fisch soll hängen bleiben, wenn er einmal angebissen hat. [394] Hast du eine Frau in Versuchung geführt, so lass nicht locker und weiche nicht von der Stelle, es sei denn als Sieger. Aber halte es streng geheim! Denn wenn deine Spionin streng geheim gehalten wird, so wird dir jederzeit bekannt sein, was deine Freundin tut.

Die Wahl des Zeitpunkts

[399] Derjenige täuscht sich, der glaubt, nur die fleißigen Ackerbauern und die Seefahrer müssten auf den rechten Zeitpunkt achten. Nicht immer darf man die Saat der Ceres den trügerischen Äckern, nicht immer das hohle Schiff dem grünlichen Wasser anvertrauen: So ist es auch nicht immer gefahrlos, nach zarten Mädchen zu angeln; oft wird, wenn man sich Zeit lässt, das Gleiche besser gelingen. [405] Wenn der Geburtstag oder die Kalenden nahe sind, die Venus mit Freuden auf den Monat des Mars folgen lässt, oder der Zirkus nicht wie vorher mit kleinen Figuren geschmückt ist, sondern die Schätze von Königen zur Schau stellt, dann verschiebe dein Werk; dann herrscht für dich düsterer Winter, dann bedrohen dich die Plejaden, [410] dann taucht das Sternbild des zarten Böckleins ins Meer-

tunc bene desinitur; tunc si quis creditur alto,
vix tenuit lacerae naufraga membra ratis.
tum licet incipias, qua flebilis Allia luce
vulneribus Latiis sanguinolenta fuit,
quaque die redeunt rebus minus apta gerendis
culta Palaestino septima festa Syro.
magna superstitio tibi sit natalis amicae,
quaque aliquid dandum est, illa sit atra dies.

Cum bene vitaris, tamen auferet; invenit artem
femina, qua cupidi carpat amantis opes.
institor ad dominam veniet discinctus emacem,
expediet merces teque sedente suas;
quas illa inspicias, sapere ut videare, rogabit;
oscula deinde dabit, deinde rogabit emas.
hoc fore contentam multos iurabit in annos;
nunc opus esse sibi, nunc bene dicet emi.
si non esse tibi, quos des, causabere nummos,
littera poscetur, ne didicisse iuvet.
quid, quasi natali cum poscit munera libo
et, quotiens opus est, nascitur illa sibi?
quid, cum mendaci damno maestissima plorat
elapsusque cava fingitur aure lapis?
multa rogant utenda dari, data reddere nolunt;
perdis, et in damno gratia nulla tuo.
non mihi, sacrilegas meretricum ut persequar artes,
cum totidem linguis sint satis ora decem.

wasser. Dann ist es gut, nichts zu unternehmen. Wer sich jetzt auf die hohe See wagt, bekommt mit Mühe die treibenden Planken seines zerschmetterten Schiffes zu fassen. Anfangen darfst du jedoch an dem Tag, als trauervoll der Alliafluss von Latinerwunden blutig war, [415] oder an dem geschäftsfreien siebten Tag, den der Jude regelmäßig feiert. Streng tabu sei für dich hingegen der Geburtstag der Freundin. Der Termin, an dem man etwas schenken muss, sei für dich ein schwarzer Tag!

Geschenke und Liebesbriefe

Magst du der Gefahr auch gut aus dem Wege gegangen sein, dein Mädchen wird dich dennoch plündern; eine Frau findet schon einen Kunstgriff, wie sie einen leidenschaftlichen Liebhaber rupfen kann. [421] Ein locker gegürteter Händler wird zu deiner kauflustigen Dame kommen, und du wirst dabeisitzen, wenn er seine Waren auspackt. Sie wird dich auffordern, diese zu besichtigen, so dass du als Sachverständiger erscheinst; dann wird sie dir einen Kuss geben und dich schließlich bitten zu kaufen. [425] Sie wird schwören, sich damit auf viele Jahre zufriedenzugeben, und sagen, jetzt brauche sie es dringend, jetzt kaufe man günstig. Wirst du vorschützen, du habest kein Geld dabei, um zu bezahlen, so fordert sie einen Scheck – und du bedauerst, dass du schreiben gelernt hast. Was dann, wenn sie durch einen angeblichen Geburtstagskuchen Geschenke erpresst [430] und, sooft sie etwas braucht, Geburtstag feiert? Was dann, wenn sie todtraurig über einen erlogenen Schaden weint und erdichtet, ein Edelstein sei ihr vom Ohr gefallen? Vieles erbitten sie leihweise, wollen es aber nicht zurückgeben. Du trägst den Verlust, und dein Schaden wird dir nicht einmal gedankt. [435] Um die gottlosen Künste der Dirnen aufzuzählen, würden mir keine zehn Münder mit ebenso vielen Zungen reichen.

cera vadum temptet rasis infusa tabellis,
cera tuae primum conscia mentis eat;
blanditias ferat illa tuas imitataque amantum
verba, nec exiguas, quisquis es, adde preces.
Hectora donavit Priamo prece motus Achilles;
flectitur iratus voce rogante deus.
promittas facito, quid enim promittere laedit?
pollicitis dives quilibet esse potest.
Spes tenet in tempus, semel est si credita, longum;
illa quidem fallax, sed tamen apta, dea est.
si dederis aliquid, poteris ratione relinqui:
praeteritum tulerit perdideritque nihil.
at quod non dederis, semper videare daturus:
sic dominum sterilis saepe fefellit ager.
sic, ne perdiderit, non cessat perdere lusor,
et revocat cupidas alea saepe manus.
hoc opus, hic labor est, primo sine munere iungi:
ne dederit gratis quae dedit, usque dabit.
ergo eat et blandis peraretur littera verbis
exploretque animos primaque temptet iter:
littera Cydippen pomo perlata fefellit,
insciaque est verbis capta puella suis.
disce bonas artes, moneo, Romana iuventus,
non tantum trepidos ut tueare reos:
quam populus iudexque gravis lectusque senatus,
tam dabit eloquio victa puella manus.
sed lateant vires, nec sis in fronte disertus;
effugiant voces verba molesta tuae.

Wachs, hineingegossen in geglättete Täfelchen, möge zunächst das unbekannte Gewässer erkunden; lass ein Wachstäfelchen als deines Herzens Mitwisser den ersten Schritt tun. Lass es deine Schmeicheleien und aufgezeichnete Liebesworte überbringen. Füge auch reichlich Bitten hinzu, wer du auch sein magst! [441] Achill schenkte dem Priamus auf seine Bitte hin Hektors Leichnam; selbst der zürnende Gott lässt sich durch eine bittende Stimme erweichen. Versprich nur recht viel – denn was kosten schon Versprechungen? Reich an Versprechungen kann jeder Beliebige sein. [445] Hoffnung hält, hat sie einmal Glauben gefunden, lange Zeit vor; sie ist zwar eine trügerische, aber eine zweckdienliche Göttin. Hast du einmal etwas gegeben, so wird man dich mit gutem Grund sitzen lassen können; sie wird das Erhaltene mitnehmen und nichts verloren haben. Aber was du nicht gegeben hast, bei dem erwecke stets den Eindruck, als wolltest du es geben: [450] So hat ein unfruchtbarer Acker oft den Besitzer getäuscht. So lässt der Spieler nicht ab zu verlieren, um nicht zu verlieren, und der Würfel ruft die gierigen Hände immer wieder zu sich zurück. Das tut not, das ist deine Aufgabe: ohne Vorleistung zur Vereinigung zu gelangen. Um nicht umsonst gegeben zu haben, was sie gab, wird sie es weiterhin geben.

[455] So gehe denn ein Briefchen hin, in schmeichelnden Worten verfasst, es erforsche ihren Sinn und erprobe als erstes den Weg: So haben Schriftzeichen, die auf einem Apfel zu ihr kamen, Cydippe getäuscht, und ohne es zu wissen, wurde das Mädchen durch ihre eigenen Worte gefangen. Lerne die edlen Künste, ich ermahne dich, römische Jugend, [460] nicht nur, um ängstliche Angeklagte zu schützen! Wie das Volk, der gestrenge Richter und der erlesene Senat, so wird auch das Mädchen, durch Beredsamkeit überwunden, sich ergeben. Aber deine Kraft bleibe verborgen, trage deine Redekunst nicht zur Schau und nimm dich vor gesuchten Worten in Acht.

quis, nisi mentis inops, tenerae declamat amicae?
saepe valens odii littera causa fuit.
sit tibi credibilis sermo consuetaque verba,
blanda tamen, praesens ut videare loqui.
si non accipiet scriptum inlectumque remittet,
lecturam spera propositumque tene.
tempore difficiles veniunt ad aratra iuvenci,
tempore lenta pati frena docentur equi.
ferreus adsiduo consumitur anulus usu,
interit adsidua vomer aduncus humo.
quid magis est saxo durum, quid mollius unda?
dura tamen molli saxa cavantur aqua.
Penelopen ipsam, persta modo, tempore vinces:
capta vides sero Pergama, capta tamen.
legerit et nolit rescribere, cogere noli;
tu modo blanditias fac legat usque tuas.
quae voluit legisse, volet rescribere lectis:
per numeros veniunt ista gradusque suos.
forsitan et primo veniet tibi littera tristis
quaeque roget ne se sollicitare velis;
quod rogat illa, timet; quod non rogat, optat, ut instes:
insequere, et voti postmodo compos eris.

Interea, sive illa toro resupina feretur,
lecticam dominae dissimulanter adi;
neve aliquis verbis odiosas offerat auris,
qua potes, ambiguis callidus abde notis.

[465] Wer – außer einem Wahnsinnigen – deklamiert vor der zärtlichen Freundin? Oft war Geschriebenes ein triftiger Grund für Hass. Deine Rede sei glaubwürdig, deine Worte vertraut, aber schmeichelnd, so dass du persönlich mit ihr zu sprechen scheinst.

Nimmt sie das Geschriebene nicht an und schickt es ungelesen zurück, [470] so hoffe, sie werde es noch lesen, und bleibe deinem Vorsatz treu. Mit der Zeit kommen störrische Jungstiere vor den Pflug, mit der Zeit lernen Pferde, sich den geschmeidigen Zaum gefallen zu lassen. Ständiger Gebrauch scheuert einen eisernen Ring durch, ständiger Kampf mit der Scholle richtet die krumme Pflugschar zugrunde. [475] Was ist härter als Stein, was weicher als Wasser? Trotzdem höhlt das weiche Wasser den harten Stein. Sogar Penelope wirst du mit der Zeit besiegen – bleibe nur beharrlich! Du siehst: Troia fiel zwar spät, aber es fiel. Hat sie es gelesen und will sie nicht antworten, so zwinge sie nicht dazu; [480] sorg nur dafür, dass sie von dir immer neue Schmeicheleien zu lesen bekommt. Hat sie erst einmal lesen wollen, wird sie auch auf das Gelesene antworten wollen; diese Dinge kommen schrittweise, in ihrem natürlichen Rhythmus. Vielleicht wird zu dir sogar zuerst ein abweisender Brief kommen, mit der Bitte, sie nicht mehr zu belästigen. [485] Doch worum sie bittet, das befürchtet sie; worum sie nicht bittet, das wünscht sie: nämlich, du mögest beharren. Lass nicht locker, und du wirst endlich deinen Wunsch erfüllt bekommen.

Sonstige Annäherungsversuche

Lässt sie sich liegend auf einem Polster herumtragen, so tritt verstohlen zur Sänfte deiner Dame, und damit kein lästiger Lauscher deine Worte vernimmt, verbirg sie, [490] soweit du kannst, listig unter doppeldeutigen Zeichen. Oder wenn sie

seu pedibus vacuis illi spatiosa teretur
porticus, hic socias tu quoque iunge moras,
et modo praecedas facito, modo terga sequaris,
et modo festines et modo lentus eas.
nec tibi de mediis aliquot transire columnas
sit pudor aut lateri continuasse latus,
nec sine te curvo sedeat speciosa theatro:
quod spectes, umeris adferet illa suis.
illam respicias, illam mirere licebit,
multa supercilio, multa loquare notis;
et plaudas aliquam mimo saltante puellam,
et faveas illi, quisquis agatur amans.
cum surgit, surges; donec sedet illa, sedebis:
arbitrio dominae tempora perde tuae.

Sed tibi nec ferro placeat torquere capillos,
nec tua mordaci pumice crura teras;
ista iube faciant, quorum Cybeleïa mater
concinitur Phrygiis exululata modis.
forma viros neglecta decet; Minoïda Theseus
abstulit, a nulla tempora comptus acu;
Hippolytum Phaedra, nec erat bene cultus, amavit;
cura deae silvis aptus Adonis erat.
munditie placeant, fuscentur corpora Campo;
sit bene conveniens et sine labe toga.
†lingua ne rigeat†; careant rubigine dentes;
nec vagus in laxa pes tibi pelle natet;
nec male deformet rigidos tonsura capillos:
sit coma, sit trita barba resecta manu.
et nihil emineant et sint sine sordibus ungues,
inque cava nullus stet tibi nare pilus.

unbeschäftigt in der weiträumigen Säulenhalle spazierengeht, so halte auch du dich dort auf, geh bald voraus, bald folge ihr nach, bald beeile dich, bald schlendre langsam dahin. [495] Schäme dich auch nicht, an einigen zwischen euch liegenden Säulen entlangzugehen oder auch Seite an Seite mit ihr zu wandeln. Sie soll auch ja nicht ohne dich in all ihrer Schönheit im Halbrund des Theaters sitzen. Das beste Schauspiel für dich wird sie auf ihren eigenen Schultern mitbringen. Nach ihr wirst du dich umschauen dürfen. Sie wirst du bewundern dürfen. Rede viel mit den Augenbrauen, viel durch Zeichen. [500] Klatsche Beifall, wenn der Mime eine Mädchenrolle tanzt, und sei jedem Liebhaber gewogen, der dargestellt wird. Steht sie auf, so steh auf; solange sie sitzt, bleib sitzen. Verliere deine Zeit je nach der Laune deiner Dame.

Männliche Schönheitspflege

[505] Aber finde kein Gefallen daran, das Haar mit der Brennschere zu kräuseln, und reibe dir die Schenkel nicht mit rauem Bimsstein glatt. Überlass das den Eunuchen, die heulend Mutter Cybele mit phrygischen Melodien ansingen. [509] Nachlässige Schönheit steht Männern. Theseus, der nie an der Schläfe eine einzige Haarnadel trug, war doch hinreißend für Ariadne. Phaedra liebte den Hippolytus; dabei war er ungepflegt. Die Göttin liebte den Waldmenschen Adonis. Durch Sauberkeit errege dein Körper Wohlgefallen, lass ihn auf dem Marsfeld bräunen. Die Toga sei gut passend und ohne Flecken. [515] Die Zunge am Schuh stehe nicht vor, die Zähne seien frei von Belag, und der Fuß schwimme nicht schlotternd in zu weitem Leder. Der Haarschnitt entstelle nicht deine Frisur zu Stacheln, Haar und Bart seien von kundiger Hand geschnitten. Lass die Nägel nicht vorstehen, lass sie sauber sein, [520] und aus den Nasenlöchern stehe dir kein Härchen hervor. Auch soll der

nec male odorati sit tristis anhelitus oris,
nec laedat naris virque paterque gregis.
cetera lascivae faciant concede puellae
et si quis male vir quaerit habere virum.

Ecce, suum vatem Liber vocat: hic quoque amantis
adiuvat et flammae, qua calet ipse, favet.
Cnosis in ignotis amens errabat harenis,
qua brevis aequoreis Dia feritur aquis;
utque erat e somno, tunica velata recincta,
nuda pedem, croceas inreligata comas,
Thesea crudelem surdas clamabat ad undas,
indigno teneras imbre rigante genas.
clamabat flebatque simul, sed utrumque decebat;
non facta est lacrimis turpior illa suis.
iamque iterum tundens mollissima pectora palmis
»perfidus ille abiit: quid mihi fiet?« ait;
»quid mihi fiet?« ait; sonuerunt cymbala toto
litore et adtonita tympana pulsa manu.
excidit illa metu rupitque novissima verba;
nullus in exanimi corpore sanguis erat.
ecce, Mimallonides sparsis in terga capillis,
ecce, leves Satyri, praevia turba dei.
ebrius, ecce, senex pando Silenus asello
vix sedet et pressas continet arte iubas.
dum sequitur Bacchas, Bacchae fugiuntque petuntque,
quadrupedem ferula dum malus urget eques,

Mund nicht übel riechen, der Atem nicht widerlich sein, und unter der Achsel soll nicht der stinkende Bock, der Herr der Ziegenherde, hausen. Alles Übrige überlass den lockeren Mädchen oder Leuten, die keine rechten Männer sind und um Männer buhlen.

Bacchus und Ariadne

[525] Doch wohlan, Bacchus ruft seinen Seher: Auch er unterstützt die Liebenden und ist der Flamme gewogen, die ihn selbst erwärmt. Das Mädchen von Cnossus irrte besinnungslos an unbekannten Sandstränden umher, wo die Wasser des Meeres an die kleine Insel Dia branden; und kaum vom Schlaf erwacht, in gürtellosem Gewande, [530] mit nacktem Fuß, ihr blondes Haar ohne Band, rief sie den tauben Wogen zu: »Du grausamer Theseus!« Und ein Tränenregen benetzte ihre zarten Wangen, die ein besseres Los verdient hätten. Sie schrie und weinte zugleich, aber beides stand ihr gut, die Tränen taten ihrer Schönheit keinen Abbruch. [535] Und wieder schlug sie mit den Händen an ihre so zärtliche Brust und sprach: »Der Ungetreue ist fort; was soll aus mir werden? Was wird aus mir?« Noch redete sie; da ertönten am ganzen Gestade Cymbeln und Pauken, geschlagen von gottbegeisterter Hand. Sie wurde vor Schreck besinnungslos, und die letzten Worte blieben ihr im Halse stecken. [540] Aus der ohnmächtigen Gestalt war das Blut gewichen. Schau, da kommen die Mimalloniden, denen das Haar offen auf den Rücken fällt, da kommen die leichtfüßigen Satyrn, die Vorhut des Gottes. Da ist der trunkene alte Silen: Kaum kann er noch auf dem durchhängenden Eselsrücken sitzen und hält sich mit List und Tücke krampfhaft an der Mähne fest. [545] Während er den Bacchantinnen nachgeht und diese flüchten und ihn wieder angreifen, während der schlechte Reiter seinem Vierbeiner mit

in caput aurito cecidit delapsus asello;
clamarunt Satyri »surge age, surge, pater.«
iam deus in curru, quem summum texerat uvis,
tigribus adiunctis aurea lora dabat;
et color et Theseus et vox abiere puellae,
terque fugam petiit terque retenta metu est.
horruit, ut steriles agitat quas ventus aristas,
ut levis in madida canna palude tremit.
cui deus »en, adsum tibi cura fidelior« inquit;
»pone metum, Bacchi Cnosias uxor eris.
munus habe caelum: caelo spectabere sidus;
saepe reges dubiam Cressa Corona ratem.«
dixit et e curru, ne tigres illa timeret,
desilit (inposito cessit harena pede)
implicitamque sinu, neque enim pugnare valebat,
abstulit: in facili est omnia posse deo.
pars »Hymenaee« canunt, pars clamant »Euhion, euhoe«;
sic coeunt sacro nupta deusque toro.

Ergo, ubi contigerint positi tibi munera Bacchi
atque erit in socii femina parte tori,
Nycteliumque patrem nocturnaque sacra precare
ne iubeant capiti vina nocere tuo.
hic tibi multa licet sermone latentia tecto
dicere, quae dici sentiat illa sibi,
blanditiasque leves tenui perscribere vino,
ut dominam in mensa se legat illa tuam,

der Gerte zusetzt, verlor er das Gleichgewicht und fiel vom Langohr herunter auf den Kopf. Die Satyrn schrien: »Steh auf, Väterchen, steh auf!« Schon ließ der Gott auf dem Wagen, den er mit einer traubenschweren Weinlaube überdacht hatte, den vorgespannten Tigern die goldenen Zügel schießen. Da entschwand dem Mädchen die Gesichtsfarbe, die Stimme und auch der Gedanke an Theseus. Dreimal wollte sie fliehen, dreimal hielt die Furcht sie zurück. Sie erschauerte wie taube Ähren, die der Wind bewegt, wie das leichte Schilfrohr, das im feuchten Sumpfe zittert. Zu ihr sprach der Gott: »Sieh, ich bin für dich da, ein treuerer Beschützer. Fürchte dich nicht, Mädchen von Cnossus, du wirst Bacchus' Gemahlin. Nimm den Himmel zum Geschenk: Am Himmel wirst du als Sternbild zu sehen sein, oft einem unsicheren Schiff als kretische Krone den Weg weisen.« Sprach's und sprang vom Wagen, damit sie die Tiger nicht fürchte, und der Sand gab unter seinem Fuße nach. Dann nahm Bacchus sie an seine Brust, denn sie hatte keine Kraft, sich zu wehren, und er trug sie fort; es wird hier dem Gott leicht, seine Allmacht durchzusetzen. Ein Teil singt: »Hymenaee«, ein Teil schreit: »Euhion, euhoe.« So verbinden sich auf heiligem Lager die Braut und der Gott.

Das Gastmahl

Wenn also die Gaben des Bacchus für dich aufgetischt sind und eine Frau dein Speisesofa teilt, dann bete zum Vater der Nacht und seinen nächtlichen Weihen, dass sie dem Wein verbieten, deinem Kopf zu schaden. Hier darfst du vieles in geheimer Zeichensprache sagen, von dem sie spüren soll, dass es ihr gilt, darfst leichte Schmeicheleien mit klarem Wein niederschreiben, damit sie auf dem Tisch lesen kann, dass sie die Dame deines Herzens ist, darfst auch Auge in Auge schau-

atque oculos oculis spectare fatentibus ignem:
saepe tacens vocem verbaque vultus habet.
fac primus rapias illius tacta labellis
pocula, quaque bibet parte puella, bibas;
et quemcumque cibum digitis libaverit illa,
tu pete, dumque petes, sit tibi tacta manus.
sint etiam tua vota viro placuisse puellae:
utilior vobis factus amicus erit.
huic, si sorte bibes, sortem concede priorem,
huic detur capiti missa corona tuo.
sive erit inferior seu par, prior omnia sumat,
nec dubites illi verba secunda loqui.
tuta frequensque via est, per amici fallere nomen;
tuta frequensque licet sit via, crimen habet.
[inde procurator nimium quoque multa procurat
et sibi mandatis plura videnda putat.]
certa tibi a nobis dabitur mensura bibendi:
officium praestent mensque pedesque suum.
iurgia praecipue vino stimulata caveto
et nimium faciles ad fera bella manus.
occidit Eurytion stulte data vina bibendo:
aptior est dulci mensa merumque ioco.
si vox est, canta; si mollia bracchia, salta;
et, quacumque potes dote placere, place.
ebrietas ut vera nocet, sic ficta iuvabit:
fac titubet blaeso subdola lingua sono,
ut, quicquid facias dicasve protervius aequo,
credatur nimium causa fuisse merum.
et bene dic dominae, bene, cum quo dormiat illa;
sed male sit tacita mente precare viro.

end deine Liebesglut erraten lassen. Oft hat eine stumme Miene Stimme und Wort. [575] Reiß als Erster den Becher an dich, den ihre Lippen berührten, und trink an der Stelle, wo dein Mädchen trinkt. Und von jeder Speise, von der sie sich mit den Fingern etwas nahm, nimm auch du und berühre dabei ihre Hand. Es sei auch dein Wunsch, dem Mann der Geliebten zu gefallen. Er wird euch mehr nützen, wenn er dein Freund wird. [580] Kommst du durchs Los an die Reihe zu trinken, so lass ihm den Vortritt; sein Haupt soll den Kranz bekommen, der für das deine bestimmt war; steht er unter dir oder dir gleich, so soll er doch von allem vor dir nehmen; trage auch keine Bedenken, immer erst nach ihm zu sprechen. [585] Sicher und beliebt ist die Methode, unter dem Namen der Freundschaft zu betrügen. Mag die Methode auch sicher und beliebt sein, so ist sie doch verwerflich. [Daher verwaltet ein Verwalter oft allzu viel und meint, er müsse mehr sehen, als was ihm aufgetragen ist.] Wir werden dir ein festes Maß im Trinken setzen: [590] Verstand und Füße sollen dir noch dienstbar sein. Hüte dich besonders vor Scheltreden, zu denen der Wein aufstachelt, und vor allzu leicht entstehenden handgreiflichen Auseinandersetzungen. Eurytion kam um, weil er töricht den Wein trank, den man ihm vorsetzte. Besser passt zu Tafel und Wein sanfter Scherz. [595] Hast du Stimme, so singe; sind deine Arme gelenkig, so tanze und versuche durch jede Gabe zu gefallen, durch die du gefallen kannst. Zwar schadet echte Trunkenheit, doch erheuchelte wird dir nützen: Lass die Zunge listig mit lallenden Lauten stammeln, damit alles, was du allzu keck sagst oder tust, [600] auf übermäßigen Weingenuss geschoben werde. Und sage: »Auf das Wohl der Dame, auf das Wohl dessen, mit dem sie schläft.« Doch in der Stille wünsche den Mann zum Henker.

At cum discedet mensa conviva remota,
  ipsa tibi accessus turba locumque dabit.
insere te turbae leviterque admotus eunti
  velle latus digitis et pede tange pedem.
conloquii iam tempus adest; fuge rustice longe
  hinc Pudor: audentem Forsque Venusque iuvat.
non tua sub nostras veniat facundia leges;
  fac tantum cupias, sponte disertus eris.
est tibi agendus amans imitandaque vulnera verbis;
  haec tibi quaeratur qualibet arte fides.
nec credi labor est: sibi quaeque videtur amanda;
  pessima sit, nulli non sua forma placet.
saepe tamen vere coepit simulator amare;
  saepe, quod incipiens finxerat esse, fuit.
(quo magis, o, faciles imitantibus este, puellae:
  fiet amor verus, qui modo falsus erat.)
blanditiis animum furtim deprendere nunc sit,
  ut pendens liquida ripa subestur aqua.
nec faciem nec te pigeat laudare capillos
  et teretes digitos exiguumque pedem:
delectant etiam castas praeconia formae;
  virginibus curae grataque forma sua est.
nam cur in Phrygiis Iunonem et Pallada silvis
  nunc quoque iudicium non tenuisse pudet?
laudatas ostendit avis Iunonia pinnas;
  si tacitus spectes, illa recondit opes.
quadrupedes inter rapidi certamina cursus
  depexaeque iubae plausaque colla iuvant.

Überredung und Schmeichelei

Aber wenn die Gäste sich nach Aufhebung der Tafel verziehen, wird dir allein schon das Gedränge Annäherungsmöglichkeiten bieten. [605] Menge dich unter die Schar und streife leicht die Dame, die neben dir geht; zupfe sie mit den Fingern an der Seite und berühre ihren Fuß mit dem deinen. Jetzt ist der Zeitpunkt für das Gespräch da; fliehe weit weg von hier, bäurische Scheu! Dem Mutigen helfen Glück und Venus. Deine Beredsamkeit soll von uns nicht reglementiert werden. [610] Wisse nur, was du willst; dann wirst du von selbst beredt sein. Du musst den Verliebten spielen und seine Schmerzen mit Worten nachahmen; darin strebe mit aller Kunst nach Glaubwürdigkeit. Und es ist nicht schwer, Glauben zu finden. Jede hält sich für liebenswert; mag sie auch abgrundhässlich sein, jeder gefällt die eigene Gestalt. [615] Oft hat freilich einer, der den Liebenden spielte, wirklich zu lieben begonnen, oft war er zum Schluss, was er am Anfang nur vorgetäuscht hatte. (Kommt desto mehr, ihr Mädchen, denen entgegen, die Liebe erheucheln! Aus der Liebe, die eben noch unecht war, wird eine echte werden.) Jetzt sei es die Aufgabe, ihr Herz durch Schmeicheleien allmählich zu fangen, [620] wie fließendes Wasser ein überhängendes Ufer unterhöhlt. Lass es dich nicht verdrießen, ihr Gesicht, ihr Haar zu loben, ihre feinen Finger und ihren kleinen Fuß. Auch keusche Herzen erquickt das Lob der Schönheit; auch Jungfrauen pflegen ihre Erscheinung und freuen sich daran. [625] Denn warum schämen sich Juno und Pallas immer noch, in den phrygischen Wäldern vor Paris' Urteil nicht bestanden zu haben? Junos Vogel, der Pfau, zeigt seine Federn, wenn man ihn lobt; schaust du ihn schweigend an, versteckt er seine Herrlichkeiten. [629] Die Pferde freut es, wenn man ihnen während des Wettrennens die Mähne strählt und den Hals tätschelt.

Nec timide promitte: trahunt promissa puellas;
pollicito testes quoslibet adde deos.
Iuppiter ex alto periuria ridet amantum
et iubet Aeolios inrita ferre Notos.
per Styga Iunoni falsum iurare solebat
Iuppiter: exemplo nunc favet ipse suo.
expedit esse deos et, ut expedit, esse putemus;
dentur in antiquos tura merumque focos.
nec secura quies illos similisque sopori
detinet: innocue vivite, numen adest.
reddite depositum; pietas sua foedera servet;
fraus absit; vacuas caedis habete manus.
ludite, si sapitis, solas impune puellas:
hac magis est una fraude pudenda fides.
fallite fallentes; ex magna parte profanum
sunt genus: in laqueos, quos posuere, cadant.
dicitur Aegyptos caruisse iuvantibus arva
imbribus atque annos sicca fuisse novem,
cum Thrasius Busirin adit monstratque piari
hospitis adfuso sanguine posse Iovem.
illi Busiris »fies Iovis hostia primus«
inquit »et Aegypto tu dabis hospes aquam.«
et Phalaris tauro violenti membra Perilli
torruit; infelix inbuit auctor opus.
iustus uterque fuit, neque enim lex aequior ulla est
quam necis artifices arte perire sua.
ergo, ut periuras merito periuria fallant,
exemplo doleat femina laesa suo.
et lacrimae prosunt; lacrimis adamanta movebis:
fac madidas videat, si potes, illa genas.

Versprechungen, Betrug, falsche Tränen

Und sei im Versprechen nicht ängstlich; Versprechungen ziehen Mädchen an. Und rufe als Zeugen dafür nach Belieben Götter an. Iuppiter lacht aus der Höhe über die Meineide der Liebenden und lässt sie bedeutungslos im aeolischen Südwind verwehen. [635] Beim Styx pflegte Iuppiter der Juno Meineide zu leisten: Da er selbst das Beispiel gegeben hat, ist er jetzt in diesem Punkt nachsichtig. Es ist nützlich, dass es Götter gibt, und da es nützlich ist, wollen wir auch daran glauben. Weihrauch und Wein spende man auf den alten Opferherden. Keine sorglose Ruhe, die dem Schlafe ähnelt, [640] fesselt sie: Lebt schuldlos, dann steht die Gottheit euch bei. Gebt das Anvertraute zurück; Abmachungen haltet mit Hingabe ein; Arglist sei fern; befleckt eure Hände nicht mit Mordblut. Habt ihr Verstand, so betrügt nur die Mädchen ungestraft. Nur auf diesem Gebiet ist Redlichkeit eine größere Schande als Betrug. [645] Betrügt sie, die euch betrügen! Großenteils sind sie ein unheiliges Volk; lasst sie in die Schlingen gehen, die sie euch gelegt haben! Ägypten soll neun Jahre trocken geblieben sein – ohne Regen, der die Felder nährt. Da kommt Thrasius zu Busiris und zeigt ihm, [650] dass Iuppiter durch das Blut eines Fremden versöhnt werden kann. Zu ihm sprach Busiris: »Du sollst als Erster Iuppiters Opfertier werden, und du, Fremdling, sollst Ägypten Wasser geben.« Phalaris briet den Leib des gewalttätigen Perillus in einem ehernen Stier: Der unselige Erfinder weihte sein Werk mit seinem Blute ein. [655] Beide Tyrannen waren gerecht; denn es gibt kein gerechteres Gesetz, als dass die Techniker des Todes durch ihre eigene Technik zugrunde gehen. Also, damit Meineid die Meineidigen, wie sie es verdienen, betrüge, möge die Frau leiden, was sie uns angetan hat. Auch Tränen sind nützlich; durch Tränen wirst du selbst ein Herz von Stahl rühren; [660] lass sie, wenn du kannst, dei-

si lacrimae, neque enim veniunt in tempore semper,
deficient, uncta lumina tange manu.

Quis sapiens blandis non misceat oscula verbis?
illa licet non det, non data sume tamen.
pugnabit primo fortassis et »improbe« dicet;
pugnando vinci se tamen illa volet.
tantum, ne noceant teneris male rapta labellis
neve queri possit dura fuisse, cave.
oscula qui sumpsit, si non et cetera sumit,
haec quoque, quae data sunt, perdere dignus erit.
quantum defuerat pleno post oscula voto?
ei mihi, rusticitas, non pudor ille fuit.
vim licet appelles: grata est vis ista puellis;
quod iuvat, invitae saepe dedisse volunt.
quaecumque est Veneris subita violata rapina,
gaudet, et inprobitas muneris instar habet.
at quae, cum posset cogi, non tacta recessit,
ut simulet vultu gaudia, tristis erit.
vim passa est Phoebe, vis est allata sorori;
et gratus raptae raptor uterque fuit.
fabula nota quidem, sed non indigna referri,
Scyrias Haemonio iuncta puella viro.
iam dea laudatae dederat mala praemia formae
colle sub Idaeo vincere digna duas;
iam nurus ad Priamum diverso venerat orbe,
Graiaque in Iliacis moenibus uxor erat;

ne Wangen feucht sehen. Wenn dir Tränen fehlen (denn sie kommen nicht immer im richtigen Augenblick), berühre die Augen mit angefeuchteter Hand.

Küsse, Gewalt, männliche Initiative

Wer ist so dumm und mischt nicht Küsse unter die schmeichelnden Worte? Mag sie dir auch keine geben, nimm dir welche, ohne dass sie sie gibt. [665] Vielleicht wird sie zuerst dagegen ankämpfen und »Unverschämter!« sagen; sie wird aber im Kampf besiegt werden wollen. Nur nimm dich in Acht, dass ungeschickt geraubte Küsse den zarten Lippen nicht weh tun und dass sie sich nicht beklagen kann, sie seien grob gewesen. Wer sich Küsse nahm und das Übrige nicht nimmt, [670] verdient auch das, was ihm gegeben wurde, zu verlieren. Wie wenig hatte noch nach den Küssen bis zur vollen Wunscherfüllung gefehlt? Wehe mir, das war keine Scham, sondern Tölpelhaftigkeit. Magst du es auch Gewalt nennen, diese Art der Gewalt ist den Mädchen willkommen; was Freude macht, wollen sie oft geben, ohne es wahrhaben zu wollen. [675] Jede, der durch plötzlichen Liebesraub Gewalt angetan wurde, freut sich, und Unverschämtheit ist hier so viel wie ein Geschenk. Doch eine, die unberührt davonkam, obwohl sie hätte gezwungen werden können, wird traurig sein, mag auch ihr Gesicht Freude vortäuschen. Phoebe wurde vergewaltigt, Gewalt wurde ihrer Schwester angetan, [680] und beiden Geraubten war der Räuber lieb. Eine bekannte Geschichte, die aber erzählt zu werden verdient, handelt von der Verbindung zwischen dem Mädchen von Scyrus und dem haemonischen Mann. Schon hatte die Göttin, die zu Füßen des Idahügels über zwei andere Göttinnen den verdienten Sieg davontrug, den verhängnisvollen Lohn für das Lob ihrer Schönheit ausbezahlt. [685] Schon war die Schwiegertochter vom anderen Ende der

iurabant omnes in laesi verba mariti,
nam dolor unius publica causa fuit.
turpe, nisi hoc matris precibus tribuisset, Achilles
veste virum longa dissimulatus erat.
quid facis, Aeacide? non sunt tua munera lanae;
tu titulos alia Palladis arte petes.
quid tibi cum calathis? clipeo manus apta ferendo est;
pensa quid in dextra, qua cadet Hector, habes?
reice succinctos operoso stamine fusos:
quassanda est ista Pelias hasta manu.
forte erat in thalamo virgo regalis eodem;
haec illum stupro comperit esse virum.
viribus illa quidem victa est (ita credere oportet),
sed voluit vinci viribus illa tamen.
saepe »mane« dixit, cum iam properaret Achilles:
fortia nam posito sumpserat arma colo.
vis ubi nunc illa est? quid blanda voce moraris
auctorem stupri, Deïdamia, tui?
scilicet, ut pudor est quaedam coepisse priorem,
sic alio gratum est incipiente pati.
a, nimia est iuveni propriae fiducia formae,
expectat si quis, dum prior illa roget.
vir prior accedat, vir verba rogantia dicat;
excipiat blandas comiter illa preces.
ut potiare, roga: tantum cupit illa rogari;
da causam voti principiumque tui.
Iuppiter ad veteres supplex heroïdas ibat;
corrupit magnum nulla puella Iovem.

Welt zu Priamus gekommen und lebte als griechische Ehefrau in Ilions Mauern. Alle schworen den Eid, den der gekränkte Gemahl vorsprach, denn die Kränkung des einen war Sache der Allgemeinheit. [689] Achills Männlichkeit war (eine Schande, aber er hatte es seiner Mutter auf ihre Bitte hin zugestanden) unter einem langen Frauengewand verheimlicht. Was tust du, Aeacus' Spross? Wollarbeiten sind nicht deine Aufgabe. Du wirst in einer anderen Kunst der Pallas nach Ruhmestiteln streben. Was hast du mit Körbchen zu tun? Deine Hand ist dazu geschaffen, einen Schild zu tragen. Was hältst du Wolle in der Hand, durch die Hektor fallen soll? [695] Wirf die Spindel weg, die mit fleißig gesponnenem Garn umwunden ist! Diese Hand muss die pelische Lanze schütteln. Gerade war die jungfräuliche Königstochter in demselben Gemach; sie erfuhr durch seine Gewalttat, dass er ein Mann war. Er besiegte sie zwar mit Gewalt (so ziemt es sich zu glauben), [700] aber sie wollte doch mit Gewalt besiegt werden. Oft sagte sie: »Bleib!«, als Achill schon enteilte; denn er hatte den Spinnrocken beiseite gelegt und sich die kriegerischen Waffen genommen. Wo ist nun die Gewalt, von der die Rede war? Was hältst du mit schmeichelnder Stimme den Mann auf, der dich schändete, Deïdamia? [705] Nicht wahr: Man schämt sich zwar, bei gewissen Dingen selbst den Anfang zu machen, aber man erduldet sie gern, wenn ein anderer damit beginnt. Ach, allzu viel bildet sich der junge Mann auf seine Schönheit ein, der abwartet, bis das Mädchen ihm zuerst einen Antrag macht. Der Mann tue den ersten Schritt, er spreche bittende Worte, [710] und sie möge die schmeichelnden Bitten liebenswürdig aufnehmen. Willst du sie erlangen, so bitte du sie! Sie will nur gebeten sein. Schaffe den Anlass und mache den Anfang zur Erfüllung deines Wunsches. Iuppiter ging als Bittflehender zu den Heroinen der Vorzeit; kein Mädchen hat von sich aus den großen Iuppiter verführt.

Si tamen a precibus tumidos accedere fastus
senseris, incepto parce referque pedem.
quod refugit, multae cupiunt; odere, quod instat:
lenius instando taedia tolle tui.
nec semper Veneris spes est profitenda roganti;
intret amicitiae nomine tectus amor.
hoc aditu vidi tetricae data verba puellae;
qui fuerat cultor, factus amator erat.

Candidus in nauta turpis color: aequoris unda
debet et a radiis sideris esse niger;
turpis et agricolae, qui vomere semper adunco
et gravibus rastris sub Iove versat humum;
et tua, Palladiae petitur cui fama coronae,
candida si fuerint corpora, turpis eris.
palleat omnis amans: hic est color aptus amanti;
hoc decet, hoc multis †non valuisse† putant.
pallidus in Side silvis errabat Orion;
pallidus in lenta Naïde Daphnis erat.
arguat et macies animum, nec turpe putaris
palliolum nitidis inposuisse comis.
attenuant iuvenum vigilatae corpora noctes
curaque et in magno qui fit amore dolor.
ut voto potiare tuo, miserabilis esto,
ut qui te videat dicere possit »amas.«

Gespielte Zurückhaltung

[715] Wenn du aber spürst, dass aus deinen Bitten hochmütige Sprödigkeit erwächst, so übe Zurückhaltung und ziehe dich etwas zurück. Was flieht, begehren viele, sie verabscheuen, was zudringlich ist; nimm ihr den Überdruss an dir, indem du sie sanfter bedrängst. Nicht immer muss der Werbende offen bekennen, dass er sich Liebe erhofft. [720] Lass Amor sich unter dem Decknamen der Freundschaft einschleichen. Ich habe gesehen, dass ein sprödes Mädchen sich durch diese Art der Einführung täuschen ließ; wer ein Verehrer gewesen war, war unversehens zum Liebhaber geworden.

Das Aussehen des Liebenden

Einem Seemann steht schneeweiße Hautfarbe übel zu Gesicht, er muss vom Meerwasser und den Strahlen des Tagesgestirns gebräunt sein. [725] Schlecht steht sie auch dem Bauern, der immer mit gekrümmter Pflugschar und wuchtiger Hacke unter Iuppiters freiem Himmel den Erdboden aufwühlt. Und wenn du nach dem Ruhm des Kranzes vom Baum der Pallas strebst und dabei einen schneeweißen Leib hast, steht dir das schlecht. Aber jeder Liebende sei bleich; diese Farbe passt zu dem Liebenden; [730] so gehört es sich; bedenke, dass sich dies für einen jeden bewährt hat! Bleich um der Side willen irrte Orion durch die Wälder; bleich um der unnachgiebigen Naïs willen war Daphnis. Auch Magerkeit verrate, wie es um dein Herz steht, und halte es nicht für eine Schande, eine Kapuze auf dein glänzendes Haar zu legen. [735] Durchwachte Nächte, Sorge und tiefer Liebeskummer zehren am Leib der jungen Männer. Um deinen Wunsch erfüllt zu sehen, musst du bejammernswert sein, so dass jeder, der dich sieht, sagen kann: »Du bist verliebt.«

Conquerar an moneam mixtum fas omne nefasque?
nomen amicitia est, nomen inane fides.
ei mihi, non tutum est, quod ames, laudare sodali:
cum tibi laudanti credidit, ipse subit.
»at non Actorides lectum temeravit Achillis;
quantum ad Pirithoum, Phaedra pudica fuit.
Hermionen Pylades, qua Pallada Phoebus, amabat,
quodque tibi geminus, Tyndari, Castor, erat.«
si quis idem sperat, iacturas poma myricas
speret et e medio flumine mella petat.
nil nisi turpe iuvat; curae sua cuique voluptas;
haec quoque ab alterius grata dolore venit.
heu facinus, non est hostis metuendus amanti;
quos credis fidos, effuge: tutus eris.
cognatum fratremque cave carumque sodalem;
praebebit veros haec tibi turba metus.

Finiturus eram, sed sunt diversa puellis
pectora; mille animos excipe mille modis.
nec tellus eadem parit omnia: vitibus illa
convenit, haec oleis; hic bene farra virent.
pectoribus mores tot sunt, quot in ore figurae:
qui sapit, innumeris moribus aptus erit,
utque leves Proteus modo se tenuabit in undas,
nunc leo, nunc arbor, nunc erit hirtus aper.
hi iaculo pisces, illi capiuntur ab hamis,
hos cava contento retia fune trahunt:

Warnung vor Freunden

Soll ich klagen oder daran erinnern, dass es keine Schranke zwischen Recht und Unrecht gibt? [740] Freundschaft ist nur ein Name, Treue ein leeres Wort. Weh mir, es ist nicht gefahrlos, die Geliebte vor dem Freund zu loben. Hat er deinem Lob Glauben geschenkt, schleicht er sich selbst auf deinen Platz. »Aber der Actoride hat Achills Bett nicht entweiht; was Pirithous betraf, war Phaedra keusch; [745] Pylades liebte Hermione wie Phoebus die Pallas und wie Castor seine Zwillingsschwester Helena.« Hofft einer dasselbe, so mag er auch hoffen, dass Tamarisken Äpfel regnen lassen, und er mag mitten im Fluss Honig suchen. Nur das Böse macht Spaß; jeder denkt nur an sein Vergnügen; [750] und dieses ist auch willkommen, wenn es aus dem Leid eines Anderen entspringt. Wehe! Nicht vor dem Feind muss der Liebende sich fürchten; entkomme denen, die du für treu hältst: Erst dann bist du sicher. Hüte dich vor dem Verwandten, dem Bruder und dem lieben Freund: Diese Schar wird dir begründete Furcht einjagen.

Der Liebende als Verwandlungskünstler

[755] Ich wollte schon zum Schluss kommen, aber ein Mädchenherz ist nicht wie das andere; wisse tausend Herzen auf tausenderlei Art zu nehmen! Einerlei Boden bringt nicht alles hervor: Der eine ist geeignet für Reben, der andere für Oliven; hier gedeiht der Emmer vortrefflich. Es gibt so vielerlei Charaktere wie Gesichter. [760] Wer klug ist, wird sich unzähligen Wesensarten anpassen können und wie Proteus sich bald zu fließendem Wasser verflüchtigen, jetzt ein Löwe, jetzt ein Baum, jetzt ein borstiger Eber sein. Manche Fische fängt man mit der Harpune, andere mit dem Angelhaken, wieder andere werden von geräumigen Netzen am strammen Seil fortge-

nec tibi conveniet cunctos modus unus ad annos;
longius insidias cerva videbit anus.
si doctus videare rudi petulansve pudenti,
diffidet miserae protinus illa sibi.
inde fit ut, quae se timuit committere honesto,
vilis ad amplexus inferioris eat.

Pars superat coepti, pars est exhausta, laboris;
hic teneat nostras ancora iacta rates.

schleppt. [765] Ebenso wenig wird zu jedem Lebensalter ein und dieselbe Methode passen; eine bejahrte Hirschkuh wird den Hinterhalt schon aus größerer Entfernung erkennen. Wenn du der Ungebildeten gelehrt und der Schamhaften frech erscheinst, wird die Ärmste sofort ihr Selbstvertrauen verlieren. So kommt es, dass eine, die zu scheu war, sich einem Anständigen anzuvertrauen, [770] sich erniedrigt und einem Geringeren an den Hals wirft.

Überleitung

Ein Teil unseres Vorhabens ist noch übrig, ein anderer zu Ende. Hier sei der Anker geworfen, hier halte er unser Schiff fest.

Liber secundus

Dicite »io Paean« et »io« bis dicite »Paean«:
decidit in casses praeda petita meos.
laetus amans donat viridi mea carmina palma
praelata Ascraeo Maeonioque seni.
talis ab armiferis Priameïus hospes Amyclis
candida cum rapta coniuge vela dedit;
talis erat qui te curru victore ferebat,
vecta peregrinis Hippodamia rotis.
quid properas, iuvenis? mediis tua pinus in undis
navigat, et longe, quem peto, portus abest.
non satis est venisse tibi me vate puellam;
arte mea capta est, arte tenenda mea est.
nec minor est virtus, quam quaerere, parta tueri:
casus inest illic, hoc erit artis opus.
nunc mihi, si quando, puer et Cytherea, favete;
nunc Erato, nam tu nomen amoris habes.
magna paro, quas possit Amor remanere per artes,
dicere, tam vasto pervagus orbe puer.
et levis est et habet geminas, quibus avolet, alas;
difficile est illis inposuisse modum.
hospitis effugio praestruxerat omnia Minos;
audacem pinnis repperit ille viam.
Daedalus ut clausit conceptum crimine matris
semibovemque virum semivirumque bovem,
»sit modus exilio,« dixit »iustissime Minos;
accipiat cineres terra paterna meos,

Zweites Buch

Einleitung

Ruft: »Io Paean!« und nochmals »Io Paean!« Die gewünschte Beute ist mir ins Netz gegangen. Froh schenkt der Liebende meinem Gedicht die grüne Siegespalme; er zieht es dem Hesiod und dem alten Homer vor. [5] In dieser Stimmung hat der Priamussohn als Fremdling zusammen mit der geraubten Gattin aus dem waffentragenden Amyclae die weißen Segel dem Wind anvertraut. Ebenso stolz war der Mann, der dich auf siegreichem Wagen entführte, Hippodamia, die du auf fremdländischen Rädern fuhrst. [9] Was eilst du, junger Mann? Dein fichtenes Schiff treibt auf offener See, und weit ist der Hafen entfernt, den ich ansteure. Es genügt nicht, dass das Mädchen dir durch mein Dichten zuteil wurde: Durch meine Kunst ist sie gefangen, durch meine Kunst muss sie festgehalten werden. Das Erworbene zu bewahren ist keine geringere Leistung als die Eroberung. Dort spielt der Zufall mit, dies aber wird die Aufgabe der Kunst sein. [15] Amor und Cytherea, steht mir bei, jetzt mehr denn je; du auch, Erato, denn du trägst den Namen der Liebe. Ich rüste mich zu großen Dingen: zu sagen, durch welche Künste sich Amor zum Bleiben bewegen lässt, ein Knabe, der in der weiten Welt so gern umherschweift. Er ist leicht und hat zwei Flügel, mit denen er davonfliegen kann; [20] schwer ist's, ihnen Maß und Ziel zu setzen.

Gegen eine Flucht seines Gastes hatte Minos alle Vorkehrungen getroffen; er aber fand den kühnen Weg auf dem Gefieder. Sobald Daedalus den von der Mutter in Frevel empfangenen Menschen, der zur Hälfte ein Stier, den Stier, der zur Hälfte ein Mensch war, eingesperrt hatte, sprach er: [25] »Möge die Verbannung ein Ende haben, Minos, du Allergerechtester, möge die väterliche Erde meine Asche aufnehmen, und da ich,

et, quoniam in patria fatis agitatus iniquis
  vivere non potui, da mihi posse mori.
da reditum puero, senis est si gratia vilis;
  si non vis puero parcere, parce seni.«
dixerat haec, sed et haec et multo plura licebat
  diceret, egressus non dabat ille viro.
quod simul ut sensit, »nunc nunc, o Daedale,« dixit
  »materiam, qua sis ingeniosus, habes.
possidet et terras et possidet aequora Minos:
  nec tellus nostrae nec patet unda fugae.
restat iter caeli: caelo temptabimus ire.
  da veniam coepto, Iuppiter alte, meo.
non ego sidereas adfecto tangere sedes;
  qua fugiam dominum, nulla nisi ista via est.
per Styga detur iter, Stygias transnabimus undas;
  sunt mihi naturae iura novanda meae.«
ingenium mala saepe movent: quis crederet umquam
  aërias hominem carpere posse vias?
remigium volucrum, disponit in ordine pinnas
  et leve per lini vincula nectit opus;
imaque pars ceris adstringitur igne solutis,
  finitusque novae iam labor artis erat.
tractabat ceramque puer pinnasque renidens
  nescius haec umeris arma parata suis.
cui pater »his« inquit »patria est adeunda carinis;
  hac nobis Minos effugiendus ope.
aëra non potuit Minos, alia omnia clausit:
  quem licet, inventis aëra rumpe meis.
sed tibi non virgo Tegeaea comesque Bootae
  ensiger Orion aspiciendus erit:
me pinnis sectare datis; ego praevius ibo:
  sit tua cura sequi, me duce tutus eris.

von feindseligem Schicksal getrieben, nicht im Vaterland leben konnte, gib mir die Möglichkeit, dort zu sterben. Schenke dem Knaben die Heimkehr, wenn dir der Dank des Greises nichts bedeutet; willst du den Knaben nicht schonen, schone den Greis.« Sprach's, aber mochte er auch dies und noch viel mehr sagen, Minos ließ ihn nicht ziehen. Sobald er dies eingesehen hatte, sprach er: »Jetzt, jetzt hast du, Daedalus, einen Stoff, an dem du deine Erfindergabe bewähren kannst. Minos besitzt Land und Meer – weder Erde noch Wasser steht unserer Flucht offen. Es bleibt der Weg über den Himmel, durch Himmelshöhen werden wir zu gehen versuchen; hoher Iuppiter, vergib mir mein Unterfangen! Ich mache mich nicht anheischig, die Sternenwohnungen anzutasten; um dem Tyrannen zu entgehen, gibt es nur diesen Weg. Ergibt sich ein Weg durch den Styx, so werden wir die stygischen Fluten durchschwimmen. Ich muss die Rechte meiner Menschennatur neu bestimmen.« Oft setzt Not den Erfindergeist in Bewegung: Wer hätte je gedacht, ein Mensch könne den Luftweg durcheilen? Federn, das Ruderwerk der Vögel, ordnet er der Reihe nach und verknüpft das leichte Gebilde mit linnenen Fesseln; das unterste Ende wird mit Wachs zusammengehalten, das am Feuer aufgelöst wurde, und schon war das neuartige Kunstwerk vollendet. Strahlend spielte der Knabe mit Wachs und Federn, ohne zu wissen, dass diese Ausrüstung für seine Schultern bestimmt war. Zu ihm sprach der Vater: »Auf diesen Kielen müssen wir das Vaterland erreichen, mit diesem Mittel dem Minos entfliehen. Nur die Luft konnte Minos nicht versperren, alles Übrige hat er verschlossen. Durchstoße die Luft mit Hilfe meiner Erfindung, denn nur das darfst du. Aber du wirst nicht die tegeaeische Jungfrau und den Begleiter des Bootes, den schwerttragenden Orion, anschauen dürfen: Folge mir auf den Federn, die ich dir gebe; ich werde vorausfliegen; sei nur darauf bedacht, mir zu folgen, unter meiner Führung

nam, sive aetherias vicino sole per auras
ibimus, impatiens cera caloris erit;
sive humiles propiore freto iactabimus alas,
mobilis aequoreis pinna madescet aquis.
inter utrumque vola; ventos quoque, nate, timeto,
quaque ferent aurae, vela secunda dato.«
dum monet, aptat opus puero monstratque moveri,
erudit infirmas ut sua mater aves;
inde sibi factas umeris accommodat alas
perque novum timide corpora librat iter;
iamque volaturus parvo dedit oscula nato,
nec patriae lacrimas continuere genae.
monte minor collis, campis erat altior aequis;
hinc data sunt miserae corpora bina fugae.
et movet ipse suas et nati respicit alas
Daedalus et cursus sustinet usque suos.
iamque novum delectat iter, positoque timore
Icarus audaci fortius arte volat.
(hos aliquis, tremula dum captat harundine pisces
vidit, et inceptum dextra reliquit opus.)
iam Samos a laeva (fuerant Naxosque relictae
et Paros et Clario Delos amata deo),
dextra Lebinthos erat silvisque umbrosa Calymne
cinctaque piscosis Astypalaea vadis,
cum puer incautis nimium temerarius annis
altius egit iter deseruitque patrem.
vincla labant et cera deo propiore liquescit,
nec tenues ventos bracchia mota tĕnent.
territus a summo despexit in aequora caelo;
nox oculis pavido venit oborta metu.

wirst du sicher sein. [59] Denn wenn wir in der Nachbarschaft der Sonne durch die ätherischen Lüfte fliegen, wird das Wachs die Hitze nicht aushalten, und wenn wir andererseits tief unten nah an den Fluten die Flügel schwingen, so wird das bewegliche Gefieder vom Meerwasser feucht werden. Halte dich auf deinem Flug in der Mitte; und fürchte, mein Sohn, auch die Winde, und richte die Segel danach, in welcher Richtung der Luftstrom dich trägt.« [65] Während er ihn ermahnt, passt er dem Knaben das Wunderwerk an und zeigt, wie es sich bewegen lässt, gleich einer Vogelmutter, die ihre noch schwachen Jungen belehrt. Dann befestigt er die Flügel, die er für sich hergestellt hat, an seinen Schultern und hält seinen Körper vorsichtig auf der neuen Bahn im Gleichgewicht. Im Augenblick vor dem Abflug gab er dem kleinen Sohn einen Kuss, [70] und die väterlichen Wangen blieben nicht ohne Tränen. Es gab einen Hügel, kleiner als ein Berg, aber höher als das ebene Feld; von hier aus stürzten sich die beiden in die unheilvolle Flucht. Daedalus regt seine Flügel, schaut zurück auf die des Sohnes und zügelt unentwegt seinen Lauf. [75] Schon macht Icarus die neuartige Fortbewegung Freude, er hat keine Angst mehr, denn sein Können lässt ihn kühner fliegen. Jemand erblickte sie, während er mit schwankender Rute Fische fing, und mitten im Fischen fiel ihm das Gerät aus der Hand. Schon war Samos zur Linken, Naxos lag längst im Rücken [80] und Paros und Delos, das der clarische Gott liebt; rechts lag Lebinthos, das von Wäldern beschattete Calymne, und Astypalaea, umgürtet von Fischgründen – als der Knabe in jugendlichem Leichtsinn allzu mutwillig einen höheren Weg einschlug und den Vater verließ. [85] Die Fesseln lockern sich; da der Sonnengott näher ist, wird das Wachs flüssig, und die rudernden Arme bekommen nicht mehr den flüchtigen Wind zu fassen. Erschrocken blickte er von der Höhe des Himmels hinab auf die Meeresfläche. Lähmendes Entsetzen ergriff ihn, und Nacht

tabuerant cerae; nudos quatit ille lacertos
et trepidat nec quo sustineatur habet.
decidit atque cadens »pater o pater, auferor« inquit;
clauserunt virides ora loquentis aquae.
at pater infelix, nec iam pater, »Icare« clamat,
»Icare,« clamat »ubi es, quoque sub axe volas?
Icare« clamabat; pinnas aspexit in undis.
ossa tegit tellus, aequora nomen habent.
non potuit Minos hominis conpescere pinnas,
ipse deum volucrem detinuisse paro.

Fallitur, Haemonias si quis decurrit ad artes
datque quod a teneri fronte revellit equi.
non facient, ut vivat amor, Medeïdes herbae
mixtaque cum magicis nenia Marsa sonis:
Phasias Aesoniden, Circe tenuisset Ulixem,
si modo servari carmine posset amor.
nec data profuerint pallentia philtra puellis;
philtra nocent animis vimque furoris habent.
sit procul omne nefas! ut ameris, amabilis esto;
quod tibi non facies solave forma dabit.
sis licet antiquo Nireus adamatus Homero
Naïadumque tener crimine raptus Hylas,
ut dominam teneas nec te mirere relictum,
ingenii dotes corporis adde bonis.

senkte sich über seine Augen. Das Wachs war geschmolzen; er schüttelt die bloßen Arme, zappelt und hat nichts, worauf er sich stützen kann. Er fällt, und im Fallen ruft er: »Vater, Vater, ich stürze.« Ihm schlossen die grünen Wasser den Mund, während er noch sprach. Aber der unglückliche Vater, kein Vater mehr, ruft: »Icarus«; »Icarus«, ruft er, »wo bist du, und unter welchem Himmelsstrich fliegst du? Icarus!«, rief er noch – da erblickte er die Federn im Wasser. Sein Gebein deckt Erde; das Meer trägt seinen Namen. Minos vermochte es nicht, die Flügel eines Menschen zu zügeln; ich aber schicke mich an, einen geflügelten Gott festzuhalten!

Wie bekommt die Liebe Dauer?

Bildung statt Magie

Der betrügt sich selbst, der zu thessalischen Hexenkünsten seine Zuflucht nimmt und verwendet, was er von der Stirn des zarten Fohlens abrupft. Medeas Kräuter und der marsische Singsang, verbunden mit magischen Klängen, werden nicht bewirken, dass die Liebe lebe: Das Mädchen vom Phasis hätte den Sohn Aesons und Circe hätte den Odysseus festhalten können, wenn Liebe durch Zaubersprüche bewahrt werden könnte. Gibt man Mädchen bleichmachende Liebestränke ein, so dürfte das nichts nützen. Liebestränke schaden der Seele und bewirken Wahnsinn. Fern bleibe aller Frevel! Um geliebt zu werden, musst du liebenswürdig sein; das werden dir Gesicht und Schönheit allein nicht geben. Magst du auch Nireus sein, den der alte Homer liebte, oder der zarte Hylas, den Najaden verbrecherisch raubten – um die Geliebte festzuhalten und nicht verwundert feststellen zu müssen, dass du verlassen bist, füge zu den körperlichen Vorzügen Geistes-

forma bonum fragile est, quantumque accedit ad annos,
fit minor et spatio carpitur ipsa suo.
nec violae semper nec hiantia lilia florent,
et riget amissa spina relicta rosa;
et tibi iam venient cani, formose, capilli,
iam venient rugae, quae tibi corpus arent.
iam molire animum, qui duret, et adstrue formae:
solus ad extremos permanet ille rogos.
nec levis ingenuas pectus coluisse per artes
cura sit et linguas edidicisse duas:
non formosus erat, sed erat facundus Ulixes,
et tamen aequoreas torsit amore deas.
o quotiens illum doluit properare Calypso
remigioque aptas esse negavit aquas!
haec Troiae casus iterumque iterumque rogabat;
ille referre aliter saepe solebat idem.
litore constiterant; illic quoque pulchra Calypso
exigit Odrysii fata cruenta ducis.
ille levi virga (virgam nam forte tenebat),
quod rogat, in spisso litore pingit opus.
»haec« inquit »Troia est« (muros in litore fecit),
»hic tibi sit Simoïs; haec mea castra puta.
campus erat« (campumque facit), »quem caede Dolonis
sparsimus, Haemonios dum vigil optat equos.
illic Sithonii fuerant tentoria Rhesi;
hac ego sum captis nocte revectus equis –«
pluraque pingebat, subitus cum Pergama fluctus
abstulit et Rhesi cum duce castra suo;
tum dea »quas« inquit »fidas tibi credis ituro,
perdiderint undae nomina quanta, vides?«

gaben hinzu! Schönheit ist ein hinfälliges Gut, und je mehr Jahre hinzukommen, desto geringer wird sie, und ihre eigene Lebensdauer verzehrt sie. [115] Veilchen und geöffnete Lilien blühen nicht immer, und verlassen ragt der Dorn, nachdem er die Rose verlor; und dir, du Schöner, werden schon bald graue Haare wachsen, schon bald werden Runzeln kommen, um dir den Leib zu durchfurchen. Setze darum schon jetzt deinen Geist in Bewegung, damit er von Dauer sei, und füge ihn zu deiner Schönheit hinzu. [120] Er allein bleibt bis zur Bestattung bestehen. Und du sollst dich ernsthaft darum kümmern, deinen Geist in den freien Künsten auszubilden und gut Latein und Griechisch zu lernen. Odysseus war nicht schön, aber beredt – und doch ließ er Meeresgöttinnen Liebesqualen leiden. [125] O wie oft schmerzte es Calypso, dass er zum Aufbruch drängte, und wie oft sagte sie, das Meer sei gerade jetzt zum Rudern ungeeignet. Sie fragte immer wieder nach Troias Fall; er pflegte oft dasselbe in anderer Form zu erzählen. [129] Sie waren an der Küste stehen geblieben; auch dort verlangt die schöne Calypso vom blutigen Tod des odrysischen Feldherrn zu hören. Er zeichnet mit einer leichten Gerte (denn die hielt er gerade in der Hand) das Befestigungswerk, nach dem sie fragt, in den festen Sand des Strandes. »Das ist Troia«, sagt er und skizziert Mauern im Sand. »Das soll für dich der Simoïs sein; da denke dir mein Lager. [135] Da war das Feld«, und er zeichnet ein Feld, »das wir mit Dolons Mordblut besprengten, während er wach geblieben war und die haemonischen Rosse rauben wollte. Dort waren die Zelte des sithonischen Rhesus; auf diesem Weg kehrte ich bei Nacht zurück, nachdem ich die Pferde erbeutet hatte.« [139] Und noch mehr wollte er zeichnen, als plötzlich die Flut Troia und das Lager des Rhesus mitsamt dem Feldherrn hinwegspülte. Darauf die Göttin: »Siehst du, welch große Namen die Wellen vernichtet haben? Und du glaubst, dass sie sich dir auf deiner Reise zuverlässig zeigen werden?«

ergo age, fallaci timide confide figurae,
quisquis es, aut aliquid corpore pluris habe.

Dextera praecipue capit indulgentia mentes;
asperitas odium saevaque bella movet.
odimus accipitrem, quia vivit semper in armis,
et pavidum solitos in pecus ire lupos;
at caret insidiis hominum, quia mitis, hirundo,
quasque colat turres Chaonis ales habet.
este procul, lites et amarae proelia linguae;
dulcibus est verbis mollis alendus amor.
lite fugent nuptaeque viros nuptasque mariti
inque vicem credant res sibi semper agi:
hoc decet uxores, dos est uxoria lites;
audiat optatos semper amica sonos.
non legis iussu lectum venistis in unum;
fungitur in vobis munere legis Amor.
blanditias molles auremque iuvantia verba
adfer, ut adventu laeta sit illa tuo.
non ego divitibus venio praeceptor amandi;
nil opus est illi, qui dabit, arte mea.
secum habet ingenium qui, cum libet, »accipe« dicit;
cedimus, inventis plus placet ille meis.
pauperibus vates ego sum, quia pauper amavi;
cum dare non possem munera, verba dabam.
pauper amet caute, timeat maledicere pauper,
multaque divitibus non patienda ferat.
me memini iratum dominae turbasse capillos;
haec mihi quam multos abstulit ira dies!

Also wohlan, vertraue nur zögernd der trügerischen Schönheit, wer du auch sein magst, und besitze etwas, das mehr ist als der Leib.

Nachgiebiges Verhalten des Liebhabers

[145] Vor allem geschickte Nachgiebigkeit gewinnt die Herzen; raues Wesen erzeugt Hass und grausamen Krieg. Wir verabscheuen den Habicht, weil er stets zum Kampf gerüstet ist, und die Wölfe, die gewohnt sind, auf ängstliches Vieh loszugehen; aber der Schwalbe stellt man nicht nach, weil sie sanftmütig ist, [150] und der chaonische Vogel hat Türme, die er bewohnen darf. Bleibt uns fern, Streit und Gezänk erbitterter Zungen! Die zärtliche Liebe muss man mit sanften Worten nähren. Durch Streit mögen verheiratete Frauen ihre Männer und Ehemänner ihre Frauen vertreiben und sich einbilden, sie würden dauernd gegeneinander prozessieren: [155] Das ziemt sich für Ehefrauen; Streit ist die Mitgift der Gattin; die Freundin höre stets erwünschte Töne! Nicht auf Befehl des Gesetzes seid ihr in ein Bett gekommen; bei euch spielt Amor die Rolle des Gesetzes. [159] Bring herzerweichende Schmeicheleien mit und Worte, die das Ohr erfreuen, damit die Geliebte über dein Erscheinen froh ist. Ich komme nicht zu reichen Leuten als Lehrmeister der Liebe: Wer etwas zu geben hat, bedarf meiner Kunst keineswegs. Wer, sooft es ihm beliebt, »Da, nimm« sagt, hat das Genie gepachtet. Ich lasse ihm den Vortritt, er erregt mehr Wohlgefallen als meine Erfindungen. [165] Ich bin Prophet für die Armen, weil ich selbst arm und verliebt war. Da ich keine Geschenke geben konnte, gab ich leere Worte. Der Arme liebe mit Umsicht, er scheue sich, Schmähungen auszustoßen, er ertrage vieles, was Reichen unerträglich ist. Ich kann mich entsinnen, dass ich im Zorn das Haar der Geliebten in Unordnung brachte – [170] wie viele Tage hat mir dieser Zorn

nec puto nec sensi tunicam laniasse, sed ipsa
dixerat, et pretio est illa redempta meo.
at vos, si sapitis, vestri peccata magistri
effugite et culpae damna timete meae;
proelia cum Parthis, cum culta pax sit amica
et iocus et causas quicquid amoris habet.
si nec blanda satis nec erit tibi comis amanti,
perfer et obdura: postmodo mitis erit.
flectitur obsequio curvatus ab arbore ramus;
frangis, si vires experiare tuas.
obsequio tranantur aquae, nec vincere possis
flumina, si contra quam rapit unda nates.
obsequium tigrisque domat Numidasque leones;
rustica paulatim taurus aratra subit.
quid fuit asperius Nonacrina Atalanta?
subcubuit meritis trux tamen illa viri.
saepe suos casus nec mitia facta puellae
flesse sub arboribus Milaniona ferunt;
saepe tulit iusso fallacia retia collo,
saepe fera torvos cuspide fixit apros.
sensit et Hylaei contentum saucius arcum;
sed tamen hoc arcu notior alter erat.
non te Maenalias armatum scandere silvas
nec iubeo collo retia ferre tuo,
pectora nec missis iubeo praebere sagittis;
artis erunt cautae mollia iussa meae.
cede repugnanti: cedendo victor abibis;
fac modo, quas partes illa iubebit, agas.
arguet: arguito; quicquid probat illa, probato;
quod dicet, dicas; quod negat illa, neges.

geraubt! Ich glaube es nicht, und ich merkte es auch nicht, dass ich ihr Gewand zerrissen hatte, aber sie selbst hatte es behauptet, und auf meine Kosten wurde ein neues gekauft. Ihr aber, wenn ihr Verstand habt, meidet die Fehler eures Meisters und nehmt euch vor meinem selbst verschuldeten Verlust in Acht. Krieg führe mit den Parthern, mit der gepflegten Freundin halte Frieden, treibe Scherz und alles, was zum Lieben anstiftet. Ist sie zu dir, dem Liebhaber, nicht freundlich und liebenswürdig genug, ertrag es und harre aus; später wird sie sanft sein. Mit Nachgiebigkeit kann man den Zweig am Baume krumm biegen: Du zerbrichst ihn, wenn du deine Kraft an ihm erprobst. Mit Nachgiebigkeit durchschwimmt man Wasser, und du kannst Flüsse wohl nicht überwinden, wenn du gegen den reißenden Strom schwimmst. Nachgiebigkeit zähmt Tiger und numidische Löwen; nur allmählich lässt sich der Stier vor den ländlichen Pflug spannen. Gab es etwas Spröderes als die nonacrinische Atalante? Aber diese Stolze ergab sich schließlich doch dem Manne, der sie sich verdient hatte. Oft soll Milanion über sein Unglück und die Grausamkeit des Mädchens im Schatten der Bäume geweint haben. Oft trug er, wie sie es befahl, die tückischen Netze auf dem Nacken, oft durchbohrte er finster blickende Eber mit unbarmherziger Lanze. Er bekam auch den gespannten Bogen des Hylaeus durch eine Wunde zu spüren; doch noch besser als diesen Bogen kannte er den anderen: denjenigen Amors. Ich befehle dir nicht, in voller Jagdausrüstung die maenalischen Waldberge zu besteigen, auf deinem Nacken Netze zu schleppen oder deine Brust Pfeilschüssen darzubieten. Die Gebote meiner umsichtigen Kunst werden sanft sein. Gib ihr nach, wenn sie sich sträubt: Durch Nachgeben wirst du den Sieg davontragen. Dass du mir nur ja die Rolle spielst, die sie dir zuweist! Missbilligt sie etwas, so missbillige es; alles, was sie gutheißt, heiße gut; was sie behaupten wird, behaup-

riserit: adride; si flebit, flere memento:
   imponat leges vultibus illa tuis.
seu ludet numerosque manu iactabit eburnos,
   tu male iactato, tu male iacta dato;
seu iacies talos, victam ne poena sequatur,
   damnosi facito stent tibi saepe canes.
sive latrocinii sub imagine calculus ibit,
   fac pereat vitreo miles ab hoste tuus.
ipse tene distenta suis umbracula virgis,
   ipse fac in turba, qua venit illa, locum.
nec dubita tereti scamnum producere lecto,
   et tenero soleam deme vel adde pedi.
saepe etiam dominae, quamvis horrebis et ipse,
   algenti manus est calficienda sinu.
nec tibi turpe puta (quamvis sit turpe, placebit)
   ingenua speculum sustinuisse manu.
ille, fatigata praebendo monstra noverca
   qui meruit caelum, quod prior ipse tulit,
inter Ioniacas calathum tenuisse puellas
   creditur et lanas excoluisse rudes.
paruit imperio dominae Tirynthius heros:
   i nunc et dubita ferre quod ille tulit.

Iussus adesse foro iussa maturius hora
   fac semper venias nec nisi serus abi.
occurras aliquo tibi dixerit: omnia differ;
   curre, nec inceptum turba moretur iter.
nocte domum repetens epulis perfuncta redibit:
   tunc quoque pro servo, si vocat illa, veni.

te; bestreite, was sie bestreitet! Lächelt sie, lächle zurück; weint sie, vergiss nicht zu weinen! Sie soll deinem Mienenspiel ihr Gesetz auferlegen. Spielt sie und wirft Elfenbeinwürfel mit eingeritzten Zahlen, so würfle schlecht und gib ihr, wozu dich der schlechte Wurf verpflichtet; wirfst du Knöchel, so darf die Besiegte nicht bestraft werden. Lass die schadenbringenden ›Hunde‹ oft auf deiner Seite sein. Oder wenn im Söldnerspiel der Stein seine Züge macht, lass ja deine Streitmacht vom gläsernen Feind geschlagen werden. Halte eigenhändig den Sonnenschirm mit seinen Rippen aufgespannt, schaffe du im Gedränge für sie freie Bahn. Trage keine Bedenken, unter dem gedrechselten Bett die Fußbank hervorzurücken, und ziehe ihrem zarten Fuß den Schuh an oder aus. Oft musst du, wenn es dich selbst auch noch so schaudert, an deiner frierenden Brust ihre Hand wärmen. Und halte es nicht für schimpflich (mag es noch so schimpflich sein, es wird ihr gefallen), ihr mit deiner aristokratischen Hand den Spiegel zu halten. Nachdem Hercules' Stiefmutter Juno es müde war, ihm Ungeheuer in den Weg zu stellen, verdiente er sich den Himmel, den er zuvor selbst getragen hatte. Derselbe Held soll mitten unter ionischen Mädchen ein Körbchen gehalten und rohe Wolle gesponnen haben. Wenn sogar der tirynthische Heros dem Befehl seiner Geliebten gehorchte, wieso hast du dann noch Bedenken, zu ertragen, was er ertragen hat?

Liebe – ein Kriegsdienst

Hast du die Weisung erhalten, auf dem Forum zu sein, so komme ja stets vor der anberaumten Zeit und geh erst spät fort. Sagt sie dir, du sollest ihr irgendwohin entgegeneilen, so verschiebe alles andere. Lauf, und kein Gedränge halte dich auf dem eingeschlagenen Weg auf. Will sie nachts nach einem guten Essen nach Hause zurückkehren, komm auch

rure erit et dicet venias; Amor odit inertes:
  si rota defuerit, tu pede carpe viam.
nec grave te tempus sitiensque Canicula tardet
  nec via per iactas candida facta nives.
militiae species amor est: discedite, segnes;
  non sunt haec timidis signa tuenda viris.
nox et hiems longaeque viae saevique dolores
  mollibus his castris et labor omnis inest.
saepe feres imbrem caelesti nube solutum
  frigidus et nuda saepe iacebis humo.
Cynthius Admeti vaccas pavisse Pheraei
  fertur et in parva delituisse casa:
quod Phoebum decuit, quem non decet? exue fastus,
  curam mansuri quisquis amoris habes.
si tibi per tutum planumque negabitur ire
  atque erit opposita ianua fulta sera,
at tu per praeceps tecto delabere aperto,
  det quoque furtivas alta fenestra vias.
laeta erit et causam tibi se sciet esse pericli;
  hoc dominae certi pignus amoris erit.
saepe tua poteras, Leandre, carere puella;
  transnabas, animum nosset ut illa tuum.

Nec pudor ancillas, ut quaeque erit ordine prima,
  nec tibi sit servos demeruisse pudor:
nomine quemque suo (nulla est iactura) saluta;
  iunge tuis humiles, ambitiose, manus;

dann wie ein Sklave, wenn sie dich ruft. Ist sie auf dem Lande und sagt, du mögest kommen – Amor hasst die Trägen: [230] Fehlt dir ein Fahrzeug, mach dich schleunigst zu Fuß auf den Weg! Und keine drückende Hitze, kein durstbringender Hundsstern hemme deinen Lauf und kein Weg, der vom frischgefallenen Schnee weiß ist. Liebe ist eine Art Kriegsdienst: Hinweg mit euch, ihr Faulen; ängstliche Leute dürfen nicht unter dieser Standarte kämpfen. [235] Nacht und Sturm, weite Wege, grausame Schmerzen und Mühsal aller Art gehören zu diesem weichlichen Feldlager. Oft wirst du Regen ertragen müssen, der sich aus der Himmelswolke löst, und oft frierend auf nacktem Erdboden liegen. [239] Cynthius soll die Rinder des Admetus von Pherae geweidet und in einer kleinen Hütte Unterschlupf gesucht haben. Was sich für Phoebus schickte, für wen schickt sich das nicht? Legt euren Hochmut ab, alle, die ihr wollt, dass eure Liebe dauern soll. Wird dir versagt sein, auf sicherem und ebenem Wege zu wandeln, ist die Tür verschlossen und der Riegel vorgeschoben, [245] so gleite du senkrecht herab durch die Öffnung im Dach. Auch ein hochgelegenes Fenster gebe dir heimlich Einlass. Deine Dame wird sich freuen und die Gewissheit haben, dass du um ihretwillen Gefahr auf dich nimmst; das wird für sie ein sicheres Unterpfand deiner treuen Liebe sein. Oft hättest du, Leander, dein Mädchen entbehren können; [250] aber du schwammst hinüber, damit sie deine Gesinnung kenne.

Geschenke

Schäme dich nicht, die jeweils ranghöchsten Dienerinnen und die Sklaven für dich zu gewinnen. Grüße jeden mit seinem Namen (das kostet nichts) und schüttle, als müsstest du einen Wahlkampf gewinnen, Krethi und Plethi die Hand.

sed tamen et servo (levis est inpensa) roganti
porrige Fortunae munera parva die;
porrige et ancillae, qua poenas luce pependit
lusa maritali Gallica veste manus.
fac plebem, mihi crede, tuam; sit semper in illa
ianitor et thalami qui iacet ante fores.
nec dominam iubeo pretioso munere dones;
parva, sed e parvis callidus apta dato.
cum bene dives ager, cum rami pondere nutant,
adferat in calatho rustica dona puer
(rure suburbano poteris tibi dicere missa,
illa vel in Sacra sint licet empta Via);
adferat aut uvas aut, quas Amaryllis amabat,
at nunc castaneas non amat illa nuces.
quin etiam turdoque licet missaque columba
te memorem dominae testificere tuae.
turpiter his emitur spes mortis et orba senectus;
a, pereant, per quos munera crimen habent!
quid tibi praecipiam teneros quoque mittere versus?
ei mihi, non multum carmen honoris habet.
carmina laudantur, sed munera magna petuntur:
dummodo sit dives, barbarus ipse placet.
aurea sunt vere nunc saecula: plurimus auro
venit honos, auro conciliatur amor.
ipse licet venias Musis comitatus, Homere,
si nihil attuleris, ibis, Homere, foras.
sunt tamen et doctae, rarissima turba, puellae;
altera non doctae turba, sed esse volunt.
utraque laudetur per carmina; carmina lector
commendet dulci qualiacumque sono.

[255] Und gib dem Sklaven, wenn er dich bittet, am Tag der Fortuna ein kleines Geschenk (das ist nur eine geringe Ausgabe). Schenke auch der Dienerin etwas an dem Tage, als die Gallierschar, durch Matronenkleider getäuscht, die verdiente Strafe empfing. [259] Gewinne die kleinen Leute für dich, glaub es mir! Dazu gehöre stets der Pförtner und der Sklave, der vor der Kammertür schläft. Ich befehle dir nicht, die Geliebte mit teuren Gaben zu beschenken: Schenke kleine Dinge, aber suche schlau die passenden aus! Solange das Feld üppig trägt, solange die Äste unter der Last gebeugt sind, bringe ein Bursche ein Körbchen mit ländlichen Gaben. [265] (Du wirst sagen können, sie seien dir vom Landgut vor der Stadt geschickt worden, mögen sie auch auf der Via Sacra gekauft sein); lass ihn Trauben bringen oder Kastanien, die Amaryllis liebte (jetzt mag sie sie nicht mehr). Du darfst auch durch eine Drossel oder durch eine Taube, die du schickst, [270] bezeugen, dass du an deine Dame denkst. Schimpflich ist es allerdings, mit solchen Mitteln kinderlose Greise zu bestechen, auf deren Tod und Erbschaft man hofft; ach, mögen alle zugrunde gehen, durch die das Schenken zum Verbrechen geworden ist! Soll ich dir vorschreiben, auch zärtliche Verse zu schicken? Wehe mir, Gedichte stehen nicht hoch im Kurs! [275] Gedichte lobt man, aber große Geschenke will man haben. Wenn er nur reich ist, gefällt sogar ein Barbar. Wir haben jetzt wahrhaft goldene Zeiten; für Gold werden die höchsten Ehrenstellen verkauft, mit Gold gewinnt man Liebe. Magst sogar du, Homer, persönlich in Begleitung der Musen erscheinen – [280] wenn du nichts mitbringst, weist man dir, Homer, die Tür. Es gibt freilich auch gebildete Mädchen, ein winziges Grüppchen; der andere Teil ist zwar nicht gebildet, möchte es aber gerne sein. Beide soll man mit Gedichten loben. Den Gedichten, so schwach sie auch sein mögen, soll der Vortragende durch einschmeichelnde Stimme aufhelfen.

his ergo aut illis vigilatum carmen in ipsas
forsitan exigui muneris instar erit.

At quod eris per te facturus et utile credis,
id tua te facito semper amica roget:
libertas alicui fuerit promissa tuorum;
hanc tamen a domina fac petat ille tua.
si poenam servo, si vincula saeva remittis,
quod facturus eras, debeat illa tibi.
utilitas tua sit, titulus donetur amicae;
perde nihil, partes illa potentis agat.
sed te, cuicumque est retinendae cura puellae,
attonitum forma fac putet esse sua.
sive erit in Tyriis, Tyrios laudabis amictus;
sive erit in Coïs, Coa decere puta.
aurata est: ipso tibi sit pretiosior auro;
gausapa si sumit, gausapa sumpta proba.
astiterit tunicata: »moves incendia« clama,
sed timida, caveat frigora, voce roga.
conpositum discrimen erit: discrimina lauda;
torserit igne comam: torte capille, place.
bracchia saltantis, vocem mirare canentis,
et, quod desierit, verba querentis habe.
ipsos concubitus, ipsum venerere licebit,
quod iuvat, et quae clam gaudia noctis habes.
ut fuerit torva violentior illa Medusa,
fiet amatori lenis et aequa suo.
tantum, ne pateas verbis simulator in illis,
effice nec vultu destrue dicta tuo.

[285] Die einen oder die anderen werden vielleicht ein ihnen zu Ehren in schlafloser Nacht verfasstes Gedicht als Ersatz für ein kleines Geschenk gelten lassen.

Anerkennung und Lob

Doch um das, was du von dir aus tun willst und für nützlich hältst, lass stets deine Freundin dich bitten: Mag einem der Deinen die Freiheit versprochen sein, [290] lass ihn dennoch deine Geliebte darum ersuchen. Erlässt du einem Sklaven die Strafe oder die grausamen Fesseln, so soll die Geliebte dir zu verdanken haben, was du ohnehin zu tun vorhattest. Der Nutzen sei dein, die Ehre werde der Freundin zuteil. Solange es dich nichts kostet, lass sie die Rolle der Mächtigen spielen.

[295] Doch ihr alle, die ihr besorgt seid, ein Mädchen an euch zu fesseln, lasst sie glauben, ihr wäret von ihrer Schönheit überwältigt. Ist sie in Purpur, so wirst du den purpurnen Mantel loben; geht sie in koïschen Gewändern, finde, dass diese ihr stehen; trägt sie Gold, sei sie dir kostbarer als Gold; [300] nimmt sie flauschigen Stoff, lobe ihre Wahl. Steht sie in der Tunika da, so rufe: »Du setzest mich in Flammen.« Aber bitte mit besorgter Stimme, sie möge sich vor Erkältung in Acht nehmen. Zieht sie sich einen Scheitel, dann lobe den Scheitel; brennt sie sich Locken, dann errege Wohlgefallen, du Lockenhaupt! [305] Tanzt sie, bewundere ihre Arme, singt sie, bewundere ihre Stimme und finde Worte der Klage darüber, dass sie schon aufgehört habe. Selbst das gemeinsame Lager und seine Freuden wirst du preisen dürfen und die heimlichen Wonnen der Nacht. Mag sie auch heftiger sein als die finster blickende Meduse, [310] wird sie doch zu ihrem Liebhaber sanft und wohlwollend werden. Doch sieh nur zu, dass du bei jenen Worten dich nicht als Heuchler entlarvst, und strafe nicht durch dein Gesicht deine Worte Lügen. Kunst ist

si latet, ars prodest; adfert deprensa pudorem
atque adimit merito tempus in omne fidem.

Saepe sub autumnum, cum formosissimus annus
plenaque purpureo subrubet uva mero,
cum modo frigoribus premimur, modo solvimur aestu,
aëre non certo corpora languor habet.
illa quidem valeat, sed si male firma cubabit
et vitium caeli senserit aegra sui,
tunc amor et pietas tua sit manifesta puellae;
tum sere, quod plena postmodo falce metas.
nec tibi morosi veniant fastidia morbi,
perque tuas fiant, quae sinet ipsa, manus;
et videat flentem, nec taedeat oscula ferre,
et sicco lacrimas conbibat ore tuas.
multa vove, sed cuncta palam, quotiensque libebit,
quae referas illi, somnia laeta vide.
et veniat quae lustret anus lectumque locumque,
praeferat et tremula sulphur et ova manu.
omnibus his inerunt gratae vestigia curae;
in tabulas multis haec via fecit iter.
nec tamen officiis odium quaeratur ab aegra;
sit suus in blanda sedulitate modus:
neve cibo prohibe nec amari pocula suci
porrige; rivalis misceat illa tuus.

nützlich, wenn sie verborgen bleibt; wird sie entdeckt, bringt sie Schande und nimmt dir verdientermaßen für alle Zeiten die Glaubwürdigkeit.

Krankheit des Mädchens

[315] Oft, wenn es auf den Herbst zugeht, wenn das Jahr am schönsten ist und sich die Traube voll Purpursaft rötet, wenn uns bald Kälte bedrängt, bald Hitze schlaff macht, siechen die Leiber dahin, weil die Witterung veränderlich ist. Dann möge dein Mädchen gesund sein! Wenn sie aber doch geschwächt darniederliegt [320] und krank die Ungunst des Wetters zu spüren bekommt, dann werde deine Liebe, deine Hingabe dem Mädchen offenbar, dann säe, was du später mit voller Sichel ernten magst, und lass dich die unleidliche Art der Kranken nicht verdrießen. Was sie selbst zulässt, das geschehe durch deine Hand; [325] sie möge dich weinen sehen; zeige keinen Widerwillen, sie zu küssen, und mit ihren trockenen Lippen möge sie deine Tränen trinken. Leiste viele Gelübde, aber stets so, dass sie es hört; und sooft es dir beliebt, habe ihr einen erfreulichen Traum zu erzählen. Lass eine alte Frau kommen, um Bett und Wohnraum zu entsühnen, [330] und sie trage in zittriger Hand Schwefel und Eier. In alledem werden Spuren willkommener Fürsorge zu erkennen sein. Diese Methode hat vielen den Weg zum Testament eröffnet. Doch ziehe dir nicht durch deine Dienstfertigkeit den Hass der Kranken zu! Die schmeichelnde Beflissenheit habe Maß und Ziel: [335] Hindere sie nicht am Essen und reiche ihr nicht den Becher mit bitterem Saft; den möge dein Rivale mischen!

Sed non, cui dederas a litore carbasa, vento
utendum, medio cum potiere freto.
dum novus errat amor, vires sibi colligat usu;
si bene nutrieris, tempore firmus erit:
quem taurum metuis, vitulum mulcere solebas;
sub qua nunc recubas arbore, virga fuit;
nascitur exiguus, sed opes adquirit eundo,
quaque venit, multas accipit amnis aquas.
fac tibi consuescat: nil adsuetudine maius,
quam, tu, dum capias, taedia nulla fuge:
te semper videat, tibi semper praebeat aures,
exhibeat vultus noxque diesque tuos.
cum tibi maior erit fiducia, posse requiri,
cum procul absenti cura futurus eris,
da requiem: requietus ager bene credita reddit,
terraque caelestes arida sorbet aquas:
Phyllida Demophoon praesens moderatius ussit,
exarsit velis acrius illa datis;
Penelopen absens sollers torquebat Ulixes;
Phylacides aberat, Laodamia, tuus.
sed mora tuta brevis: lentescunt tempore curae
vanescitque absens et novus intrat amor:
dum Menelaus abest, Helene, ne sola iaceret,
hospitis est tepido nocte recepta sinu.
quis stupor hic, Menelae, fuit? tu solus abibas,
isdem sub tectis hospes et uxor erant?
accipitri timidas credis, furiose, columbas,
plenum montano credis ovile lupo.

Nutzen und Gefahren der Trennung

Wenn du die hohe See erreicht hast, sollst du freilich nicht mehr den Wind in Anspruch nehmen, dem du von der Küste aus die Segel überlassen hattest. Während die Liebe noch neu und unsicher ist, lass sie durch häufigen Umgang Kräfte sammeln; [340] hast du ihr reichlich Nahrung gegeben, wird sie mit der Zeit stark sein. Den Stier, den du fürchtest, pflegtest du zu streicheln, solange er noch ein Kalb war; der Baum, unter dem du jetzt ausruhst, war einst nur ein Spross. Der Strom ist an der Quelle klein, wird aber mit der Zeit immer mächtiger, und unterwegs nimmt er viele Gewässer in sich auf. [345] Lass sie sich an dich gewöhnen; es gibt nichts Mächtigeres als die Gewohnheit. Bis du sie erobert hast, scheue keine Unannehmlichkeiten: Sie möge dich immer sehen, dir immer zuhören, Nacht und Tag mögen ihr dein Gesicht zeigen. Darfst du dann etwas zuversichtlicher annehmen, sie könne nach dir fragen, [350] und sorgt sie sich in der Ferne um dich, dann lass sie in Ruhe: Ein ausgeruhter Acker gibt das Anvertraute reichlich zurück, und ausgedörrte Erde saugt gierig das Wasser auf, das vom Himmel kommt. Demophoon setzte Phyllis, solange er bei ihr war, nur mäßig in Flammen. Nachdem er die Segel gehisst hatte, entbrannte sie heftiger. [355] Durch seine Abwesenheit spannte der schlaue Odysseus Penelope auf die Folter, und auch dein geliebter Phylacide, Laodamia, weilte in der Ferne. Aber die Pause ist nur ungefährlich, wenn sie kurz ist; mit der Zeit stumpft sich die Sorge ab, das Bild des Abwesenden verblasst, und eine neue Liebe schleicht sich ein: Während Menelaus ferne war, ließ sich Helena, um nicht allein schlafen zu müssen, [360] vom Gastfreund nachts an die wärmende Brust nehmen. Was war das für eine Dummheit, Menelaus! Du gingst allein fort, und unter ein und demselben Dach blieben der Gastfreund und deine Frau! Rasender! Du vertraust dem Habicht ängstliche Tau-

nil Helene peccat, nihil hic committit adulter:
quod tu, quod faceret quilibet, ille facit.
cogis adulterium dando tempusque locumque;
quid, nisi consilio est usa puella tuo?
quid faciat? vir abest, et adest non rusticus hospes,
et timet in vacuo sola cubare toro.
viderit Atrides; Helenen ego crimine solvo:
usa est humani commoditate viri.

Sed neque fulvus aper media tam saevus in ira est,
fulmineo rabidos cum rotat ore canes,
nec lea, cum catulis lactantibus ubera praebet,
nec brevis ignaro vipera laesa pede
femina quam socii deprensa paelice lecti:
ardet et in vultu pignora mentis habet;
in ferrum flammasque ruit positoque decore
fertur, ut Aonii cornibus icta dei.
coniugis admissum violataque iura marita est
barbara per natos Phasias ulta suos;
altera dira parens haec est, quam cernis, hirundo:
aspice, signatum sanguine pectus habet.
hoc bene compositos, hoc firmos solvit amores;
crimina sunt cautis ista timenda viris.
nec mea vos uni donat censura puellae;
di melius! vix hoc nupta tenere potest.
ludite, sed furto celetur culpa modesto;
gloria peccati nulla petenda sui est.

ben an und dem Bergwolf einen vollen Schafstall. [365] Helena macht hier keinen Fehler, der Ehebrecher lässt sich hier nichts zuschulden kommen: Er tut nur, was auch du und was jeder andere täte. Du erzwingst den Ehebruch, indem du Zeit und Ort zur Verfügung stellst. Deine junge Frau hat doch nur deinen Rat befolgt! Was soll sie tun? Der Mann ist abwesend, und ein Gastfreund ist da, der kein Bauerntölpel ist, [370] und sie hat Angst, allein im herrenlosen Bett zu liegen. Da sehe der Atride zu! Ich spreche Helena von Schuld frei. Sie machte von der Gefälligkeit ihres menschenfreundlichen Mannes Gebrauch.

Rivalität und Diskretion

Aber kein rotbrauner Eber ist mitten im Zorn so wild, wenn er mit seinem blitzenden Maul die rasenden Hunde durch die Luft wirbelt, [375] und keine Löwin, wenn sie ihren saugenden Jungen die Zitzen darreicht, und keine kurze Viper, wenn, nichts ahnend, ein Fuß auf sie trat, wie eine Frau, wenn sie eine ehebrecherische Nebenbuhlerin ertappt hat: Sie glüht und trägt im Gesicht den Ausdruck ihrer Empfindung. [379] Sie stürzt sich in Schwert und Flammen, vergisst allen Anstand und stürmt dahin, als hätte sie der aonische Gott mit seinen Hörnern gestoßen. Die Barbarin vom Phasis rächte sich für das Vergehen ihres Gemahls und für die Verletzung ihrer Rechte als Ehefrau durch das Blut ihrer Söhne. Die andere Furie von einer Mutter ist die Schwalbe, die du hier siehst. Schau nur, auf der Brust trägt sie ein blutiges Mal. [385] Das ist es, was friedliche, feste Liebesbeziehungen auflöst. Vor solchem Anstoß müssen vorsichtige Männer sich in Acht nehmen. Doch verpflichtet euch mein Zensoramt nicht zur Monogamie. Da seien die Götter vor! Dieses Gebot kann kaum eine Verheiratete einhalten. Tändelt, aber bescheidene Heimlichkeit verberge eure Verfehlung. [390] Ein Ruhm auf Grund eigener Sünden ist nicht erstrebenswert. Gib

nec dederis munus, cognosse quod altera possit,
nec sint nequitiae tempora certa tuae,
et, ne te capiat latebris sibi femina notis,
non uno est omnis convenienda loco,
et, quotiens scribes, totas prius ipse tabellas
inspice: plus multae, quam sibi missa, legunt.
laesa Venus iusta arma movet telumque remittit
et, modo quod questa est, ipse querare facit:
dum fuit Atrides una contentus, et illa
casta fuit; vitio est improba facta viri.
audierat laurumque manu vittasque ferentem
pro nata Chrysen non valuisse sua;
audierat, Lyrnesi, tuos, abducta, dolores
bellaque per turpis longius isse moras.
haec tamen audierat; Priameïda viderat ipsa:
victor erat praedae praeda pudenda suae.
inde Thyestiaden animo thalamoque recepit
et male peccantem Tyndaris ulta virum.
quae bene celaris, si qua tamen acta patebunt,
illa licet pateant, tu tamen usque nega.
tum neque subiectus solito nec blandior esto:
haec animi multum signa nocentis habent.
sed lateri ne parce tuo: pax omnis in uno est;
concubitu prior est infitianda Venus.

Sunt quae praecipiant herbas satureia nocentes
sumere; iudiciis ista venena meis.

auch kein Geschenk, das die Rivalin kennen könnte, und dein Seitensprung habe keine festen Termine, und damit dich keine Frau in dem Versteck ertappe, das sie kennt, darfst du nicht eine jede am gleichen Ort treffen, [395] und sooft du schreibst, überprüfe vorher sorgfältig die Täfelchen. Viele lesen mehr als das für sie Bestimmte. Wenn man sie gekränkt hat, greift Venus mit Recht zu den Waffen, wirft dein Geschoss auf dich zurück und bewirkt, dass du klagen musst, worüber sie selbst eben noch zu klagen hatte: [399] Solange der Atride mit einer einzigen Frau zufrieden war, war auch sie keusch; durch die Schuld ihres Mannes geriet sie auf Abwege. Sie hatte gehört, dass Chryses, obwohl er bittflehend Lorbeer und Priesterbinden in der Hand trug, nichts für seine Tochter ausrichtete; sie hatte von deinen Schmerzen gehört, dem Achill entrissene Lyrnesierin, und davon, dass der Krieg durch schimpfliche Untätigkeit in die Länge gezogen wurde. [405] Das hatte sie freilich nur gehört, aber die Priamustochter hatte sie selbst gesehen, und der Sieger war schmählich seiner eigenen Beute zur Beute geworden. Daraufhin nahm die Tyndarëustochter den Sohn des Thyestes in ihr Herz und in ihr Ehegemach auf und strafte ihren Mann, der ein so ungeschickter Sünder war. Wenn von dem, was du gut verbargst, doch irgendwie etwas ans Licht kommt, [410] mag es auch offenbar sein, leugne es dennoch beharrlich. Dann sollst du weder unterwürfig noch schmeichelnder als sonst sein. Dieses Benehmen zeugt deutlich von Schuldbewusstsein. Aber schone deine Lenden nicht, von einer einzigen Sache hängt der ganze Friede ab. Durch das Beilager musst du den Vorwurf, du hättest vorher bei einer anderen geschlafen, entkräften.

Anregungsmittel

[415] Manche schreiben vor, das schädliche Kraut Saturei einzunehmen. Das ist meines Erachtens ein Gift. Oder sie mischen

aut piper urticae mordacis semine miscent
tritaque in annoso flava pyrethra mero.
sed dea non patitur sic ad sua gaudia cogi,
colle sub umbroso quam tenet altus Eryx.
candidus, Alcathoï qui mittitur urbe Pelasga,
bulbus et, ex horto quae venit, herba salax
ovaque sumantur, sumantur Hymettia mella
quasque tulit folio pinus acuta nuces.

Docta, quid ad magicas, Erato, deverteris artes?
interior curru meta terenda meo est.
qui modo celabas monitu tua crimina nostro,
flecte iter et monitu detege furta meo.
nec levitas culpanda mea est: non semper eodem
impositos vento panda carina vehit.
nam modo Threïcio Borea, modo currimus Euro;
saepe tument Zephyro lintea, saepe Noto.
aspice, ut in curru modo det fluitantia rector
lora, modo admissos arte retentet equos.
sunt quibus ingrate timida indulgentia servit
et, si nulla subest aemula, languet amor;
luxuriant animi rebus plerumque secundis,
nec facile est aequa commoda mente pati.
ut levis absumptis paulatim viribus ignis
ipse latet, summo canet in igne cinis,
sed tamen extinctas admoto sulphure flammas
invenit et lumen, quod fuit ante, redit:

Pfeffer mit dem beißenden Samen der Brennnessel und geriebenes gelbes Bertramkraut in altem Wein. [419] Aber die Göttin, die am hohen Eryx am Fuße des schattigen Hügels wohnt, lässt nicht zu, dass man sie so zu ihren Freuden zwingt. Man nehme vielmehr strahlend weiße Zwiebeln, die aus der pelasgischen Stadt des Alcathous zu uns geschickt werden, und das anregende Kraut, das aus dem Garten kommt, man nehme Eier und hymettischen Honig und die Nüsse, die die stachlige Pinie hervorgebracht hat.

Eifersucht – das Salz der Liebe

[425] Was schweifst du ab, gelehrte Erato, zu magischen Künsten? Mit meinem Wagen muss ich die Wendemarke enger umfahren. Der du eben noch auf unser Geheiß deine Verfehlungen verheimlichtest, mache nun eine Kehrtwendung und decke (ebenso auf mein Geheiß!) deine Heimlichkeiten auf. [429] Und man darf mich nicht des Leichtsinns zeihen; der Wind, mit dem ein geschwungenes Schiff seine Insassen befördert, ist nicht immer derselbe. Denn bald treibt uns der thrakische Nordwind voran, bald der Ostwind, oft sind unsere Segel vom Zephyr geschwellt, oft vom Südwind. Schau, wie auf dem Wagen der Lenker bald die Zügel lose schleifen lässt, bald die jagenden Pferde kunstvoll zurückhält. [435] Bei manchen Mädchen findet schüchterne Schonung schlechten Dank. Ist keine Rivalin zur Hand, wird die Liebe lau; geht es ihnen gut, so werden die Herzen meist übermütig, und es ist nicht leicht, den Erfolg mit Gleichmut zu ertragen. Wie wenn ein schwaches Feuer, das seine Kraft allmählich verbraucht hat, [440] unsichtbar ist, so dass über der Glut die Asche weiß schimmert, aber, wenn man Schwefel in die Nähe bringt, die eben noch erloschenen Flammen zurückgewinnt (und das Licht, das zuvor herrschte, kehrt wieder): So muss man, ist das

sic, ubi pigra situ securaque pectora torpent,
acribus est stimulis eliciendus amor.
fac timeat de te tepidamque recalface mentem;
palleat indicio criminis illa tui.
o quater et quotiens numero conprendere non est
felicem, de quo laesa puella dolet!
quae, simul invitas crimen pervenit ad aures,
excidit, et miserae voxque colorque fugit.
ille ego sim, cuius laniet furiosa capillos;
ille ego sim, teneras cui petat ungue genas,
quem videat lacrimans, quem torvis spectet ocellis,
quo sine non possit vivere, posse velit.
si spatium quaeras, breve sit, quod laesa queratur,
ne lenta vires colligat ira mora.
candida iamdudum cingantur colla lacertis,
inque tuos flens est accipienda sinus;
oscula da flenti, Veneris da gaudia flenti:
pax erit; hoc uno solvitur ira modo.
cum bene saevierit, cum certa videbitur hostis,
tum pete concubitus foedera: mitis erit.
illic depositis habitat Concordia telis,
illo, crede mihi, Gratia nata loco est.
quae modo pugnarunt, iungunt sua rostra columbae,
quarum blanditias verbaque murmur habet.

Prima fuit rerum confusa sine ordine moles
unaque erat facies sidera, terra, fretum;
mox caelum impositum terris, humus aequore cincta est,
inque suas partes cessit inane chaos;

Herz durch Vernachlässigung in träger Gleichgültigkeit abgestumpft, Liebe durch scharfen Reiz hervorlocken. Lass sie um dich bangen und erwärme aufs Neue ihr lau gewordenes Gefühl; lass sie erbleichen, wenn ihr deine Verfehlung angezeigt wird. O viermal glücklich, ja so glücklich, dass es sich in Zahlen gar nicht mehr ausdrücken lässt, ist der, um den die gekränkte Geliebte Schmerz empfindet! Sobald das Vergehen ihr zu Ohren gekommen ist (und diese wollten es nicht hören), fällt sie in Ohnmacht, und Stimme und Farbe schwinden der Ärmsten. Der will ich sein, dem sie rasend das Haar zerrauft, der will ich sein, dem sie die zarten Wangen mit den Nägeln zerkratzt, den sie weinend oder mit finsteren Blicken ansieht, ohne den sie nicht leben kann, obwohl sie es gerne wollte. Fragst du, wie lange sie über ihre Kränkung klagen soll? Die Zeit sei kurz, damit der Zorn keine Zeit hat, Kräfte zu sammeln. Schließe gleich den schimmernden Hals in die Arme, nimm sie, solange sie noch weint, an deine Brust, gib ihr Küsse, solange sie weint, und schenk ihr die Freuden der Liebe, solange sie weint: Friede wird sein; allein auf diese Weise schmilzt der Zorn dahin. Ist sie so recht in Wut und erscheint sie dir als ausgemachte Feindin, dann fordre das Bündnis im Bett, und sie wird sanft sein. Dort wohnt die Eintracht, die ihre Waffen abgelegt hat, an jenem Ort, o glaube mir, ist die Huld geboren. Tauben, die eben noch stritten, vereinigen ihre Schnäbel; in ihrem Gurren klingen Schmeichelworte.

Liebe als Naturmacht und Arznei

Am Anfang aller Dinge war eine verworrene Masse ohne Ordnung, und ein und dasselbe Bild boten Sterne, Land und Meer; bald wurde der Himmel über die Erde gestülpt, das Land vom Meer umgürtet, und das wesenlose Chaos löste sich in die entsprechenden Teile auf. Der Wald bekam Tiere, die Luft

silva feras, volucres aër accepit habendas;
in liquida pisces delituistis aqua.
tum genus humanum solis errabat in agris
idque merae vires et rude corpus erat;
silva domus fuerat, cibus herba, cubilia frondes,
iamque diu nulli cognitus alter erat.
blanda truces animos fertur mollisse voluptas:
constiterant uno femina virque loco.
quid facerent, ipsi nullo didicere magistro;
arte Venus nulla dulce peregit opus.
ales habet, quod amet; cum quo sua gaudia iungat,
invenit in media femina piscis aqua;
cerva parem sequitur, serpens serpente tenetur;
haeret adulterio cum cane nexa canis;
laeta salitur ovis, tauro quoque laeta iuvenca est;
sustinet inmundum sima capella marem.
in furias agitantur equae spatioque remota
per loca dividuos amne sequuntur equos.
ergo age et iratae medicamina fortia praebe;
illa feri requiem sola doloris habent,
illa Machaonios superant medicamina sucos;
his, ubi peccaris, restituendus eris.

Haec ego cum canerem, subito manifestus Apollo
movit inauratae pollice fila lyrae.
in manibus laurus, sacris induta capillis
laurus erat: vates ille videndus adit.
is mihi »lascivi« dixit »praeceptor Amoris,
duc age discipulos ad mea templa tuos,
est ubi diversum fama celebrata per orbem
littera, cognosci quae sibi quemque iubet.

Vögel, und ihr, Fische, verstecktet euch im klaren Wasser. Damals irrte das Menschengeschlecht auf einsamen Gefilden umher, und der Mensch war reine Kraft und ein roher Körper; [475] der Wald war sein Haus, Kräuter seine Speise, Laub sein Lager, und lange war keiner dem anderen bekannt. Da soll die schmeichelnde Lust die trotzigen Herzen erweicht haben: Frau und Mann hatten sich an ein und demselben Orte eingefunden. Was sie zu tun hatten, lernten sie von selbst ohne Lehrmeister, [480] und ohne Kunst vollendete Venus ihr süßes Werk. Der Vogel hat sein Liebchen, das Fischweibchen findet mitten im Wasser einen Gefährten seiner Freuden, die Hindin folgt dem Hirsch, die Schlange umschlingt die Schlange, unbekümmert um Ehegesetze hängt an der Hündin der Hund, [485] froh lässt das Schaf sich bespringen, am Stier erfreut sich die junge Kuh, die plattnasige Ziege lässt sich den schmutzigen Bock gefallen. Stuten werden bis zur Raserei erregt, und sie gehen durch weit entfernte Gebiete den Hengsten nach, selbst wenn sie von ihnen durch einen Strom getrennt sind. Also wohlan! Reiche der Zornigen starke Arznei! [490] Diese allein schenkt Ruhe vom wilden Schmerz, diese Arznei übertrifft die Säfte des großen Machaon; damit wirst du, hast du einmal gefehlt, deine Ehre wiederherzustellen haben.

Selbsterkenntnis

Während ich dies sang, erschien plötzlich Apollo leibhaftig vor mir und schlug mit dem Daumen die Saiten seiner vergoldeten Leier. [495] Lorbeer schmückte seine Hände, und in sein heiliges Haar war Lorbeer geflochten. Zu den Dichtern kommt er in sichtbarer Gestalt. Er sprach zu mir: »Du Lehrer des losen Amor, wohlan, führe deine Jünger zu meinem Tempel, [499] wo die in Ost und West berühmte Inschrift steht, die einem jeden gebietet: Erkenne dich selbst! Nur wer sich selbst

qui sibi notus erit, solus sapienter amabit
atque opus ad vires exiget omne suas:
cui faciem natura dedit, spectetur ab illa;
cui color est, umero saepe patente cubet;
qui sermone placet, taciturna silentia vitet;
qui canit arte, canat; qui bibit arte, bibat.
sed neque declament medio sermone diserti,
nec sua non sanus scripta poeta legat.«
sic monuit Phoebus: Phoebo parete monenti;
certa dei sacro est huius in ore fides.

Ad propiora vocor; quisquis sapienter amabit,
vincet et e nostra, quod petet, arte feret.
credita non semper sulci cum fenere reddunt,
nec semper dubias adiuvat aura rates:
quod iuvat, exiguum, plus est, quod laedat amantes:
proponant animo multa ferenda suo.
quot lepores in Atho, quot apes pascuntur in Hybla,
caerula quot bacas Palladis arbor habet,
litore quot conchae, tot sunt in amore dolores;
quae patimur, multo spicula felle madent.
dicta erit isse foras, quam tu fortasse videbis:
isse foras et te falsa videre puta.
clausa tibi fuerit promissa ianua nocte:
perfer et inmunda ponere corpus humo.
forsitan et vultu mendax ancilla superbo
dicet »quid nostras obsidet iste fores?«
postibus et durae supplex blandire puellae
et capiti demptas in fore pone rosas.

kennt, wird mit Weisheit lieben und alles, was er tut, seinen Kräften anpassen. Wem die Natur ein schönes Gesicht gab, der lasse sich dafür bewundern. Wer eine gute Farbe hat, liege oft mit entblößter Schulter da. [505] Wer durch Rede gefällt, vermeide wortloses Schweigen. Wer im Singen ein Künstler ist, der singe, wer es im Trinken ist, der trinke. Aber kein Redegewaltiger halte mitten im Gespräch einen Vortrag, und kein wahnwitziger Dichter lese sein Geschreibsel vor.« So mahnte Phoebus: Gehorcht dem göttlichen Mahner. [510] Der heilige Mund dieses Gottes bietet sichere Gewähr.

Leiden der Liebe

Ich werde zu Näherliegendem gerufen; jeder, der mit Weisheit liebt, wird siegen und dank unserer Kunst gewinnen, was er sucht. Nicht immer geben die Furchen das Anvertraute mit Zins zurück, nicht immer ist der Wind den schwankenden Schiffen günstig: [515] Für Liebende gibt es nur wenig Erfreuliches und viel mehr Schmerzliches; darum mögen sie sich vor Augen halten, dass sie viel ertragen müssen. So viel Hasen auf dem Athos grasen, so viel Bienen in Hybla schwärmen, so viel Oliven der bläuliche Baum der Pallas trägt, so viel Muscheln am Strande liegen, so viel Schmerzen gibt es in der Liebe; [520] die Pfeile, die uns treffen, sind mit viel Galle getränkt. Man wird sagen, die Geliebte sei ausgegangen, und dabei siehst du sie vielleicht mit eigenen Augen: Dann glaube, dass sie ausgegangen ist und du Gespenster siehst! Obwohl dir die Nacht versprochen wurde, bleibt dir die Tür verschlossen: Ertrag es, dich sogar auf schmutzigen Erdboden zu betten. [525] Vielleicht wird auch noch die verlogene Magd mit hochmütigem Gesicht sagen: »Was belagert dieser Kerl unsere Tür?« Sage den Türpfosten und der harten Geliebten kniefällig Schmeichelworte, nimm dir die Rosen vom Haupt und lege sie an der Tür nieder.

cum volet, accedes; cum te vitabit, abibis:
dedecet ingenuos taedia ferre sui.
»effugere hunc non est« quare tibi possit amica
dicere? non omni tempore sensus adest.
nec maledicta puta nec verbera ferre puellae
turpe nec ad teneros oscula ferre pedes.

Quid moror in parvis? animus maioribus instat;
magna cano: toto pectore, vulgus, ades.
ardua molimur, sed nulla, nisi ardua, virtus;
difficilis nostra poscitur arte labor.
rivalem patienter habe: victoria tecum
stabit, eris magni victor in Arce Iovis.
haec tibi non hominem sed quercus crede Pelasgas
dicere; nil istis ars mea maius habet.
innuet illa: feras; scribet: ne tange tabellas;
unde volet, veniat, quoque libebit, eat.
hoc in legitima praestant uxore mariti,
cum, tener, ad partes tu quoque, Somne, venis.
hac ego, confiteor, non sum perfectus in arte;
quid faciam? monitis sum minor ipse meis.
mene palam nostrae det quisquam signa puellae
et patiar nec me, quo libet, ira ferat?
oscula vir dederat, memini, suus; oscula questus
sum data: barbaria noster abundat amor.
non semel hoc vitium nocuit mihi; doctior ille,
quo veniunt alii conciliante viri.

Wenn sie es will, wirst du näher treten, meidet sie dich, fortgehen. [530] Menschen aus gutem Hause ziemt es nicht, anderen lästig zu fallen. Warum sollte die Freundin dir sagen müssen: »Es gibt kein Entrinnen vor diesem Menschen«? Nicht immer ist die richtige Stimmung da. Und halte es für keine Schande, von dem Mädchen Beschimpfungen und Schläge zu erdulden und ihre zarten Füße zu küssen.

Schädlichkeit der Eifersucht

[535] Was verweile ich bei Kleinigkeiten? Mein Sinn steht nach Höherem. Von Großem singe ich; lausche, mein Volk, mit ganzer Seele! Steil ist unser Pfad, doch nur auf den Höhen wohnt die Tugend. Unsere Kunst verlangt harte Arbeit. [539] Sei geduldig mit deinem Rivalen; der Sieg wird dein sein, du wirst sogar über den großen Iuppiter auf dem Capitol triumphieren. Dies sei für dich kein Menschenwort, sondern so heilig wie das Zeusorakel der pelasgischen Eichen von Dodona; meine Kunst kennt nichts Größeres als dies. Gibt das Mädchen ihm einen Wink, so ertrag es; schreibt sie ihm, so berühre die Täfelchen nicht; mag sie kommen, woher sie will, und gehen, wohin ihr beliebt. [545] Das bringen sogar Ehemänner bei der rechtmäßigen Gattin fertig, wenn du, Knabe Schlaf, deine Rolle noch dazu übernimmst. In dieser Kunst, das muss ich bekennen, bin ich nicht vollkommen – was hilft es? Ich bleibe hinter meinen eigenen Ermahnungen zurück. Soll wirklich vor meinen Augen jemand meiner Geliebten ein Zeichen geben, [550] und ich soll das dulden, und der Zorn soll mich nicht zu allem Möglichen hinreißen? Küsse hatte ihr eigener Mann ihr gegeben – daran kann ich mich erinnern –, und ich beklagte mich darüber. Meine Liebe ist immer noch viel zu barbarisch. Dieser Fehler hat mir nicht nur einmal einen Streich gespielt; weiter fortgeschritten ist, wer für andere Männer noch den Vermittler

sed melius nescisse fuit: sine furta tegantur,
  ne fugiat fasso victus ab ore pudor.
quo magis, o iuvenes, deprendere parcite vestras;
  peccent, peccantes verba dedisse putent.
crescit amor prensis: ubi par fortuna duorum est,
  in causa damni perstat uterque sui.
fabula narratur toto notissima caelo,
  Mulciberis capti Marsque Venusque dolis.
Mars pater insano Veneris turbatus amore
  de duce terribili factus amator erat;
nec Venus oranti (neque enim dea mollior ulla est)
  rustica Gradivo difficilisque fuit.
a, quotiens lasciva pedes risisse mariti
  dicitur et duras igne vel arte manus!
Marte palam simul est Vulcanum imitata, decebat,
  multaque cum forma gratia mixta fuit.
sed bene concubitus primo celare solebant;
  plena verecundi culpa pudoris erat.
indicio Solis (quis Solem fallere possit?)
  cognita Vulcano coniugis acta suae.
quam mala, Sol, exempla moves! pete munus ab ipsa:
  et tibi, si taceas, quod dare possit, habet.
Mulciber obscuros lectum circaque superque
  disponit laqueos; lumina fallit opus.
fingit iter Lemnon; veniunt ad foedus amantes;
  impliciti laqueis nudus uterque iacent;
convocat ille deos; praebent spectacula capti;
  vix lacrimas Venerem continuisse putant;

spielt. [555] Aber besser wäre es gewesen, nichts davon zu wissen: Lass sie ihre Heimlichkeiten verbergen, dass, nachdem der Mund gestehen musste, aus dem Gesicht die Scham nicht ein für allemal entfliehe. Ihr jungen Männer, verzichtet umso mehr darauf, eure Geliebten zu ertappen. Lasst sie sündigen und sich dabei noch einbilden, sie hätten euch getäuscht. Sind sie einmal ertappt, so wird die Liebe nur größer. Wo zwei das gleiche Pech haben, [560] versteifen sich beide auf das, was ihre Niederlage verursachte. Man erzählt eine Geschichte, die im ganzen Götterhimmel wohlbekannt ist: wie Mars und Venus durch Vulcans List gefangen wurden. Vater Mars, von rasender Liebe zu Venus ergriffen, war aus einem furchterregenden Feldherrn zum Liebhaber geworden, [565] und Venus machte dem Kriegsgott als Bittsteller (denn keine Göttin ist sanfter als sie) keine Schwierigkeiten und spielte nicht die bäurische Spröde. Ach, wie oft soll sie ausgelassen über die lahmen Füße ihres Mannes gelacht haben und über seine Hände, die vom Feuer und vom Schmiedehandwerk hart geworden waren. Ahmte sie vor den Augen des Mars den Vulcan nach, so stand es ihr gut, [570] und mit der Schönheit verband sich viel Anmut. Aber zuerst pflegten sie ihre Schäferstündchen tunlichst zu verheimlichen, und ihre Schuld war voll Scham und Scheu. Da zeigte sie der Sonnengott an (wer könnte den Sonnengott täuschen?), und so erfuhr Vulcan von dem Treiben seiner Frau. [575] Was für ein schlechtes Beispiel gibst du, Sonnengott! Bitte sie doch um eine Gegenleistung! Sie hat doch auch für dich etwas übrig, sofern du nur schweigst! Vulcan verteilt um und über das Bett unsichtbare Schlingen; das Wunderwerk bleibt den Augen verborgen; er schützt eine Reise nach Lemnos vor; die Liebenden kommen zum Stelldichein; [580] da liegen sie beide, nackt in die Schlingen verstrickt. Der Ehemann ruft die Götter zusammen; die Gefangenen bieten ein Schauspiel. Venus, so glaubt man, hielt mit Mühe die Tränen zurück. Weder

non vultus texisse suos, non denique possunt
partibus obscenis obposuisse manus.
hic aliquis ridens »in me, fortissime Mavors,
si tibi sunt oneri, vincula transfer« ait.
vix precibus, Neptune, tuis captiva resolvit
corpora, Mars Thracen occupat, illa Paphon.
hoc tibi perfecto, Vulcane, quod ante tegebant,
liberius faciunt, et pudor omnis abest.
saepe tamen demens stulte fecisse fateris,
teque ferunt artis paenituisse tuae.
hoc vetui: vos ecce vetat deprensa Dione
insidias illas, quas tulit ipsa, dare.
nec vos rivali laqueos disponite nec vos
excipite arcana verba notata manu;
ista viri captent, si iam captanda putabunt,
quos facient iustos ignis et unda viros.
en iterum testor: nihil hic nisi lege remissum
luditur; in nostris instita nulla iocis.

Quis Cereris ritus ausit vulgare profanis
magnaque Threïcia sacra reperta Samo?
exigua est virtus praestare silentia rebus;
at contra gravis est culpa tacenda loqui.
o bene, quod frustra captatis arbore pomis
garrulus in media Tantalus aret aqua!
praecipue Cytherea iubet sua sacra taceri;
admoneo, veniat ne quis ad illa loquax.
condita si non sunt Veneris mysteria cistis
nec cava vesanis ictibus aera sonant,
at tamen inter nos medio versantur in usu,
sed sic, inter nos ut latuisse velint.

können sie ihr Gesicht verdecken noch die Hand vor die Scham halten. [585] Da sagte einer lachend: »Auf mich, tapferer Mars, übertrage die Fesseln, wenn sie dir lästig sind.« Kaum ließ Vulcan auf deine Bitten, Neptun, die gefangenen Leiber frei, verzieht sich Mars nach seinem Thrakien, sie nach ihrem Paphos. Nach dieser deiner Glanzleistung, Vulcan, tun sie, was sie bisher verheimlichten, [590] nur desto freier, und alle Scham ist dahin. Oft freilich gibst du zu, dass du, Narr, eine Dummheit gemacht hast, und man sagt, du habest deine eigene Kunstfertigkeit bereut. Das habe ich euch verboten, es verbietet euch auch die ertappte Dione, die Falle zu stellen, in die sie selbst ging. [595] Legt dem Rivalen keine Fallstricke und greift auch keine Briefchen auf, die in Geheimschrift abgefasst sind. Solche Briefe sollen Männer abfangen (wenn sie es schon für nötig halten), die durch Feuer- und Wasserriten zu rechtmäßigen Ehegatten gemacht sind. [599] Seht, ich bezeuge es noch einmal: Hier wird nur gespielt, was das Gesetz zulässt; unsere Scherze sind nichts für Matronen.

Verschwiegenheit

Wer wollte sich erfrechen, Uneingeweihten die Riten der Ceres zu verraten und die großen Mysterien von Samothrake? Es ist nur ein geringes Verdienst, etwas zu verschweigen; dagegen ist es ein schweres Vergehen, Geheimzuhaltendes auszuplaudern. [605] O wie gut, dass der geschwätzige Tantalus vergebens nach den Früchten am Baume hascht und mitten im Wasser dürstet! Besonders Cytherea gebietet, von ihren Mysterien zu schweigen. Kein Geschwätziger, ich warne euch, soll zu ihnen kommen. Wenn die Geheimnisse der Venus nicht in Schreinen versteckt sind [610] und wenn dabei keine ehernen Becken von wahnwitzigen Schlägen erdröhnen, sind sie doch unter uns mitten im Alltag im Schwange, aber so, dass sie unter uns ver-

ipsa Venus pubem, quotiens velamina ponit,
protegitur laeva semireducta manu.
in medio passimque coit pecus: hoc quoque viso
avertit vultus nempe puella suos.
conveniunt thalami furtis et ianua nostris
parsque sub iniecta veste pudenda latet,
et, si non tenebras, at quiddam nubis opacae
quaerimus atque aliquid luce patente minus.
tunc quoque, cum solem nondum prohibebat et imbrem
tegula sed quercus tecta cibumque dabat,
in nemore atque antris, non sub Iove, iuncta voluptas:
tanta rudi populo cura pudoris erat.
at nunc nocturnis titulos inponimus actis,
atque emitur magno nil nisi posse loqui.
scilicet excuties omnis, ubi quaeque, puellas,
cuilibet ut dicas »haec quoque nostra fuit«?
ne desint, quas tu digitis ostendere possis,
ut quamque adtigeris, fabula turpis erit?
parva queror: fingunt quidam, quae vera negarent,
et nulli non se concubuisse ferunt.
corpora si nequeunt, quae possunt, nomina tangunt,
famaque non tacto corpore crimen habet.
i nunc, claude fores, custos odiose puellae,
et centum duris postibus obde seras:
quid tuti superest, cum nominis extat adulter
et credi, quod non contigit esse, cupit?
nos etiam veros parce profitemur amores,
tectaque sunt solida mystica furta fide.

borgen bleiben wollen. Venus selbst bedeckt, sooft sie die Hüllen fallen lässt, sich die Scham, leicht gebeugt, mit der Linken. [615] In der Öffentlichkeit, und wo es sich trifft, vereinigt sich das Vieh; bei diesem Anblick wendet doch ein Mädchen das Gesicht ab. Passend für unsere Heimlichkeiten sind Schlafzimmer und verschlossene Türen, und der Körperteil, dessen wir uns schämen, ist unter der Decke verborgen, [619] und wir suchen zwar keine Finsternis, aber doch so etwas wie einen dunklen Wolkenschleier und weniger Helligkeit als Tageslicht. Auch damals schon, als noch kein Dachziegel Sonne und Regen fernhielt, sondern die Eiche Dach und Nahrung bot, spielte die Lust sich in Wald und Höhlen ab, nicht unter Iuppiters freiem Himmel – so sehr war das rohe Volk auf Schamhaftigkeit bedacht. [625] Aber jetzt setzen wir auf unsere nächtlichen Heldentaten noch schreiende Inschriften und kaufen um teures Geld nichts als die Möglichkeit, damit zu prahlen. Versteht sich: Du wirst alle Mädchen, wo sich nur eine findet, durchprobieren, um jedem Beliebigen sagen zu können: »Auch diese hat mir gehört!« Damit es nicht an solchen fehle, auf die du mit Fingern zeigen könntest, [630] soll jede, wenn du sie einmal berührt hast, in Verruf kommen? Doch ich klage über Kleinigkeiten. Manche erfinden Dinge, die man ableugnen würde, wenn sie wahr wären, und verbreiten, es gäbe keine, mit der sie nicht geschlafen hätten. Können sie den Körper nicht antasten, so tasten sie wenigstens den Namen an; denn das können sie. Und ohne dass der Körper berührt wäre, ist der Ruf befleckt. [635] Geh jetzt und schließe die Türflügel, du lästiger Wächter des Mädchens, und schiebe vor die unerbittlichen Pfosten hundert Riegel: Was ist noch sicher, wenn es einen Schänder des Namens gibt, der begehrt, für das gehalten zu werden, was zu sein ihm nicht gelang? Wir hingegen sind auch mit Bekenntnissen über wirkliche Liebschaften sparsam, [640] und das Geheimnis unseres Raubes deckt undurchdringliche Verschwiegenheit.

Parcite praecipue vitia exprobrare puellis,
   utile quae multis dissimulasse fuit:
nec suus Andromedae color est obiectus ab illo,
   mobilis in gemino cui pede pinna fuit;
omnibus Andromache visa est spatiosior aequo,
   unus, qui modicam diceret, Hector erat.
quod male fers, adsuesce: feres bene: multa vetustas
   leniet; incipiens omnia sentit amor.
dum novus in viridi coalescit cortice ramus,
   concutiat tenerum quaelibet aura, cadet;
mox etiam ventis spatio durata resistet
   firmaque adoptivas arbor habebit opes:
eximit ipsa dies omnis e corpore mendas,
   quodque fuit vitium, desinit esse mora:
ferre novae nares taurorum terga recusant;
   adsiduo domitas tempore fallit odor.
nominibus mollire licet mala: »fusca« vocetur,
   nigrior Illyrica cui pice sanguis erit;
si paeta est, »Veneri similis«; si rava, »Minervae«;
   sit »gracilis«, macie quae male viva sua est;
dic »habilem«, quaecumque brevis, quae turgida, »plenam«;
   et lateat vitium proximitate boni.
nec quotus annus eat nec quo sit nata require
   consule, quae rigidus munera censor habet,
praecipue si flore caret meliusque peractum
   tempus et albentes iam legit illa comas.
utilis, o iuvenes, aut haec aut serior aetas:
   iste feret segetes, iste serendus ager.

Fehler als Vorzüge

Haltet vor allen Dingen den Mädchen ihre Fehler nicht vor! Hat es doch schon vielen genützt, sie nicht wahrhaben zu wollen. Perseus mit den Flügelschuhen machte Andromeda ihre dunkle Hautfarbe nicht zum Vorwurf. [645] Allen schien Andromache zu groß; Hektor war der Einzige, der sie für mittelgroß erklärte. Was du schwer erträgst, daran gewöhne dich; bald trägst du es leicht. Vieles wird die Zeit lindern. Nur im Anfangsstadium der Liebe nimmt man alles wahr. Während ein frisch eingepfropfter Zweig noch an der grünen Rinde anwächst, [650] wird er herabfallen, wenn ihn, zart wie er ist, auch nur das geringste Lüftchen erschüttert. Bald wird der Baum, durch die Zeit gefestigt, sogar den Winden widerstehen und seinen aufgepfropften Reichtum unerschütterlich festhalten. Allein schon die Zeit nimmt dem Körper alle Fehler, und was ein Mangel war, hört auf, ein Hindernis zu sein. [655] Nasen, denen der Geruch neu ist, finden Stierleder unerträglich. Sind sie im Laufe der Zeit daran gewöhnt, bemerken sie den Geruch nicht mehr. Es steht uns frei, die Übel zu mildern, indem wir sie anders benennen: Als »braun« werde die bezeichnet, deren Blut schwärzer ist als illyrisches Pech; schielt sie, so heiße sie »der Venus gleich«; sind ihre Augen graugelb, so gleiche sie Minerva; [660] stirbt sie fast vor Magerkeit, sei sie »schlank«; nenne eine jede, die klein ist, »handlich«, die Dicke »vollschlank«. So sei jeder Fehler unter dem benachbarten Vorzug verborgen. Frage nie, im wievielten Lebensjahr sie stehe und unter welchem Konsul sie geboren sei (das sind die Amtspflichten des strengen Zensors), [665] vor allem, wenn sie nicht mehr in der Jugendblüte steht, ihre bessere Lebenszeit schon dahin ist und sie sich schon die weißen Haare herauszieht. Nützlich für euch, ihr jungen Männer, ist dieses Alter oder ein noch reiferes: Dieser Acker wird Saaten tragen, er muss be-

[dum vires annique sinunt, tolerate labores:
iam veniet tacito curva senecta pede.
aut mare remigiis aut vomere findite terras,
aut fera belligeras addite in arma manus,
aut latus et vires operamque adferte puellis:
hoc quoque militia est, hoc quoque quaerit opes.]
adde, quod est illis operum prudentia maior,
solus, et, artifices qui facit, usus adest.
illae munditiis annorum damna rependunt
et faciunt cura, ne videantur anus,
utque velis, Venerem iungunt per mille figuras:
invenit plures nulla tabella modos.
illis sentitur non inritata voluptas;
quod iuvat, ex aequo femina virque ferant.
odi concubitus, qui non utrumque resolvunt:
hoc est, cur pueri tangar amore minus;
odi, quae praebet, quia sit praebere necesse,
siccaque de lana cogitat ipsa sua;
quae datur officio, non est mihi grata voluptas:
officium faciat nulla puella mihi.
me voces audire iuvat sua gaudia fassas,
utque morer meme sustineamque, roget;
aspiciam dominae victos amentis ocellos;
langueat et tangi se vetet illa diu.
haec bona non primae tribuit natura iuventae,
quae cito post septem lustra venire solent.
qui properent, nova musta bibant; mihi fundat avitum
consulibus priscis condita testa merum.
nec platanus, nisi sera, potest obsistere Phoebo
et laedunt nudos prata novella pedes;

stellt werden. [Erduldet Strapazen, solange die Kräfte und die Jahre es gestatten. Bald wird auf leisen Sohlen das bucklige Alter kommen. Durchfurcht das Meer mit Rudern oder die Erde mit dem Pfluge, oder rüstet eure kriegerischen Hände mit grausamen Waffen, oder steht den Mädchen mit der Kraft eurer Lenden zu Diensten. Auch das ist Kriegsdienst, auch das ist Suche nach Schätzen.] Es kommt hinzu, dass die reiferen Frauen mit mehr Verstand zu Werke gehen und dass sie die Übung haben, die allein den Meister macht. Durch Pflege wiegen sie auf, was die Jahre ihnen raubten, und bringen es durch Sorgfalt zuwege, nicht als alte Frauen zu erscheinen. Und so, wie du es willst, spielen sie das Spiel der Venus in tausenderlei Stellungen. Keine Zeichnung hat je mehr Spielarten erfinden können. Sie empfinden die Lust, ohne eigens gereizt werden zu müssen. Was uns erfreut, das sollen Mann und Frau zu gleichen Teilen genießen. Ich verabscheue ein Beilager, das nicht beide hinschmelzen lässt; das ist der Grund, warum mich Knabenliebe weniger anspricht. Ich verabscheue auch eine, die sich hingibt, nur weil das Gesetz es so will, und dabei nüchtern an ihre Wolle denkt! Die Lust, die aus Pflicht abgeleistet wird, ist mir nicht willkommen, von keinem Mädchen verlange ich eine Pflichtübung. Mich freut es, Laute zu hören, die jeweils das Lustgefühl ausdrücken, und sie möge mich bitten, zu warten und mich zurückzuhalten. Lasst mich die überwältigten Augen der besinnungslosen Geliebten anschauen; möge sie schmachten und lange verbieten, sie zu berühren. Diese Vorzüge hat die Natur nicht der frühen Jugend verliehen, sie pflegen kurz nach dem fünfunddreißigsten Lebensjahr zu kommen. Wer es eilig hat, möge neuen Most trinken; mir spende die Amphora, die unter altehrwürdigen Konsuln eingekellert wurde, Urväterwein. Erst eine bejahrte Platane kann dem Sonnengott standhalten, und junger Rasen tut den nackten Füßen weh; dann hättest du ja auch Hermione

scilicet Hermionen Helenae praeponere posses
   et melior Gorge quam sua mater erat!
at Venerem quicumque voles adtingere seram,
   si modo duraris, praemia digna feres.

Conscius, ecce, duos accepit lectus amantes:
   ad thalami clausas, Musa, resiste fores.
sponte sua sine te celeberrima verba loquentur,
   nec manus in lecto laeva iacebit iners;
invenient digiti quod agant in partibus illis,
   in quibus occulte spicula tingit Amor.
fecit in Andromache prius hoc fortissimus Hector
   nec solum bellis utilis ille fuit;
fecit et in capta Lyrneside magnus Achilles,
   cum premeret mollem lassus ab hoste torum.
illis te manibus tangi, Briseï, sinebas,
   imbutae Phrygia quae nece semper erant?
an fuit hoc ipsum quod te, lasciva, iuvaret,
   ad tua victrices membra venire manus?
crede mihi, non est Veneris properanda voluptas
   sed sensim tarda prolicienda mora.
cum loca reppereris, quae tangi femina gaudet,
   non obstet, tangas quominus illa, pudor:
aspicies oculos tremulo fulgore micantes,
   ut sol a liquida saepe refulget aqua;
accedent questus, accedet amabile murmur
   et dulces gemitus aptaque verba ioco.
sed neque tu dominam velis maioribus usus
   defice, nec cursus anteeat illa tuos;
ad metam properate simul: tum plena voluptas,
   cum pariter victi femina virque iacent.

ihrer Mutter Helena vorziehen können, [700] und dann war Gorge besser als ihre Mutter! Doch ihr alle, die ihr euch der gereiften Venus zuwenden wollt: Sofern ihr nur Ausdauer zeigt, werdet ihr den verdienten Lohn empfangen.

Das Liebesspiel

Siehe, das verschwiegene Bett hat die beiden Liebenden aufgenommen. Vor der verschlossenen Kammertür, Muse, bleib stehen! [705] Ganz von selbst werden sie ohne dich die wohlbekannten Liebesworte sprechen, und die linke Hand wird nicht untätig auf dem Bette liegen; die Finger werden an jenen Stellen etwas zu tun finden, an denen Amor heimlich seine Pfeile netzt. Das tat schon der tapfere Hektor mit Andromache, [710] und er war nicht nur als Krieger tüchtig. Das tat auch der große Achill mit der gefangenen Lyrnesierin, wenn er, vom Kampfe erschöpft, das weiche Polster drückte. Ließest du dich, Briseïs, von jenen Händen anfassen, die stets von phrygischem Blut getränkt waren, [715] oder war es gerade dies, was dich, du loses Mädchen, freute, dass siegreiche Hände deine Glieder berührten? Glaube mir, die Wonne der Venus darf nicht überstürzt, sondern muss allmählich durch langes Verzögern hervorgelockt werden. Hast du die Stellen gefunden, deren Berührung der Frau Freude macht, [720] so stehe die Schamhaftigkeit dir nicht im Wege, sie zu berühren; du wirst die Augen anschauen, die in zitterndem Feuer erglänzen, wie die Sonne oft auf klarem Wasser widerscheint. Klagelaute werden hinzukommen, hinzukommen wird liebreiches Murmeln, sanfte Seufzer und tändelnde Worte. [725] Und lass du nicht die Geliebte im Stich, indem du ihr mit volleren Segeln vorauseilst, und auch sie soll nicht deiner Fahrt voraus sein. Eilt gemeinsam zum Höhepunkt; dann ist die Lust vollkommen, wenn Mann und Frau gleichzeitig überwältigt daliegen.

hic tibi servandus tenor est, cum libera dantur
otia, furtivum nec timor urget opus;
cum mora non tuta est, totis incumbere remis
utile et admisso subdere calcar equo.

Finis adest operi: palmam date, grata iuventus,
sertaque odoratae myrtea ferte comae.
quantus apud Danaos Podalirius arte medendi,
Aeacides dextra, pectore Nestor erat,
quantus erat Calchas extis, Telamonius armis,
Automedon curru, tantus amator ego.
me vatem celebrate, viri, mihi dicite laudes;
cantetur toto nomen in orbe meum.
arma dedi vobis; dederat Vulcanus Achilli:
vincite muneribus, vicit ut ille, datis.
sed, quicumque meo superarit Amazona ferro,
inscribat spoliis NASO MAGISTER ERAT.

Ecce, rogant tenerae, sibi dem praecepta, puellae:
vos eritis chartae proxima cura meae.

[729] So musst du es halten, wenn euch genügend Zeit und Muße zur Verfügung steht und keine Furcht euch bei eurem heimlichen Tun zur Eile zwingt. Ist ein Verzögern gefährlich, dann ist es gut, sich voll in die Riemen zu legen und dem dahinjagenden Pferd die Sporen zu geben.

Schlusswort

Hier hat das Werk ein Ende; gib mir die Siegespalme, dankbare Jugend, und setzt mir Myrtenkränze auf das salbenduftende Haar. [735] Wie bei den Danaern Podalirius in der Heilkunst groß war, Achill im Kampfe, Nestor in der Weisheit, Kalchas im Wahrsagen, Aiax in der Kriegskunst, Automedon im Wagenlenken, so bin ich in der Liebe groß. Feiert mich als Seher, ihr Männer, verkündet mein Lob, [740] mein Name möge auf der ganzen Welt besungen werden. Ich habe euch Waffen gegeben wie einst Vulcan dem Achill. Seid nach dem Empfang der Gaben siegreich wie er. Doch ein jeder, der mit meinem Schwert eine Amazone besiegt hat, schreibe auf die Beute, die er weiht: »Naso war mein Lehrer.«

Überleitung

[745] Doch schau, da bitten mich die zarten Mädchen, sie zu belehren. Um euch werde ich mich im nächsten Buch kümmern.

Liber tertius

Arma dedi Danaïs in Amazonas; arma supersunt,
quae tibi dem et turmae, Penthesilea, tuae.
ite in bella pares; vincant, quibus alma Dione
faverit et, toto qui volat orbe, puer.
non erat armatis aequum concurrere nudas;
sic etiam vobis vincere turpe, viri.
dixerit e multis aliquis »quid virus in anguis
adicis et rabidae tradis ovile lupae?«
parcite paucarum diffundere crimen in omnes;
spectetur meritis quaeque puella suis.
si minor Atrides Helenen, Helenesque sororem
quo premat Atrides crimine maior habet,
si scelere Oeclides Talaïoniae Eriphylae
vivus et in vivis ad Styga venit equis,
est pia Penelope lustris errante duobus
et totidem lustris bella gerente viro;
respice Phylaciden, et quae comes isse marito
fertur et ante annos occubuisse suos;
fata Pheretiadae coniunx Pagasaea redemit
proque viro est uxor funere lata viri.
»accipe me, Capaneu: cineres miscebimur« inquit
Iphias in medios desiluitque rogos.
ipsa quoque et cultu est et nomine femina Virtus:
non mirum, populo si placet illa suo.
(nec tamen hae mentes nostra poscuntur ab arte;
conveniunt cumbae vela minora meae.
nil nisi lascivi per me discuntur amores:
femina praecipiam quo sit amanda modo.)

Drittes Buch

Einleitung

Waffen habe ich den Danaern gegen die Amazonen gegeben; nun muss ich auch noch dir, Penthesilea, und deiner Schar Waffen geben. Zieht gleich stark in den Krieg, und siegen mögen diejenigen, denen die gnadenreiche Dione gewogen ist, und der Knabe, der in der ganzen Welt umherfliegt. [5] Es wäre unbillig, wenn sie nackt mit Bewaffneten kämpfen müssten. Auch so schon, ihr Männer, ist der Sieg für euch schimpflich genug. Einer aus der Menge könnte nun sagen: »Was gibst du den Schlangen noch mehr Gift und lieferst der rasenden Wölfin den Schafstall aus?« Hütet euch, den Vorwurf, der nur wenige trifft, auf alle auszudehnen; [10] jede Frau möge nach ihren Verdiensten beurteilt werden. Wenn der jüngere Atride Helena beschuldigen darf und der ältere Atride Helenas Schwester, wenn der Oeclide durch die Schuld der talaionischen Eriphyle lebend mit lebenden Pferden zum Styx gelangte, [15] so ist doch Penelope treu, während ihr Mann zweimal fünf Jahre umherirrt und ebenso lange Krieg führt; sieh dir auch den Phylaciden an und die Frau, die ihren Mann begleitet haben und vor der Zeit gestorben sein soll! [19] Die Ehefrau aus Pagasae kaufte den Sohn des Pheres vom Tode los und ließ sich anstelle ihres Gemahls bestatten. »Nimm mich hin, Capaneus, unsere Asche wird vereint sein«, sagte die Tochter des Iphis und sprang mitten auf den Scheiterhaufen. Ja, auch die Tugend selbst wird in weiblicher Tracht dargestellt und trägt einen weiblichen Namen. Kein Wunder, wenn sie ihren Geschlechtsgenossinnen gefällt. [25] Freilich fordert unsere Kunst keine solche Sinnesart, zu meinem Kahn passen kleinere Segel. Bei mir lernt man nur mutwillige Liebesspiele, ich werde lehren, wie eine Frau liebenswert ist.

femina nec flammas nec saevos discutit arcus;
   parcius haec video tela nocere viris.
saepe viri fallunt, tenerae non saepe puellae
   paucaque, si quaeras, crimina fraudis habent:
Phasida, iam matrem, fallax dimisit Iaso;
   venit in Aesonios altera nupta sinus.
quantum in te, Theseu, volucres Ariadna marinas
   pavit in ignoto sola relicta loco.
quaere, Novem cur una Viae dicatur, et audi
   depositis silvas Phyllida flesse comis.
et famam pietatis habet, tamen hospes et ensem
   praebuit et causam mortis, Elissa, tuae.
quid vos perdiderit, dicam: nescistis amare;
   defuit ars vobis: arte perennat amor.
nunc quoque nescirent! sed me Cytherea docere
   iussit et ante oculos constitit ipsa meos.
tum mihi »quid miserae« dixit »meruere puellae?
   traditur armatis vulgus inerme viris.
illos artifices gemini fecere libelli;
   haec quoque pars monitis erudienda tuis.
probra Therapnaeae qui dixerat ante maritae,
   mox cecinit laudes prosperiore lyra.
si bene te novi, cultas ne laede puellas:
   gratia, dum vives, ista petenda tibi est.«
dixit et e myrto (myrto nam vincta capillos
   constiterat) folium granaque pauca dedit;
sensimus acceptis numen quoque: purior aether
   fulsit, et e toto pectore cessit onus.
dum facit ingenium, petite hinc praecepta, puellae,
   quas pudor et leges et sua iura sinunt.

Frauen widerstehen nicht den Liebesfackeln und Amors mörderischem Bogen; [30] ich sehe, dass diese Waffen Männern seltener gefährlich werden. Männer betrügen oft, zarte Mädchen tun das nur selten, und wenn du danach fragst, kann man ihnen nur vereinzelt Betrug vorwerfen. Wortbrüchig verstieß Iason Medea, als sie schon Mutter war, und die Rivalin kam als Braut an des Aesoniers Brust. [35] Wäre es nach dir, Theseus, gegangen, so hätte Ariadne, die du einsam an unbekanntem Strand verließest, den Seevögeln als Fraß gedient. Fragst du, warum ein Weg »Die neun Wege« heiße, so höre, wie die Wälder ihr Laub abwarfen und um Phyllis weinten. [39] Aeneas steht im Rufe, fromm und treu zu sein, und doch hat er als Gastfreund dir, Elissa, den Anlass zum Tode gegeben – und das Schwert dazu. Was euch zum Verderben wurde, will ich sagen: Ihr verstandet euch nicht auf die Liebe. Euch fehlte es an Kunst; Kunst gibt der Liebe Bestand. (Ach, wenn sie sich doch auch heute nicht darauf verstünden!) Mir aber verlieh Cytherea das Lehramt und trat mir höchstpersönlich vor Augen. [45] Dann sprach sie zu mir: »Was haben die armen Mädchen verbrochen? Waffenlos wird ihre Schar bewaffneten Männern ausgeliefert. Zwei Bücher haben sie zu Liebeskünstlern gemacht; auch die andere Partei muss durch deine Ermahnungen ausgebildet werden. Der Dichter, der eben noch die Ehefrau aus Therapnae geschmäht hatte, [50] sang bald darauf ihr Lob mit versöhnender Leier. Kenne ich dich recht, so kränke die gepflegten Mädchen nicht; denn solange du lebst, musst du dich um ihre Gunst bemühen.« Sprach's und gab mir von einer Myrte (denn mit Myrten im Haar stand sie da) ein Blatt und ein paar Körner; [55] nachdem ich dies empfangen hatte, fühlte ich auch ihre göttliche Macht; reiner erglänzte der Äther, und meine Brust war von einer Zentnerlast befreit.

Solange Venus mich begeistert, holt euch von hier eure Weisungen, ihr Mädchen, denen es Schamhaftigkeit, Gesetz

venturae memores iam nunc estote senectae:
  sic nullum vobis tempus abibit iners.
dum licet et veros etiam nunc editis annos,
  ludite: eunt anni more fluentis aquae.
nec, quae praeteriit, iterum revocabitur unda
  nec, quae praeteriit, hora redire potest.
utendum est aetate: cito pede labitur aetas
  nec bona tam sequitur, quam bona prima fuit.
hos ego, qui canent, frutices violaria vidi;
  hac mihi de spina grata corona data est.
tempus erit, quo tu, quae nunc excludis amantes,
  frigida deserta nocte iacebis anus,
nec tua frangetur nocturna ianua rixa,
  sparsa nec invenies limina mane rosa.
quam cito, me miserum, laxantur corpora rugis
  et perit, in nitido qui fuit ore, color,
quasque fuisse tibi canas a virgine iures
  sparguntur subito per caput omne comae!
anguibus exuitur tenui cum pelle vetustas,
  nec faciunt cervos cornua iacta senes;
nostra sine auxilio fugiunt bona: carpite florem,
  qui, nisi carptus erit, turpiter ipse cadet.
adde, quod et partus faciunt breviora iuventae
  tempora: continua messe senescit ager.
Latmius Endymion non est tibi, Luna, rubori,
  nec Cephalus roseae praeda pudenda deae;
ut Veneri, quem luget adhuc, donetur Adonis,
  unde habet Aenean Harmoniamque suos?
ite per exemplum, genus o mortale, dearum,
  gaudia nec cupidis vestra negate viris.

und rechtliche Stellung erlauben. Denkt schon jetzt an das nahende Alter, so wird euch keine Zeit ungenützt verstreichen. Scherzt, solange es möglich ist und ihr noch euer wirkliches Alter angebt; gehen doch die Jahre dahin wie fließendes Wasser. Die Welle, die vorüberrauschte, lässt sich nie wieder zurückrufen; so kann auch die Stunde, die verrann, nicht wiederkehren. Man muss die Lebenszeit nutzen, mit eilendem Fuße gleitet sie vorüber, und die Zeit, die folgt, ist nicht mehr so gut wie die vorhergehende. Dieses fahle Gestrüpp habe ich als Veilchenbeet gesehen; von diesem Dornstrauch empfing ich einst mit Freuden einen Kranz. Es wird die Zeit kommen, wo du, die du jetzt die Liebenden aussperrst, kalt als Greisin auf verlassenem Nachtlager daliegen musst. Und deine Tür wird nicht bei nächtlichem Streit aufgebrochen werden, und du wirst deine Schwelle morgens nicht mit Rosen übersät vorfinden. Weh mir, wie schnell wird der Körper schlaff und faltig, und die Farbe vergeht, die auf dem blühenden Gesicht war! Und die Haare, von denen du schwören möchtest, sie seien dir schon seit deinen Mädchenjahren grau gewesen, breiten sich plötzlich über dein ganzes Haupt aus. Schlangen legen ihr Alter mit ihrer dünnen Haut ab, das Abwerfen des Geweihs macht die Hirsche nicht altersschwach. Unsere Vorzüge schwinden rettungslos hin. Pflückt die Blume; pflückt ihr sie nicht, so fällt sie schmählich von selbst ab. Nimm hinzu, dass auch Geburten die Zeit der Jugend verkürzen; erntet man dauernd auf einem Acker, so wird er kraftlos. Endymion vom Berge Latmus lässt dich, Luna, nicht erröten, und die rosenfingrige Göttin braucht sich des geraubten Cephalus nicht zu schämen; mag man der Venus auch den Adonis zugestehen, um den sie noch heute trauert – von wem hat sie ihre Kinder Aeneas und Harmonia? Folgt, ihr Sterblichen, dem Beispiel der Göttinnen und verweigert eure Gunst nicht den Männern, die euch begehren. Mögen sie

ut iam decipiant, quid perditis? omnia constant;
  mille licet sumant, deperit inde nihil.
conteritur ferrum, silices tenuantur ab usu;
  sufficit et damni pars caret illa metu.
quis vetet adposito lumen de lumine sumi
  quisve cavo vastas in mare servet aquas?
et tamen ulla viro mulier »non expedit« inquit?
  quid, nisi quam sumes, dic mihi, perdis, aquam?
nec vos prostituit mea vox, sed vana timere
  damna vetat: damnis munera vestra carent.
sed me flaminibus venti maioris iturum,
  dum sumus in portu, provehat aura levis.

Ordior a cultu: cultis bene Liber ab uvis
  provenit, et culto stat seges alta solo.
forma dei munus; forma quota quaeque superbit?
  pars vestrum tali munere magna caret.
cura dabit faciem; facies neclecta peribit,
  Idaliae similis sit licet illa deae.
corpora si veteres non sic coluere puellae,
  nec veteres cultos sic habuere viros:
si fuit Andromache tunicas induta valentes,
  quid mirum? duri militis uxor erat;
scilicet Aiaci coniunx ornata venires,
  cui tegimen septem terga fuere boum!
simplicitas rudis ante fuit; nunc aurea Roma est
  et domiti magnas possidet orbis opes.

euch auch betrügen, was verliert ihr schon? Alles bleibt euch; wenn sie auch tausendfach nehmen, bedeutet das doch keinen Verlust. Eisen nützt sich ab; Kiesel werden durch den Gebrauch kleiner; jene Stelle hält stand und lässt keine Einbuße befürchten. Wer möchte verbieten, Licht vom Lichte zu nehmen, das offen dasteht, und wer möchte im tiefen Meer die unendlichen Wasserfluten sparen? Und da sagt trotzdem noch eine Frau zum Manne: »Es ist nichts zu machen«? Sag mir, was wendest du dabei auf außer dem Wasser, das du danach nimmst? Mein Wort macht euch nicht zu Dirnen; es verbietet euch nur, Verluste zu fürchten, die keine sind. Was ihr uns schenkt, bringt euch keinen Verlust. Doch ich will erst später bei stärkerem Winde segeln; solange ich noch im Hafen bin, mag mich ein leichtes Lüftchen vorwärtsbringen.

Hauptteil

Lob der Zivilisation

Ich beginne mit der Körperpflege. Aus gepflegten Trauben kommt ein guter Wein, und auf gepflegtem Boden steht die Saat hoch. Schönheit ist eine Gottesgabe, doch wie wenige können sich rühmen, schön zu sein! Ein großer Teil von euch hat diese Gabe nicht. Pflege wird euch ein schönes Gesicht geben; ein vernachlässigtes Gesicht wird zugrunde gehen, mag es auch der idalischen Göttin ähnlich sein. Wenn die jungen Frauen der Vorzeit ihren Körper nicht so pflegten, so lag das daran, dass sie auch keine so gepflegten Männer hatten. Trug Andromache grobe Hemden – was Wunder? War sie doch die Frau eines rauen Soldaten. Hättest du, Weib des Aiax, etwa aufgetakelt zu ihm kommen sollen, dem sieben Stierhäute als Schild dienten? Einst herrschte rohe Schlichtheit, jetzt ist Rom golden, und es besitzt die riesigen Schätze einer erober-

aspice quae nunc sunt Capitolia quaeque fuerunt:
alterius dices illa fuisse Iovis.
Curia consilio nunc est dignissima tanto,
de stipula Tatio regna tenente fuit;
quae nunc sub Phoebo ducibusque Palatia fulgent,
quid nisi araturis pascua bubus erant?
prisca iuvent alios, ego me nunc denique natum
gratulor: haec aetas moribus apta meis,
non quia nunc terrae lentum subducitur aurum
lectaque diverso litore concha venit,
nec quia decrescunt effosso marmore montes,
nec quia caeruleae mole fugantur aquae,
sed quia cultus adest, nec nostros mansit in annos
rusticitas priscis illa superstes avis.

Vos quoque non caris aures onerate lapillis,
quos legit in viridi decolor Indus aqua,
nec prodite graves insuto vestibus auro:
per quas nos petitis, saepe fugatis, opes.
munditiis capimur: non sint sine lege capilli;
admotae formam dantque negantque manus.
nec genus ornatus unum est: quod quamque decebit,
elegat et speculum consulat ante suum.
longa probat facies capitis discrimina puri:
sic erat ornatis Laodamia comis.
exiguum summa nodum sibi fronte relinqui,
ut pateant aures, ora rotunda volunt.
alterius crines umero iactentur utroque:
talis es adsumpta, Phoebe canore, lyra;

ten Welt. [115] Sieh das Capitol an, wie es jetzt ist und wie es einst war; du wirst sagen, der Iuppiter, dem es gehörte, sei ein anderer gewesen. Jetzt ist die Curie wahrhaft einer so bedeutenden Ratsversammlung würdig; aus Stoppeln war sie, als Tatius König war. Das Palatium, das jetzt im Glanze des Phoebus und der Feldherren strahlt – [120] was war es außer einer Weide für Pflugochsen? Das Altertum möge andere erfreuen, ich preise mich glücklich, dass ich erst jetzt geboren bin. Diese Zeit passt zu meiner Art, nicht weil man jetzt der Erde geschmeidiges Gold entreißt und weil die am fernsten Strand aufgelesene Perlmuschel zu uns kommt, [125] und auch nicht, weil Berge durch das Schürfen nach Marmor abgetragen werden, und auch nicht, weil die Mole das blaue Meer vertreibt, sondern weil feine Lebensart herrscht und weil sich das bäurische Wesen nicht bis auf unsere Tage gehalten und die Urväter überlebt hat.

Haartracht

Beschwert auch ihr nicht eure Ohren mit teuren Steinen, [130] die der fahle Inder im grünlichen Wasser sammelt, und geht nicht mit golddurchwirkten Kleidern belastet an die Öffentlichkeit; mit dem Prunk, der uns anlocken soll, verjagt ihr uns oft. Sauberkeit nimmt uns ein, das Haar sei nicht ungeordnet, ein Handgriff kann ihm die rechte Form verleihen und nehmen. [135] Es gibt auch mehr als nur eine Haartracht; eine jede möge auswählen, was ihr steht, und vorher ihren Spiegel befragen. Ein längliches Gesicht verträgt gut einen klaren Scheitel. So war Laodamia frisiert. [139] Ein rundes Gesicht verlangt, dass oben an der Stirn ein kleiner Knoten übrig bleibt, so dass die Ohren frei sind. Das Haar der einen möge auf beide Schultern herabwallen (so siehst du aus, großer Sänger Phoebus, wenn du die Leier genommen hast!); eine andere möge

altera succinctae religetur more Dianae,
ut solet, attonitas cum petit illa feras;
huic decet inflatos laxe iacuisse capillos,
illa sit adstrictis impedienda comis;
hanc placet ornari testudine Cyllenaea,
sustineat similes fluctibus illa sinus.
sed neque ramosa numerabis in ilice glandes,
nec quot apes Hybla nec quot in Alpe ferae,
nec mihi tot positus numero conprendere fas est:
adicit ornatus proxima quaeque dies.
et neclecta decet multas coma: saepe iacere
hesternam credas, illa repexa modo est.
ars casu similis: sic capta vidit ut urbe
Alcides Iolen, »hanc ego« dixit »amo.«
talem te Bacchus Satyris clamantibus »euhoe«
sustulit in currus, Cnosi relicta, suos.
o quantum indulget vestro natura decori,
quarum sunt multis damna pianda modis!
nos male detegimur, raptique aetate capilli,
ut Borea frondes excutiente, cadunt;
femina canitiem Germanis inficit herbis,
et melior vero quaeritur arte color,
femina procedit densissima crinibus emptis
proque suis alios efficit aere suos.
nec rubor est emisse: palam venire videmus
Herculis ante oculos virgineumque chorum.

Quid de veste loquar? nec nunc segmenta requiro
nec quae de Tyrio murice lana rubes.

ihr Haar zurückbinden nach Art der hochgeschürzten Diana, wie sie es zu tun pflegt, wenn sie ängstliches Wild jagt. Dieser wiederum steht es, wenn das Haar etwas aufgebauscht und locker liegt, bei jener muss das Haar straff gebunden werden. Diese gefällt, wenn sie sich mit cyllenischem Schildpatt aufputzt; jene wiederum trage Locken, die Meereswellen gleichen. Aber man kann weder die Eicheln auf der weitverzweigten Steineiche zählen noch die Bienen in Hybla, noch das Wild in den Alpen, noch kann ich so viele Frisuren zahlenmäßig erfassen. Jeder neue Tag fügt neue Moden hinzu. Vielen steht auch eine nachlässige Haartracht. Oft möchte man meinen, es sei noch die Frisur von gestern; dabei ist sie eben erst nachgekämmt. Die Kunst ähnelt dem Zufall. So sah Hercules nach der Eroberung der Stadt die Iole und sprach sofort: »Diese hier liebe ich.« So warst du, verlassene Ariadne, als Bacchus dich in seinen Wagen hob, während die Satyrn Euhoe schrien. O wie großmütig hilft die Natur eurer Schönheit nach! Auf vielerlei Arten müsst ihr eure Mängel ausgleichen. Wir Männer werden traurig entblößt, und die Haare, die uns die Zeit raubt, fallen, wie wenn der Nordwind das Laub von den Bäumen schüttelt; die Frau aber färbt ihr graues Haar mit germanischen Kräutern, und durch Kunst sucht man eine bessere Farbe als die echte zu erwerben. Die Frau schreitet einher, dicht umwallt von gekauftem Haar, und als Ersatz für das eigene verwandelt sie fremdes für Geld in eigenes. Und man errötet wegen des Einkaufs nicht. Wir sehen, dass Perücken öffentlich feilgeboten werden, und das vor den Augen des Hercules und des jungfräulichen Musenchors.

Kleidung

Was soll ich von der Kleidung reden? Ich verlange jetzt nicht teure Besätze und auch nicht Wolle, die mit der tyrischen

cum tot prodierint pretio leviore colores,
  quis furor est census corpore ferre suos?
aëris, ecce, color, tum cum sine nubibus aër
  nec tepidus pluvias concitat Auster aquas;
ecce tibi similis, quae quondam Phrixon et Hellen
  diceris Inoïs eripuisse dolis;
hic undas imitatur, habet quoque nomen ab undis:
  crediderim Nymphas hac ego veste tegi;
ille crocum simulat (croceo velatur amictu,
  roscida luciferos cum dea iungit equos),
hic Paphias myrtos, hic purpureas amethystos
  albentesve rosas Threïciamve gruem;
nec glandes, Amarylli, tuae nec amygdala desunt,
  et sua velleribus nomina cera dedit.
quot nova terra parit flores, cum vere tepenti
  vitis agit gemmas pigraque fugit hiems,
lana tot aut plures sucos bibit: elige certos,
  nam non conveniens omnibus omnis erit.
pulla decent niveas: Briseïda pulla decebant;
  cum rapta est, pulla tum quoque veste fuit.
alba decent fuscas: albis, Cepheï, placebas;
  sic tibi vestitae pressa Seriphos erat.

Quam paene admonui, ne trux caper iret in alas
  neve forent duris aspera crura pilis!
sed non Caucasea doceo de rupe puellas
  quaeque bibant undas, Myse Caïce, tuas.
quid, si praecipiam ne fuscet inertia dentes
  oraque suscepta mane laventur aqua?

Purpurschnecke rot gefärbt ist. Da so viele preisgünstigere Farben aufgekommen sind – was ist es für ein Wahnsinn, sein Vermögen am Körper zu tragen? Sieh hier die Farbe der Luft, wenn sie wolkenlos ist und kein feuchter Südwind Regenwasser erzeugt, sieh hier die Farbe, die dir ähnlich ist, die du einst Phrixus und Helle den Listen der Ino entrissen haben sollst. Diese Farbe hier ahmt die Meereswellen nach und hat auch von ihnen den Namen; ich möchte meinen, dass die Nymphen sich mit solcher Kleidung bedecken. Jene Farbe wirkt wie Krokus; in einen Krokusmantel hüllt sich die Morgenröte, wenn die taufrische Göttin die Rosse einspannt, die den Tag bringen. Diese Farbe gleicht den Myrten von Paphos, diese gleicht purpurnen Amethysten, weißen Rosen oder dem thrakischen Kranich; auch deine Eicheln fehlen nicht, Amaryllis, und nicht die Mandeln; und das Wachs hat der Schafwolle den passenden Namen gegeben. Wie viele Blumen die junge Erde hervorbringt, wenn im warmen Frühling die Rebe Knospen ansetzt und der träge Winter entflohen ist, so viele oder noch mehr Säfte schluckt die Wolle: Suche du bestimmte Farben aus, denn nicht jede wird zu allen passen. Dunkle Farben stehen Schneeweißen: Der Briseïs stand Dunkles; als sie geraubt wurde, trug sie auch gerade ein dunkles Gewand. Weiß steht Dunkelhäutigen. Cepheus' Tochter, in Weiß erregtest du Gefallen, in solcher Kleidung betratest du Seriphos.

Körperpflege

Beinahe hätte ich euch noch ermahnt: Lasst den Geruch des trotzigen Bockes nicht unter die Achselhöhlen kommen und die Beine nicht von borstigen Härchen rau sein. Aber ich belehre ja keine Mädchen vom kaukasischen Felsen oder solche, die Wasser vom mysischen Caïcus trinken. Soll ich euch etwa auch noch vorschreiben, die Zähne nicht durch Saumse-

scitis et inducta candorem quaerere creta;
sanguine quae vero non rubet, arte rubet;
arte supercilii confinia nuda repletis
parvaque sinceras velat aluta genas.
nec pudor est oculos tenui signare favilla
vel prope te nato, lucide Cydne, croco.
est mihi, quo dixi vestrae medicamina formae,
parvus, sed cura grande libellus opus:
hinc quoque praesidium laesae petitote figurae;
non est pro vestris ars mea rebus iners.

Non tamen expositas mensa deprendat amator
pyxidas: ars faciem dissimulata iuvat.
quem non offendat toto faex inlita vultu,
cum fluit in tepidos pondere lapsa sinus?
oesypa quid redolent, quamvis mittatur Athenis
demptus ab inmundo vellere sucus ovis?
nec coram mixtas cervae sumpsisse medullas
nec coram dentes defricuisse probem.
ista dabunt formam, sed erunt deformia visu,
multaque, dum fiunt turpia, facta placent:
quae nunc nomen habent operosi signa Myronis,
pondus iners quondam duraque massa fuit;
anulus ut fiat, primo conliditur aurum;
quas geritis vestis, sordida lana fuit.

ligkeit braun werden zu lassen und morgens den Mund mit Wasser auszuspülen? Ihr versteht euch darauf, durch Kreide eine weiße Hautfarbe zu bekommen; [200] eine, die von Natur keine roten Wangen hat, hat sie durch Kunst. Durch Kunst füllt ihr die kahlen Stellen neben den Augenbrauen aus, und ein kleines Schönheitspflästerchen verhüllt die echten Wangen. Und ihr schämt euch nicht, die Augen mit feiner Asche zu untermalen oder mit Krokus, der an deinem Ufer, du klarer Cydnus, wächst. [205] Ich habe ein Büchlein geschrieben, in dem ich von euren Schönheitsmitteln gesprochen habe; es ist zwar klein, aber doch groß – dank der Sorgfalt, die ich darauf verwendet habe. Sucht auch dort Rat und Hilfe für eure angeschlagene Schönheit. Meine Kunst setzt sich für eure Belange ein.

Diskretion bei der Schönheitspflege

[209] Freilich möge der Liebhaber keine Schminktöpfchen erwischen, die auf dem Tisch herumliegen. Nur eine Kunst, die sich zu verbergen weiß, hilft der Schönheit auf. Wen stößt nicht Hefe ab, die auf dem ganzen Gesicht verschmiert ist, wenn die Schwerkraft sie in den warmen Busen hinabrieseln lässt? Und wonach riecht Oesypum, obwohl es aus Athen kommt, ein Saft, der aus schmutziger Schafwolle gewonnen wird? [215] Und ich möchte es auch nicht gutheißen, wenn ihr in Anwesenheit des Liebhabers Hirschmark verwendet oder die Zähne putzt; diese Dinge werden euch zwar Schönheit schenken, aber hässlich mit anzusehen sein; vieles ist hässlich, während es geschieht, und gefällt, wenn es geschehen ist: Die Bildwerke des fleißigen Myron, die jetzt einen Namen haben, [220] waren einst eine unförmige Masse und sprödes Erz. Damit ein Ring entstehe, wird das Gold zuerst gehämmert; die Gewänder, die ihr tragt, waren einst schmutzige Wolle. Während die nackte Venus entstand,

cum fieret, lapis asper erat; nunc, nobile signum,
nuda Venus madidas exprimit imbre comas.
tu quoque dum coleris, nos te dormire putemus:
aptius a summa conspiciere manu.
cur mihi nota tuo causa est candoris in ore?
claude forem thalami: quid rude prodis opus?
multa viros nescire decet; pars maxima rerum
offendat, si non interiora tegas:
aurea quae pendent ornato signa theatro
inspice, contemnes: brattea ligna tegit;
sed neque ad illa licet populo, nisi facta, venire,
nec nisi summotis forma paranda viris.

At non pectendos coram praebere capillos,
ut iaceant fusi per tua terga, veto.
illo praecipue ne sis morosa caveto
tempore nec nexas saepe resolve comas;
tuta sit ornatrix: odi, quae sauciat ora
unguibus et rapta bracchia figit acu;
devovet, et tangit, dominae caput illa simulque
plorat in invisas sanguinolenta comas.
quae male crinita est, custodem in limine ponat
orneturve Bonae semper in aede Deae.
dictus eram subito cuidam venisse puellae:
turbida perversas induit illa comas.
hostibus eveniat tam foedi causa pudoris
inque nurus Parthas dedecus illud eat!

war sie ein grober Stein, jetzt wringt sie als berühmtes Bildwerk das Wasser aus ihrem feuchten Haar. [225] So lass uns auch, während du dich zurechtmachst, glauben, du schliefest. Angemessener ist es, dich erst sehen zu lassen, nachdem die letzte Hand angelegt ist. Warum soll mir die Ursache deiner weißen Gesichtsfarbe bekannt sein? Schließ deine Kammertür; was zeigst du verräterisch das noch unfertige Kunstwerk? [229] Es schickt sich, dass Männer vieles nicht wissen; die meisten Dinge können Anstoß erregen, wenn man die Kunstgeheimnisse nicht verbirgt. Die goldenen Figuren hoch oben am geschmückten Theater – schau sie dir genau an, und du wirst sie verachten: Blechfolie bedeckt Holz, aber das Volk darf sich ihnen nicht nähern, bevor sie fertig sind, und ihr dürft Schönheitspflege nur betreiben, solange keine Männer anwesend sind.

Das Verhalten beim Frisieren

[235] Aber ich verbiete dir nicht, dir das Haar vor den Augen des Geliebten kämmen zu lassen, so dass es dir lang auf den Rücken herabwallt. Um diese Zeit hüte dich besonders, missgelaunt zu sein, und löse das geflochtene Haar nicht immer wieder auf. [239] Deine Friseuse sei vor dir sicher; ich verabscheue eine Frau, die ihrer Dienerin das Gesicht mit den Nägeln zerkratzt und sie mit der Haarnadel, die sie an sich reißt, in den Arm sticht. Die Sklavin verflucht das Haupt ihrer Herrin, das sie berührt, sie blutet, und ihre Tränen fallen in das verhasste Haar. Diejenige, die kein gutes eigenes Haar hat, soll einen Wächter an ihre Schwelle setzen oder sich stets im Tempel der Bona Dea frisieren lassen. [245] Man hatte einem Mädchen einmal plötzlich meine Ankunft gemeldet; in ihrer Aufregung setzte sie die Perücke falsch herum auf. Eine so große Blamage möchte man nur seinen Feinden wünschen, und diese Schande möge die jungen Partherfrauen treffen. Hässlich ist ein Tier,

turpe pecus mutilum, turpis sine gramine campus
et sine fronde frutex et sine crine caput.

Non mihi venistis, Semele Ledeve, docendae,
perque fretum falso Sidoni vecta bove
aut Helene, quam non stulte, Menelae, reposcis,
tu quoque non stulte, Troice raptor, habes;
turba docenda venit pulchrae turpesque puellae,
pluraque sunt semper deteriora bonis.
formosae non artis opem praeceptaque quaerunt;
est illis sua dos, forma sine arte potens:
cum mare compositum est, securus navita cessat;
cum tumet, auxiliis adsidet ille suis.
rara tamen menda facies caret: occule mendas,
quaque potes, vitium corporis abde tui.
si brevis es, sedeas, ne stans videare sedere,
inque tuo iaceas quantulacumque toro
(hic quoque, ne possit fieri mensura cubantis,
iniecta lateant fac tibi veste pedes);
quae nimium gracilis, pleno velamina filo
sumat, et ex umeris laxus amictus eat;
pallida purpureis tangat sua corpora virgis,
nigrior ad Pharii confuge piscis opem;
pes malus in nivea semper celetur aluta,
arida nec vinclis crura resolve suis;
conveniunt tenues scapulis analemptrides altis,
angustum circa fascia pectus eat;
exiguo signet gestu, quodcumque loquetur,
cui digiti pingues et scaber unguis erit;

das verstümmelt ist, hässlich ein Feld ohne Gras, [250] ein Busch ohne Laub und ein Kopf ohne Haar.

Der Ausgleich der körperlichen Mängel

Ihr seid nicht zu mir gekommen, um euch unterrichten zu lassen, Semele, Leda oder du, Sidonierin, die du über das Meer auf dem Trugbild eines Stieres rittest, auch nicht Helena, die du, Menelaus, (nicht dumm!) zurückforderst und die du, trojanischer Räuber, (auch nicht dumm!) behältst. [255] Es kommt die Masse, um sich belehren zu lassen, schöne und hässliche Mädchen, und immer ist das Schlechtere zahlreicher als das Gute. Die Schönen brauchen nicht die hilfreichen Lehren der Kunst; sie haben ihre eigene Gabe, nämlich die Schönheit, die ohne Kunst mächtig ist: Wenn das Meer still ist, kann der Seemann sorglos müßig gehen; [260] ist das Meer aufgewühlt, dann treibt er seine Helfer eifrig an.

Selten ist freilich ein Gesicht fehlerlos: Verbirg also die Fehler und verstecke, soweit du es kannst, deinen körperlichen Mangel. Wenn du klein bist, so sitze, damit du nicht zu sitzen scheinest, wenn du stehst; und liege, so klein du auch bist, auf deinem Bett [265] (auch hier sieh zu, dass deine Füße unter dem darübergelegten Gewand verborgen sind, damit man, wenn du daliegst, deine Länge nicht messen kann); eine, die allzu mager ist, trage dichtgewebte Stoffe, und der Mantel falle ihr weit von den Schultern herab; die Bleiche trage Gewänder mit purpurnen Längsstreifen; [270] bist du zu dunkel, so nimm deine Zuflucht zu dem pharischen Fisch; ein hässlicher Fuß werde stets in feinem schneeweißen Leder verborgen, dürre Schenkel befreie nie von ihren Binden; zu hohen Schultern passen flache Schnallen; um eine zu schmächtige Brust schlinge sich eine Binde; [275] nur mit sparsamen Gesten untermale diejenige ihre Reden, die dicke

cui gravis oris odor, numquam ieiuna loquatur
et semper spatio distet ab ore viri;
si niger aut ingens aut non erit ordine natus
dens tibi, ridendo maxima damna feres.

Quis credat? discunt etiam ridere puellae,
quaeritur atque illis hac quoque parte decor:
sint modici rictus parvaeque utrimque lacunae,
et summos dentes ima labella tegant,
nec sua perpetuo contendant ilia risu,
sed leve nescioquid femineumque sonet.
est, quae perverso distorqueat ora cachinno;
cum risu laeta est altera, flere putes;
illa sonat raucum quiddam atque inamabile: ridet,
ut rudit a scabra turpis asella mola.
quo non ars penetrat? discunt lacrimare decenter
quoque volunt plorant tempore quoque modo.
quid, cum legitima fraudatur littera voce
blaesaque fit iusso lingua coacta sono?
in vitio decor est: quaedam male reddere verba
discunt, posse minus, quam potuere, loqui.
omnibus his, quoniam prosunt, inpendite curam;
discite femineo corpora ferre gradu:
est et in incessu pars non contempta decoris;
allicit ignotos ille fugatque viros.
haec movet arte latus tunicisque fluentibus auras
accipit, extensos fertque superba pedes;
illa, velut coniunx Umbri rubicunda mariti,
ambulat, ingentis varica fertque gradus.

Finger und spröde Nägel hat; eine, die einen lästigen Mundgeruch hat, rede niemals, solange sie noch nichts gegessen hat, und halte immer Abstand zum Munde des Mannes; [279] hast du schwarze oder zu große oder schief gewachsene Zähne, so wirst du durch Lachen den größten Schaden davontragen.

Anmut ist erlernbar

Wer möchte es glauben? Die Mädchen lernen auch lachen, und auch in dieser Beziehung streben sie nach Anmut: Die Öffnung des Mundes sei mäßig, beiderseits seien kleine Grübchen, und den oberen Rand der Zähne bedecke der unterste Teil der Lippen; [285] und sie mögen nicht durch pausenloses Lachen das Zwerchfell anspannen, sondern es soll irgendwie leicht und weiblich klingen. Manche verzieht das Gesicht in verzerrtem Gelächter, bei einer anderen möchte man glauben, sie weine, wenn sie fröhlich lacht; jene gibt heisere und abstoßende Töne von sich, sie lacht so, [290] wie die hässliche Eselin vom rauen Mühlstein her brüllt. Wohin wagt sich die Kunst nicht vor? Man lernt mit Anstand zu weinen, man schluchzt, wann und wie man will. Ja, man betrügt den Laut sogar um seinen ihm zustehenden Klang, und die Zunge lallt auf Befehl. [295] Im Fehler liegt Anmut: Man lernt, manche Wörter schlecht zu artikulieren und mangelhafter zu sprechen, als man könnte. Auf all dies (denn es ist nützlich) wendet eure Sorgfalt; lernt, euch mit damenhaftem Schritt zu bewegen. Auch der Gang trägt zur Anmut sein Teil bei, das nicht zu verachten ist; [300] er lockt unbekannte Männer an, und er vertreibt sie. Die eine bewegt kunstvoll die Hüften, lässt ihre Gewänder im Winde wallen und setzt stolz die gestreckten Füße auf; die andere stapft daher wie die rotbackige Gattin eines umbrischen Bauern und macht weitausladende Riesenschritte.

sed sit, ut in multis, modus hic quoque: rusticus alter
motus, concesso mollior alter erit.
pars umeri tamen ima tui, pars summa lacerti
nuda sit, a laeva conspicienda manu:
hoc vos praecipue, niveae, decet; hoc ubi vidi,
oscula ferre umero, qua patet, usque libet.

Monstra maris Sirenes erant, quae voce canora
quamlibet admissas detinuere rates;
his sua Sisyphides auditis paene resolvit
corpora (nam sociis inlita cera fuit).
res est blanda canor: discant cantare puellae
(pro facie multis vox sua lena fuit)
et modo marmoreis referant audita theatris
et modo Niliacis carmina lusa modis;
nec plectrum dextra, citharam tenuisse sinistra
nesciat arbitrio femina docta meo:
saxa ferasque lyra movit Rhodopeïus Orpheus
Tartareosque lacus tergeminumque canem;
saxa tuo cantu, vindex iustissime matris,
fecerunt muros officiosa novos;
quamvis mutus erat, voci favisse putatur
piscis Arioniae, fabula nota, lyrae.
disce etiam duplici genialia nablia palma
verrere: conveniunt dulcibus illa iocis.
sit tibi Callimachi, sit Coi nota poetae,
sit quoque vinosi Teïa Musa senis;
nota sit et Sappho (quid enim lascivius illa?)
cuive pater vafri luditur arte Getae;

[305] Aber wie in vielen Dingen möge auch hier Maß herrschen: Die eine Bewegungsart wird bäurisch, die andere weichlicher sein als erlaubt. Der unterste Teil deiner Schulter, der oberste des Armes, sei nackt und von der linken Seite sichtbar: Das steht euch ganz besonders, ihr Schneeweißen. Sobald ich dies gesehen habe, [310] verspüre ich Lust, immerzu die Schulter zu küssen, soweit sie frei ist.

Musik, Literatur, Tanz

Einst gab es Sirenen, Meerungeheuer, die mit melodischer Stimme selbst die schnellsten Schiffe aufhielten. Als Sisyphus' Sohn sie hörte, hätte er beinahe seinen Leib von den Fesseln gelöst (denn seinen Gefährten waren die Ohren mit Wachs verstopft). [315] Gesang ist etwas Einschmeichelndes; Mädchen sollen singen lernen (vielen dient statt Schönheit die Stimme als Empfehlung). Bald mögen sie nachsingen, was sie im marmornen Theater gehört haben, bald Lieder, die auf agyptische Weise gespielt werden, [319] und eine Frau, die gebildet ist, wie ich es wünsche, verstehe auch, das Plektrum in der rechten und die Cithara in der linken Hand zu halten. Felsen und wilde Tiere bewegte der rhodopeïsche Orpheus durch sein Leierspiel, ja auch die Gewässer des Tartarus und den Drillingshund; Steine bildeten dank deinem Gesang, gerechtester Rächer der Mutter, dienstfertig neue Mauern; [325] wenn er auch noch so stumm war, so soll der Fisch doch der Stimme von Arions Leier (die Geschichte ist bekannt) freundlich Gehör geschenkt haben. Lerne auch, mit beiden Händen die festliche Harfe rauschen zu lassen: Sie passt zu süßen Liebesscherzen. Bekannt sei dir die Muse des Callimachus, die des Dichters von Kos [330] und auch die des weinseligen Greises von Teos, bekannt sei dir auch Sappho (was gibt es Verliebteres als sie?) und der Dichter, bei dem der Vater durch die List des

et teneri possis carmen legisse Properti
sive aliquid Galli sive, Tibulle, tuum
dictaque Varroni fulvis insignia villis
vellera germanae, Phrixe, querenda tuae
et profugum Aenean, altae primordia Romae,
quo nullum Latio clarius extat opus;
forsitan et nostrum nomen miscebitur istis
nec mea Lethaeis scripta dabuntur aquis
atque aliquis dicet »nostri lege culta magistri
carmina, quis partes instruit ille duas,
deve tribus libris, titulo quos signat AMORUM,
elige, quod docili molliter ore legas,
vel tibi composita cantetur EPISTULA voce;
ignotum hoc aliis ille novavit opus.«
o ita, Phoebe, velis, ita vos, pia numina vatum,
insignis cornu Bacche novemque deae!
quis dubitet, quin scire velim saltare puellam,
ut moveat posito bracchia iussa mero?
artifices lateris, scaenae spectacula, amantur:
tantum mobilitas illa decoris habet.

Parva monere pudet, talorum dicere iactus
ut sciat et vires, tessera missa, tuas;
et modo tres iactet numeros, modo cogitet, apte
quam subeat partem callida quamque vocet,
cautaque non stulte latronum proelia ludat,
unus cum gemino calculus hoste perit

verschlagenen Sklaven Geta gefoppt wird. Und du könntest ein Gedicht des zärtlichen Properz lesen oder etwas von Gallus oder etwas von Tibull, auch das Vlies, geschmückt mit goldroten Zotteln, von dem Varro sang, um dessentwillen deine Schwester, Phrixus, klagen musste, und den Flüchtling Aeneas, die Ursprünge des erhabenen Rom, das berühmteste Werk, das es in Latium gibt. Vielleicht wird sich auch mein Name unter diese mengen, meine Schriften werden nicht dem Lethestrom anheimgegeben, und irgendeiner wird sagen: »Lies die gepflegten Gedichte unseres Lehrers, in denen er beide Parteien belehrt, und aus den drei Büchern mit dem Titel ›Liebesgedichte‹ wähle das aus, was du zärtlich mit gelehrigem Munde vorlesen willst, oder ein Heroidenbrief möge von dir mit kunstvoll modulierter Stimme gelesen werden. Diese Gattung hat er neu erfunden, andere kannten sie nicht.« So mögest du, Phoebus, es wollen, so auch ihr, treue Gottheiten der Dichter, du mit Hörnern geschmückter Bacchus und ihr, neun Musen!

Ich will auch (wer möchte das bezweifeln), dass ein Mädchen tanzen kann, so dass sie, wenn der Wein auf dem Tische steht, auf Befehl die Arme bewegt. Die Tanzkünstler, die Augenweide der Schaubühne, erregen Liebe, so großen Reiz hat die Bewegungskunst!

Gesellschaftsspiele

Ich schäme mich, an Kleinigkeiten zu erinnern: dass sie im Knöchelspiel die Würfe zu benennen verstehe und deine verschiedenen Bedeutungen, Würfel, wenn du gefallen bist. Bald möge sie drei Zahlen werfen, bald überlegen, welche Partei sie schlau ergreifen und welche sie zum Kampf herausfordern soll; vorsichtig und klug möge sie den Söldnerkampf spielen, wenn ein Stein durch zwei Feinde geschlagen wird

bellatorque sua prensus sine compare bellat
aemulus et coeptum saepe recurrit iter;
reticuloque pilae leves fundantur aperto
nec, nisi quam tolles, ulla movenda pila est;
est genus in totidem tenui ratione redactum
scripula, quot menses lubricus annus habet;
parva tabella capit ternos utrimque lapillos,
in qua vicisse est continuasse suos.
mille facesse iocos; turpe est nescire puellam
ludere: ludendo saepe paratur amor.
sed minimus labor est sapienter iactibus uti;
maius opus mores composuisse suos:
tum sumus incauti studioque aperimur in ipso
nudaque per lusus pectora nostra patent;
ira subit, deforme malum, lucrique cupido
iurgiaque et rixae sollicitusque dolor;
crimina dicuntur, resonat clamoribus aether,
invocat iratos et sibi quisque deos.
nulla fides tabulae: quae non per vota petuntur?
et lacrimis vidi saepe madere genas.
Iuppiter a vobis tam turpia crimina pellat,
in quibus est ulli cura placere viro!

Hos ignava iocos tribuit natura puellis;
materia ludunt uberiore viri:
sunt illis celeresque pilae iaculumque trochique
armaque et in gyros ire coactus equus;
nec vos Campus habet nec vos gelidissima Virgo
nec Tuscus placida devehit amnis aqua.

und wenn der gefangengenommene Krieger ohne seine Gefährtin kämpft und der Rivale oft den eingeschlagenen Weg aufs Neue durchläuft. Und es mögen glatte Bälle in ein offenes Netz geschüttet werden, und kein Ball darf bewegt werden außer dem, den du herausnehmen wirst. Es gibt ein Spiel, das in feiner Berechnung in so viele Felder aufgeteilt ist, wie das dahingleitende Jahr Monate hat. Ein kleines Brett nimmt beiderseits je drei Steine auf, und derjenige siegt, der seine Steine in eine Reihe bringt. Befasse dich mit tausenderlei Kurzweil; es ist eine Schande, wenn ein Mädchen sich nicht aufs Spielen versteht. Durch das Spiel gewinnt man oft Liebe. Aber die geringste Sorge ist es, die Würfe klug auszunützen, die größere Aufgabe ist es, sein Temperament zu bändigen: Gerade dann sind wir unvorsichtig, und mitten im größten Eifer entlarven wir uns selbst, und unser Herz liegt beim Spiel offen da; Zorn schleicht sich ein, ein entstellendes Übel, und die Gewinnsucht, Scheltworte, Streitereien und sorgenvoller Schmerz. Man macht einander Vorwürfe, der Äther hallt wider von Geschrei, und jeder ruft die zürnenden Götter für sich an. Das Spielbrett genießt kein Vertrauen, was wünscht man sich nicht mit Gelübden! Ich habe oft sogar Wangen gesehen, die von Tränen nass waren. Iuppiter bewahre euch vor so abscheulichem Verhalten, wenn ihr darauf Wert legt, auch nur einem Mann zu gefallen.

Treffpunkte

Nur diese Spiele hat die Natur stiefmütterlich den Mädchen gegeben, die Männer haben beim Spiel reichere Möglichkeiten: Es gibt für sie die schnellen Bälle, den Wurfspieß, die Reifen, die Waffen und das Pferd, das man zwingt, im Kreise zu gehen; auch das Marsfeld kennt euch, ihr Mädchen, nicht, und weder die eiskalte Virgo noch der tuskische Fluss trägt euch

at licet et prodest Pompeias ire per umbras,
Virginis aetheriis cum caput ardet equis;
visite laurigero sacrata Palatia Phoebo
(ille Paraetonias mersit in alta rates)
quaeque soror coniunxque ducis monimenta pararunt
navalique gener cinctus honore caput,
visite turicremas vaccae Memphitidos aras,
visite conspicuis terna theatra locis;
spectentur tepido maculosae sanguine harenae
metaque ferventi circumeunda rota.
quod latet, ignotum est; ignoti nulla cupido:
fructus abest, facies cum bona teste caret.
tu licet et Thamyran superes et Amoebea cantu,
non erit ignotae gratia magna lyrae;
si Venerem Cous nusquam posuisset Apelles,
mersa sub aequoreis illa lateret aquis;
quid petitur sacris, nisi tantum fama, poëtis?
hoc votum nostri summa laboris habet.
cura deum fuerunt olim regumque poëtae,
praemiaque antiqui magna tulere chori,
sanctaque maiestas et erat venerabile nomen
vatibus, et largae saepe dabantur opes:
Ennius emeruit, Calabris in montibus ortus,
contiguus poni, Scipio magne, tibi;
nunc hederae sine honore iacent operataque doctis
cura vigil Musis nomen inertis habet.
sed famae vigilare iuvat: quis nosset Homerum,
Ilias aeternum si latuisset opus?
quis Danaën nosset, si semper clusa fuisset
inque sua turri perlatuisset anus?

mit sanfter Strömung abwärts. Aber es ist euch erlaubt, und es nützt euch auch, durch die schattige Säulenhalle des Pompeius zu gehen, wenn euch der Kopf glüht, weil die Sonnenrosse im Zeichen der Jungfrau stehen. Besucht auch das Palatium, das dem lorbeertragenden Phoebus geweiht ist (er versenkte die paraetonischen Schiffe in der Tiefe). Besucht auch die Bauten, die die Schwester und die Gattin des Feldherrn stifteten und der Schwiegersohn, dem der Siegeskranz der Seeschlacht das Haupt krönt. Besucht die weihrauchgeschwängerten Altäre der Kuh von Memphis. Besucht die drei Theater und wählt Plätze, an denen man euch gut sieht. Anschauen sollt ihr euch die von warmem Blute befleckte Arena und den Grenzstein, den das heißgelaufene Rad umfahren muss. Was verborgen ist, bleibt unbekannt; Unbekanntes erweckt keine Begierde. Es bringt keinen Ertrag, wenn ein schönes Gesicht ohne Zeugen bleibt. Magst du auch den Thamyras und den Amoebeus im Gesang übertreffen, so wird doch deine Lyra, wenn sie unbekannt bleibt, nicht viel Dank ernten. Hätte Apelles von Kos seine Venus nirgends aufgestellt, so wäre sie heute noch unter dem Meerwasser verborgen. Wonach streben die heiligen Dichter, außer nach Ruhm? Dieser Wunsch spricht aus unserem ganzen Schaffen. Einst waren die Poeten Schützlinge der Götter und der Könige, die Chöre der alten Zeit trugen große Belohnungen davon, heilige Majestät und ein ehrwürdiger Name war den Dichtern eigen, und oft gab man ihnen reiche Schätze. Ennius, in den calabrischen Bergen geboren, hat es verdient, neben dir, großer Scipio, beigesetzt zu werden. Jetzt aber liegt der Efeu ungeehrt darnieder, und die wachsame Sorge im Dienste der gelehrten Musen nennt man Faulheit. Doch es macht Freude, für den Ruhm zu wachen. Wer würde Homer kennen, wenn die Ilias, sein unsterbliches Werk, verborgen geblieben wäre? Wer würde Danaë kennen, wäre sie immer eingeschlossen und bis ins Al-

utilis est vobis, formosae, turba, puellae;
saepe vagos ultra limina ferte pedes.
ad multas lupa tendit oves, praedetur ut unam,
et Iovis in multas devolat ales aves:
se quoque det populo mulier speciosa videndam;
quem trahat, e multis forsitan unus erit;
omnibus illa locis maneat studiosa placendi
et curam tota mente decoris agat.
casus ubique valet: semper tibi pendeat hamus;
quo minime credis gurgite piscis erit;
saepe canes frustra nemorosis montibus errant
inque plagam nullo cervus agente venit.
quid minus Andromedae fuerat sperare revinctae
quam lacrimas ulli posse placere suas?
funere saepe viri vir quaeritur: ire solutis
crinibus et fletus non tenuisse decet.

Sed vitate viros cultum formamque professos
quique suas ponunt in statione comas:
quae vobis dicunt, dixerunt mille puellis;
errat et in nulla sede moratur Amor.
femina quid faciat, cum sit vir levior ipsa
forsitan et plures possit habere viros?
vix mihi credetis, sed credite: Troia maneret,
praeceptis Priami si foret usa sui.
sunt qui mendaci specie grassentur amoris
perque aditus talis lucra pudenda petant.

ter in ihrem Turm verborgen geblieben? Euch, ihr schönen Mädchen, sind Menschenansammlungen nützlich. Setzt oft euren schweifenden Fuß vor die Schwelle. Die Wölfin strebt dorthin, wo Schafe in großer Zahl sind, um eines zu erbeuten, [420] und Iuppiters Adler stößt nieder, wo viele Vögel sind. So möge sich auch eine sehenswerte Frau dem Volke zeigen. Vielleicht wird unter den vielen einer sein, den sie sich angeln kann. An allen Orten möge sie verweilen, eifrig darauf bedacht zu gefallen, und ihr ganzes Sinnen und Trachten richte sie darauf, anmutig zu wirken. [425] Überall regiert der Zufall, wirf deinen Angelhaken immer aus; in dem Gewässer, von dem du es am wenigsten geglaubt hättest, wird ein Fisch sein. Oft irren die Hunde vergeblich in waldreichen Bergen umher, und der Hirsch geht ins Netz, ohne dass einer ihn aufscheucht. Was konnte die gefesselte Andromeda weniger hoffen, [430] als dass ihre Tränen irgendeinem gefallen könnten? Bei der Bestattung eures Mannes sucht ihr oft einen neuen Mann: Es steht euch gut, mit aufgelöstem Haar einherzugehen und die Tränen nicht zurückzuhalten.

Schöne Männer und Schwindler

Aber meidet Männer, die offen erkennen lassen, dass sie sich pflegen, auf Schönheit bedacht sind und sich das Haar kunstvoll zurechtlegen. [435] Was sie euch sagen, das haben sie schon tausend Mädchen gesagt; ihre Liebe schweift umher und lässt sich nirgends häuslich nieder. Was soll eine Frau tun, wenn der Mann vielleicht eine glattere Haut hat als sie selbst und imstande ist, mehr Männer zu haben als sie? Ihr werdet es mir kaum glauben, aber glaubt mir: Troia stünde noch heute, [440] hätte es die Lehren seines Königs Priamus befolgt. Es gibt Leute, die unter Vorspiegelung von Liebe auf Raub ausgehen und auf solchem Wege nach schändlichem Gewinn streben. Lasst euch

nec coma vos fallat liquido nitidissima nardo
nec brevis in rugas lingula pressa suas,
nec toga decipiat filo tenuissima, nec si
anulus in digitis alter et alter erit:
forsitan ex horum numero cultissimus ille
fur sit et uratur vestis amore tuae;
»redde meum« clamant spoliatae saepe puellae,
«redde meum« toto voce boante foro.
has, Venus, e templis multo radiantibus auro
lenta vides lites Appiadesque tuae.
sunt quoque non dubia quaedam mala nomina fama:
deceptae, a, multi crimen amantis habent.
discite ab alterius vestris timuisse querelis,
ianua fallaci ne sit aperta viro:
parcite, Cecropides, iuranti credere Theseo:
quos faciet testis, fecit et ante deos:
et tibi, Demophoon Thesei criminis heres,
Phyllide decepta nulla relicta fides.
si bene promittent, totidem promittite verbis;
si dederint, et vos gaudia pacta date.
illa potest vigiles flammas extinguere Vestae
et rapere e templis, Inachi, sacra tuis
et dare mixta viro tritis aconita cicutis,
accepto Venerem munere si qua negat.

Fert animus propius consistere: supprime habenas,
Musa, nec admissis excutiare rotis.

weder von dem Haar täuschen, das von flüssiger Narde glänzt, noch von dem knappen Schuhriemen, der in die richtigen Kerben hineingedrückt ist, [445] noch von einer besonders fein gewobenen Toga und auch nicht, wenn an den Fingern Ring an Ring steckt: Vielleicht ist gerade der gepflegteste aus dieser Sippschaft ein Dieb und brennt vor Verlangen – nach deinem Kleid. »Gib mir das Meine zurück«, schreien oft die ausgeplünderten Mädchen; [450] »gib mir das Meine zurück«, gellt ihre Stimme über das ganze Forum. Diese Streitereien siehst du, Venus, mit deinen appischen Nymphen von deinem Tempel aus, der von schimmerndem Golde strotzt, gleichmütig an. Es gibt auch bestimmte üble Namen von eindeutigem Ruf. Ach, vielen haftet der Makel an, dass sie die Geliebte betrogen haben. [455] Lernt aus den Klagen der andern, für euer Eigentum zu fürchten, lasst einem Betrüger nie eure Tür offenstehen. Glaubt nicht, ihr Athenerinnen, dem Theseus, auch wenn er schwört: Die Götter, die er als Zeugen anrufen wird, hat er schon früher angerufen. Und nachdem du, Demophoon, Erbe des treulosen Theseus, [460] die Phyllis betrogen hast, ist deine Glaubwürdigkeit dahin. Machen sie tüchtig Versprechungen, so versprecht ihnen ebenso viel; erst wenn sie etwas gegeben haben, gebt auch ihr ihnen die vereinbarten Freuden. Eine Frau, die Liebesfreuden verweigert, obwohl sie ein Geschenk empfangen hat, ist auch fähig, die niemals schlummernden Flammen der Vesta auszulöschen, aus deinem Tempel, Inachus' Tochter, die heiligen Geräte zu rauben [465] und dem eigenen Mann ein Gemisch aus Akonit und geriebenem Schierling zu trinken zu geben.

Liebesbriefe

Der Wunsch treibt mich, bei Näherliegendem stehen zu bleiben: Zieh die Zügel an, o Muse, und lass dich nicht von den rasenden Rädern aus der Bahn werfen! Worte, in Täfelchen aus

verba vadum temptent abiegnis scripta tabellis:
accipiat missas apta ministra notas.
inspice, dumque leges, ex ipsis collige verbis
fingat an ex animo sollicitusque roget,
postque brevem rescribe moram: mora semper amantes
incitat, exiguum si modo tempus habet.
sed neque te facilem iuveni promitte roganti
nec tamen edure, quod petit ille, nega:
fac timeat speretque simul, quotiensque remittes,
spesque magis veniat certa minorque metus.
munda sed e medio consuetaque verba, puellae,
scribite: sermonis publica forma placet.
a, quotiens dubius scriptis exarsit amator
et nocuit formae barbara lingua bonae!
sed quoniam, quamvis vittae careatis honore,
est vobis vestros fallere cura viros,
ancillae puerive manu perarate tabellas,
pignora nec puero credite vestra novo:
vidi ego fallentis isto terrore puellas
servitium miseras tempus in omne pati
(perfidus ille quidem, qui talia pignora servat,
sed tamen Aetnaei fulminis instar habent).
iudice me fraus est concessa repellere fraudem,
armaque in armatos sumere iura sinunt.
ducere consuescat multas manus una figuras
(a, pereant, per quos ista monenda mihi!),
nec nisi deletis tutum rescribere ceris,
ne teneat geminas una tabella manus;
femina dicatur scribenti semper amator:
»illa« sit in vestris, qui fuit »ille«, notis.

Tannenholz geritzt, mögen den Weg erproben. [470] Die abgeschickten Zeichen nehme eine geeignete Dienerin in Empfang. Schau sie dir genau an, und während du liest, entnimm den Worten unmittelbar, ob er unaufrichtig ist oder von Herzen und aus Leidenschaft bittet, und schreibe nach kurzem Zuwarten zurück: Ein Verzug stachelt Liebende immer an, vorausgesetzt, er dauert nur kurze Zeit. [475] Aber versprich dem Werbenden weder, er werde bei dir leichtes Spiel haben, noch schlage ihm hart und herb seine Bitte ab. Lass ihn fürchten und zugleich hoffen, und sooft du zurückschreibst, werde seine Hoffnung zuversichtlicher und seine Furcht geringer. [479] Benützt zwar gepflegte, aber naheliegende und vertraute Worte, ihr Mädchen: Eine allgemein verständliche Redeweise findet Gefallen. Ach, wie oft wurde ein noch schwankender Liebhaber durch einen Brief entflammt, und wie oft hat einer schönen Gestalt eine barbarische Sprache geschadet! Aber da euch daran liegt (obwohl ihr nicht die Ehre genießt, die Stirnbinde der Matronen zu tragen), eure Männer zu betrügen, [485] lasst die Briefchen von einem Sklaven oder einer Magd schreiben und vertraut eure Liebespfänder keinem neuen Sklaven an: Ich habe es selbst gesehen, wie untreue Frauen durch dieses schreckliche Druckmittel (die Unglücklichen!) für alle Zeit in Abhängigkeit gerieten. Zwar ist der ein Schurke, der solche Pfänder aufbewahrt, [490] aber sie gleichen an Gewalt dem Feuer des Ätna. Meiner Meinung nach ist die Bekämpfung der Arglist durch Arglist erlaubt, und die Rechtsvorschriften lassen zu, sich gegen Bewaffnete zu wappnen. Ein und dieselbe Hand lerne vielerlei Schriftzüge (ach, mögen diejenigen zugrunde gehen, um derentwillen ich solches lehren muss!), [495] und es bietet nur Sicherheit zu antworten, nachdem man das Wachstäfelchen gelöscht hat, damit nicht ein Täfelchen zwei Handschriften enthalte; wenn du schreibst, bezeichne den Liebhaber immer als Frau: »sie« stehe in eurer Geheimsprache an Stelle von »er«.

Si licet a parvis animum ad maiora referre
plenaque curvato pandere vela sinu,
pertinet ad faciem rabidos compescere mores:
candida pax homines, trux decet ira feras.
ora tument ira, nigrescunt sanguine venae,
lumina Gorgoneo saevius igne micant.
»i procul hinc,« dixit »non es mihi, tibia, tanti«,
ut vidit vultus Pallas in amne suos:
vos quoque si media speculum spectetis in ira,
cognoscat faciem vix satis ulla suam.
nec minus in vultu damnosa superbia vestro:
comibus est oculis alliciendus Amor.
odimus inmodicos (experto credite) fastus:
saepe tacens odii semina vultus habet.
spectantem specta; ridenti mollia ride;
innuet: acceptas tu quoque redde notas.
sic ubi prolusit, rudibus puer ille relictis
spicula de pharetra promit acuta sua.
odimus et maestas; Tecmessam diligat Aiax,
nos, hilarem populum, femina laeta capit.
numquam ego te, Andromache, nec te, Tecmessa, rogarem,
ut mea de vobis altera amica foret;
credere vix videor, cum cogar credere partu,
vos ego cum vestris concubuisse viris.
scilicet Aiaci mulier maestissima dixit
»lux mea« quaeque solent verba iuvare viros!

Beherrschung des Mienenspiels, heiteres Wesen

Darf ich nun die Aufmerksamkeit von Kleinem auf Größeres lenken und die vollen Segel sich in weitem Bogen aufblähen lassen? Es gehört zur Schönheit, das rasende Temperament zu zügeln; strahlender Friede ziemt Menschen, grimmige Wut Tieren. Das Gesicht schwillt vor Zorn, schwarz laufen die Adern von Blut an, und die Augen blitzen wilder als der feuersprühende Blick der Gorgo. »Hinweg mit dir, Flöte, so viel bist du mir nicht wert«, sagte Pallas, als sie ihr Gesicht im Fluss gespiegelt sah. Würdet auch ihr mitten im Zorn in den Spiegel schauen, dürfte kaum eine von euch ihr Gesicht so recht wiedererkennen. Und nicht weniger schädlich ist in eurem Mienenspiel der Hochmut: Mit freundlichen Augen muss man Amor anlocken. Wir hassen maßlose Sprödigkeit (glaubt mir, ich spreche aus Erfahrung); oft kann ein Gesichtsausdruck auch ohne Worte Hass säen. Sieht er dich an, sieh ihn an. Lächelt er zärtlich, so lächle; gibt er dir einen Wink, gib ihn verständnisvoll zurück. Nach diesem Vorspiel lässt der Knabe Amor die Spielzeugwaffen beiseite und holt spitze Pfeile aus seinem Köcher. Wir verabscheuen auch die Trübsinnigen: Mag Aiax seine Tekmessa lieben, uns, ein fröhliches Volk, schlägt eine heitere Frau in Bann. Niemals würde ich dich, Andromache, oder dich, Tekmessa, bitten, eine von euch möge meine Freundin sein; kaum kann ich glauben (wären nicht die Kinder ein zwingender Beweis!), dass ihr mit euren Männern geschlafen habt. Sagte etwa zu Aiax das trübselige Weib: »mein Schatz!«, und andere Worte, wie sie uns Männer erfreuen?

Quis vetat a magnis ad res exempla minores
  sumere nec nomen pertimuisse ducis?
dux bonus huic centum commisit vite regendos,
  huic equites, illi signa tuenda dedit:
vos quoque, de nobis quem quisque erit aptus ad usum,
  inspicite et certo ponite quemque loco.
munera det dives; ius qui profitebitur, adsit;
  facundus causam nempe clientis agat.
carmina qui facimus, mittamus carmina tantum:
  hic chorus ante alios aptus amare sumus.
nos facimus placitae late praeconia formae:
  nomen habet Nemesis, Cynthia nomen habet,
Vesper et Eoae novere Lycorida terrae,
  et multi, quae sit nostra Corinna, rogant.
adde, quod insidiae sacris a vatibus absunt
  et facit ad mores ars quoque nostra suos:
nec nos ambitio nec amor nos tangit habendi;
  contempto colitur lectus et umbra foro;
sed facile haeremus validoque perurimur aestu
  et nimium certa scimus amare fide.
scilicet ingenium placida mollitur ab arte
  et studio mores convenienter eunt.
vatibus Aoniis faciles estote, puellae:
  numen inest illis Pieridesque favent.
est deus in nobis et sunt commercia caeli;
  sedibus aetheriis spiritus ille venit.
a doctis pretium scelus est sperare poetis;
  me miserum, scelus hoc nulla puella timet.
dissimulate tamen, nec prima fronte rapaces
  este: novus viso casse resistet amans.

Beruf und Rolle der Liebhaber

[525] Wer verbietet uns, Kleines mit Großem zu vergleichen und sich durch den Namen des Feldherrn nicht einschüchtern zu lassen? Ein guter Feldherr hat dem einen hundert Mann anvertraut, sie mit dem Stab zu befehligen, dem andern die Reiterei, einem dritten die Feldzeichen zur Bewachung: [529] So prüft auch ihr, wozu sich jeder von uns Männern eignet, und stellt jeden an den Platz, der ihm gebührt. Geschenke gebe der Reiche, der Rechtskundige leiste euch Beistand, der Beredte vertrete seine Klientin im Prozess. Wir Verseschmiede sollen nur Verse schicken: Vor anderen ist unser Chor zum Lieben geschaffen. [535] Weit verbreiten wir den Ruhm der Schönheit, die uns gefiel: Einen Namen hat Nemesis, Cynthia hat einen Namen, Abend- und Morgenland kennen Lycoris, und viele fragen, wer meine Corinna sei. Ferner ist Heimtücke den heiligen Dichtern fremd, [540] und unsere Kunst passt zu der ihr gemäßen Sinnesart. Weder Ehrgeiz noch Habgier reizt uns; wir verachten das Forum, und ein schattiges Ruhelager ist uns Glücks genug. Dafür gehen wir euch leicht auf den Leim, werden von heftigem Liebesfeuer durchglüht und verstehen nur allzu treu zu lieben. [545] Macht doch die sanfte Kunst unser Wesen zartfühlend, und der Charakter passt sich unserer Lieblingsbeschäftigung an. Seid den Musenpriestern gefällig, ihr Mädchen, in ihnen wirkt eine Gottheit, und die Pieriden sind ihnen gewogen. In uns wohnt ein Gott, und wir verkehren mit dem Himmel: [550] Aus den Behausungen im Äther kommt der Geist über uns. Es ist Sünde, von den kunstreichen Dichtern klingende Münze zu erhoffen; weh mir, vor dieser Sünde fürchtet sich kein Mädchen! Lasst es euch wenigstens nicht anmerken, und eure Raubgier sei euch nicht auf die Stirn geschrieben: Sieht er das Fangnetz, wird der neue Liebhaber kopfscheu.

Sed neque vector equum, qui nuper sensit habenas,
comparibus frenis artificemque reget,
nec, stabilis animos annis viridemque iuventam
ut capias, idem limes agendus erit:
hic rudis et castris nunc primum notus Amoris,
qui tetigit thalamos praeda novella tuos,
te solum norit, tibi semper inhaereat uni;
cingenda est altis saepibus ista seges.
effuge rivalem: vinces, dum sola tenebis;
non bene cum sociis regna Venusque manent.
ille vetus miles sensim et sapienter amabit
multaque tironi non patienda feret;
nec franget postes nec saevis ignibus uret
nec dominae teneras adpetet ungue genas
nec scindet tunicasve suas tunicasve puellae
nec raptus flendi causa capillus erit.
ista decent pueros aetate et amore calentes;
hic fera composita vulnera mente feret.
ignibus heu lentis uretur, ut umida faena,
ut modo montanis silva recisa iugis.
certior hic amor est, brevis et fecundior ille:
quae fugiunt, celeri carpite poma manu.

Omnia tradantur (portas reseravimus hosti)
et sit in infida proditione fides.
quod datur ex facili, longum male nutrit amorem:
miscenda est laetis rara repulsa iocis.

Alter und Temperament der Liebhaber

[555] Kein Reiter wird ein Pferd, das erst vor kurzem die Zügel verspürt hat, mit dem gleichen Zaum lenken wie ein dressiertes, und so wirst du auch nicht denselben Weg einzuschlagen haben, um ein durch reifes Alter gefestigtes Herz und um die zarte Jugend zu erobern: Dieser Unerfahrene, der zum ersten Mal Amors Feldlager kennenlernt [560] und der als jüngste Beute in dein Gemach gelangt ist, soll nur dich kennen, stets nur an dir hängen; dieses Saatfeld muss man mit hohen Zäunen einfriedigen. Fliehe vor der Rivalin; du wirst siegen, solange er dir allein gehört; Königsherrschaft und Liebe vertragen keine Teilhaber. [565] Jener altgediente Soldat hingegen wird sachte und mit Verstand lieben und vieles ertragen, was ein Anfänger nicht aushalten kann; er wird weder Türpfosten zerschlagen und mit wütendem Feuer versengen noch die zarten Wangen der Geliebten mit den Nägeln angreifen, noch die eigenen Kleider oder die des Mädchens zerreißen, [570] noch wird zerrauftes Haar Anlass zum Weinen bieten. Solches steht Knaben an, die Jugend und Liebe erhitzen; der Erfahrene wird grausame Wunden gleichmütig ertragen. Wehe, ein schwelendes Feuer wird ihn verbrennen wie feuchtes Heu oder wie Holz, das eben erst auf dem Bergjoch geschlagen wurde. [575] Die eine Liebe ist zuverlässiger, die andere zwar kurz, aber dafür ersprießlicher. Pflückt mit flinker Hand die Früchte, die bald fallen.

Mach dich rar!

Alles will ich euch preisgeben; für den Feind habe ich die Tore entriegelt, und meine Treue zu euch bewähre sich im treulosen Verrat! Was man mühelos bekommt, ist eine schlechte Nahrung für lange Liebe. [580] Man muss unter die frohen Liebes-

ante fores iaceat, »crudelis ianua« dicat
multaque summisse, multa minanter agat.
dulcia non ferimus; suco renovemur amaro:
saepe perit ventis obruta cumba suis.
hoc est, uxores quod non patiatur amari:
conveniunt illas, cum voluere, viri.
adde forem, et duro dicat tibi ianitor ore
»non potes«, exclusum te quoque tanget amor.

Ponite iam gladios hebetes, pugnetur acutis;
nec dubito, telis quin petar ipse meis.
dum cadit in laqueos, captus quoque nuper, amator
solum se thalamos speret habere tuos;
postmodo rivalem partitaque foedera lecti
sentiat: has artes tolle, senescit amor.
tum bene fortis equus reserato carcere currit,
cum quos praetereat quosque sequatur habet.
quamlibet extinctos iniuria suscitat ignes:
en ego, confiteor, non nisi laesus amo.
causa tamen nimium non sit manifesta doloris,
pluraque sollicitus, quam sciet, esse putet.
incitat et ficti tristis custodia servi
et nimium duri cura molesta viri:
quae venit ex tuto, minus est accepta voluptas;
ut sis liberior Thaïde, finge metus.

spiele ab und zu eine Zurückweisung einstreuen. Lass ihn vor deiner Türe liegen, »O grausame Pforte« klagen und viele demütige, viele drohende Reden halten. Liebliches Los ertragen wir nicht; lass bitteren Saft uns verjüngen: Oft geht ein Kahn unter, weil allzu günstige Winde ihn versenken. [585] Das ist der Grund, der nicht zulässt, dass Ehefrauen geliebt werden: Die Männer können zu ihnen kommen, wann sie wollen. Lass eine Tür dazwischen sein, und der Pförtner sage mit unerbittlicher Miene: »Du darfst nicht.« (Bist du erst einmal ausgeschlossen, wird auch dich die Liebe ergreifen.)

Rivalität als Anreiz

Hinweg jetzt mit den stumpfen Schwertern, man kämpfe mit scharfen! [590] Und ich zweifle nicht daran, dass man mich mit meinen eigenen Waffen angreift. Solange der Liebhaber dir in die Schlingen geht, und auch, solange er frisch gefangen ist, lass ihn hoffen, er sei alleiniger Inhaber deines Gemachs. Später lass ihn spüren, dass er einen Nebenbuhler hat und dass er deine Liebesgunst mit einem anderen teilen muss; lässt du diese Kniffe weg, so welkt die Liebe dahin. [595] Nachdem die Schranken entriegelt sind, rennt das mutige Pferd erst dann gut, wenn es Konkurrenten hat, die es überholen oder denen es nacheilen kann. Kränkung erregt die Glut aufs Neue, wenn sie auch schon lang erloschen war: Nehmt mich als Beispiel, ich bekenne es, ich liebe nur, wenn ich gekränkt bin. Aber der Grund für seinen Schmerz sei nicht allzu offenkundig, [600] und er glaube voll unruhiger Spannung, es stecke mehr dahinter, als er weiß. Ein Ansporn ist auch die strenge Bewachung durch einen Sklaven, den du dir ausdenkst, und die lästige Fürsorge deines allzu harten Mannes: Die Lust, die uns gefahrlos in den Schoß fällt, ist weniger willkommen; magst du auch freier sein als Thaïs, erfinde doch Anlässe zur Furcht.

cum melius foribus possis, admitte fenestra
inque tuo vultu signa timentis habe;
callida prosiliat dicatque ancilla »perimus«;
tu iuvenem trepidum quolibet abde loco.
admiscenda tamen Venus est secura timori,
ne tanti noctes non putet esse tuas.

Qua vafer eludi possit ratione maritus
quaque vigil custos, praeteriturus eram.
nupta virum timeat, rata sit custodia nuptae:
hoc decet, hoc leges duxque pudorque iubent.
te quoque servari, modo quam vindicta redemit,
quis ferat? ut fallas, ad mea sacra veni.
tot licet observent, adsit modo certa voluntas,
quot fuerant Argo lumina, verba dabis.
scilicet obstabit custos ne scribere possis,
sumendae detur cum tibi tempus aquae,
conscia cum possit scriptas portare tabellas,
quas tegat in tepido fascia lata sinu.
cum possit sura chartas celare ligatas
et vincto blandas sub pede ferre notas!
caverit haec custos, pro charta conscia tergum
praebeat inque suo corpore verba ferat.
tuta quoque est fallitque oculos e lacte recenti
littera (carbonis pulvere tange: leges),
fallet et umiduli quae fiet acumine lini,
et feret occultas pura tabella notas.

[605] Könntest du ihn auch bequemer durch die Tür einlassen, lass ihn dennoch durchs Fenster steigen, und deine Miene verrate Angst. Die verschlagene Magd springe hervor und rufe: »Wir sind verloren!«, und verstecke du dann den zitternden jungen Mann irgendwo. Freilich muss man der Angst auch sorglosen Liebesgenuss beimischen, [610] damit er nicht glaube, deine Nächte seien nicht der Mühe wert.

Überliste die Bewacher!

Ich wollte eigentlich auslassen, wie man dem schlauen Ehemann und dem wachsamen Türhüter ein Schnippchen schlagen kann. Die Ehefrau fürchte den Mann; die Bewachung der Ehefrau sei wirksam: So gehört es sich, das befehlen Gesetze, Kaiser und Schamgefühl. [615] Wer aber könnte ertragen, dass auch du bewacht wirst, die soeben erst mit dem Stab freigelassen wurde? Um täuschen zu lernen, lass dich von mir einweihen. Mögen dich auch so viele Augen bewachen, wie Argus besaß, wenn du nur einen festen Willen hast, wird dir die Täuschung gelingen. Freilich wird dir der Türhüter beim Schreiben im Wege stehen; [620] aber man lässt dir doch Zeit, um eine Spülung vorzunehmen. Und deine Mitwisserin kann dein vollgekritzeltes Schreibtäfelchen befördern, das an der wärmenden Brust die breite Binde verbergen mag; oder sie kann auch an der Wade Papier anbinden und die zärtliche Schrift unter dem geschnürten Fuß tragen. [625] Mag der Wächter auch dafür Vorsichtsmaßregeln treffen, so kann die Mitwisserin an Stelle des Papiers ihren Rücken hinhalten und die Worte an ihrem Körper befördern. Sicher ist auch ein mit frischer Milch geschriebener Brief; er täuscht das Auge; streue Kohlenstaub darauf, und du wirst ihn lesen können. Täuschen wird auch, was du mit der Spitze eines feuchten Leinstengels schreibst, [630] und ein leeres Täfelchen wird verborgene Schriftzeichen

adfuit Acrisio servandae cura puellae;
hunc tamen illa suo crimine fecit avum.
quid faciat custos, cum sint tot in Urbe theatra,
cum spectet iunctos illa libenter equos;
cum sedeat Phariae sistris operata iuvencae,
quoque sui comites ire vetantur, eat;
cum fuget a templis oculos Bona Diva virorum,
praeterquam si quos illa venire iubet;
cum custode foris tunicas servante puellae
celent furtivos balnea multa iocos;
cum, quotiens opus est, fallax aegrotet amica
et cedat lecto quamlibet aegra suo;
nomine cum doceat, quid agamus, adultera clavis,
quasque petas, non det ianua sola vias?
fallitur et multo custodis cura Lyaeo,
illa vel Hispano lecta sit uva iugo;
sunt quoque quae faciant altos medicamina somnos
victaque Lethaea lumina nocte premant.
nec male deliciis odiosum conscia tardis
detinet et longa iungitur ipsa mora.
quid iuvat ambages praeceptaque parva movere,
cum minimo custos munere possit emi?
munera, crede mihi, capiunt hominesque deosque:
placatur donis Iuppiter ipse datis.
quid sapiens faciet? stultus quoque munere gaudet:
ipse quoque accepto munere mutus erit.
sed semel est custos longum redimendus in aevum;
saepe dabit dederit quas semel ille manus.

tragen. Acrisius war allzeit besorgt, auf das Mädchen aufzupassen, aber ihr eigenes Vergehen machte ihn zum Großvater. Was kann ein Wächter ausrichten, wo es doch in der Stadt so viele Theater gibt, wo das Mädchen doch so gerne im Zirkus den Pferdegespannen zuschaut, [635] wo sie doch mit dem Sistrum dasitzt und die pharische Kuh verehrt und dorthin geht, wohin ihren Begleitern der Zutritt verboten ist, wo doch die Bona Dea Männeraugen von ihrem Tempel fernhält (ausgenommen diejenigen, die dein Mädchen dorthin bestellt), wo doch, solange der Wächter draußen die Kleider des Mädchens bewacht, [640] das Bad viele verstohlene Freuden birgt, wo doch, sooft es nötig ist, die listige Freundin erkrankt und ihr Bett, obwohl sie so schwer krank ist, zur Verfügung stellt, wo doch der Zweitschlüssel schon durch seinen Namen sagt, was wir treiben, und dir außer der Tür noch andere Wege offenstehen? [645] Die Sorgfalt des Hüters lässt sich auch durch viel Wein überlisten, selbst wenn die Trauben nur an spanischen Hängen gelesen sind. Es gibt auch Arzneien, die tiefen Schlaf bewirken, die Augen überwältigen und sie mit der Nacht des Vergessens beschweren. [649] Es ist auch nicht schlecht, wenn deine Mitwisserin den lästigen Mann durch möglichst spät gewährte Liebesfreuden aufhält und sich ihm erst nach langem Zögern ergibt. Was nützt es, Umschweife und kleinliche Einzelvorschriften zu machen, wo der Wächter schon durch das kleinste Geschenk gekauft werden kann? Geschenke, glaube mir, erobern Menschen und Götter. Selbst Iuppiter lässt sich durch Geschenke gnädig stimmen. [655] Was wird der Kluge tun, da selbst der Dumme sich über eine Gabe freut? Auch er wird die Gabe annehmen und den Mund halten. Aber ein für alle Mal muss man den Wächter für lange Zeit kaufen; hat er erst einmal nachgegeben, wird er es auch öfter tun.

Questus eram, memini, metuendos esse sodales;
non tangit solos ista querela viros.
credula si fueris, aliae tua gaudia carpent
et lepus hic aliis exagitatus erit:
haec quoque, quae praebet lectum studiosa locumque,
crede mihi, mecum non semel illa fuit.
nec nimium vobis formosa ancilla ministret:
saepe vicem dominae praebuit illa mihi.

Quo feror insanus? quid aperto pectore in hostem
mittor et indicio prodor ab ipse meo?
non avis aucupibus monstrat, qua parte petatur,
non docet infestos currere cerva canes.
viderit utilitas; ego coepta fideliter edam:
Lemniasin gladios in mea fata dabo.
efficite (et facile est) ut nos credamus amari:
prona venit cupidis in sua vota fides.
spectet amabilius iuvenem et suspiret ab imo
femina, tam sero cur veniatque roget;
accedant lacrimae, dolor et de paelice fictus,
et laniet digitis illius ora suis.
iamdudum persuasus erit; miserebitur ultro
et dicet »cura carpitur ista mei.«
praecipue si cultus erit speculoque placebit,
posse suo tangi credet amore deas.

Warnung vor Freundinnen

Ich hatte darüber geklagt (daran erinnere ich mich noch), dass man sich vor Freunden hüten muss; [660] diese Klage betrifft nicht nur Männer. Bist du vertrauensselig, werden andere deine Freuden einheimsen, und du wirst diesen Hasen für andere aufgestöbert haben. Auch diejenige, die dir selbstlos Bett und Liebesnest zur Verfügung stellt, glaub es mir, sie war nicht nur einmal auch mit mir zusammen. [665] Auch diene euch keine allzu schöne Magd, oft hat sie bei mir ihre Gebieterin vertreten.

Spiele die Verliebte!

Wie weit lasse ich Rasender mich hinreißen? Was stürze ich mich mit nackter Brust unter die Feinde und verrate mich durch meine eigene Aussage? Zeigt doch der Vogel nicht den Vogelstellern, von wo aus er angegriffen werden kann, [670] bringt doch die Hirschkuh den feindseligen Hunden nicht das Laufen bei. Nützlichkeit, fahre hin! Ich will das Begonnene treulich zu Ende führen und den Amazonen Schwerter liefern, mir zum Tode. Bewirkt (und das ist leicht), dass wir glauben, wir würden geliebt. Gern kommt der Glaube zu denen, die etwas heftig wünschen. [675] Die Frau blicke den jungen Mann besonders liebenswürdig an, sie seufze aus tiefster Brust und frage, warum er so spät komme. Füge Tränen hinzu und erheuchelten Schmerz über die Nebenbuhlerin und zerkratze ihm mit den Fingern das Gesicht. Eh du dich's versiehst, wird er überzeugt sein; er wird sich von selbst erbarmen [680] und sagen: »Sie verzehrt sich in Liebeskummer um mich.« Besonders wenn er gepflegt ist und mit dem Spiegel auf freundschaftlichem Fuße steht, wird er glauben, dass selbst Göttinnen von Liebe zu ihm ergriffen werden können.

Sed te, quaecumque es, moderate iniuria turbet,
nec sis audita paelice mentis inops,
nec cito credideris: quantum cito credere laedat,
exemplum vobis non leve Procris erit.
est prope purpureos collis florentis Hymetti
fons sacer et viridi caespite mollis humus;
silva nemus non alta facit; tegit arbutus herbam;
ros maris et lauri nigraque myrtus olent;
nec densum foliis buxum fragilesque myricae
nec tenues cytisi cultaque pinus abest.
lenibus inpulsae Zephyris auraque salubri
tot generum frondes herbaque summa tremit.
grata quies Cephalo: famulis canibusque relictis
lassus in hac iuvenis saepe resedit humo
»quae« que »meos releves aestus,« cantare solebat
»accipienda sinu, mobilis aura, veni.«
coniugis ad timidas aliquis male sedulus aures
auditos memori rettulit ore sonos.
Procris, ut accepit nomen, quasi paelicis, Aurae,
excidit et subito muta dolore fuit.
palluit, ut serae lectis de vite racemis
pallescunt frondes, quas nova laesit hiems,
quaeque suos curvant matura Cydonia ramos
cornaque adhuc nostris non satis apta cibis.
ut rediit animus, tenues a pectore vestes
rumpit et indignas sauciat ungue genas;
nec mora, per medias passis furibunda capillis
evolat, ut thyrso concita Baccha, vias.

Aber dich, wer du auch sein magst, möge Kränkung nur mit Maßen verwirren, [684] und verliere nicht den Verstand, sobald du von einer Nebenbuhlerin hörst; glaub auch nicht zu schnell. Als lehrreiches Beispiel dafür, welch schmerzliche Folgen es haben kann, wenn man zu schnell glaubt, soll euch Procris dienen.

Nahe bei den purpurnen Hügeln des blumenreichen Hymettus sprudelt eine heilige Quelle, und der Boden ist mit grünem Rasen gepolstert. Niedriges Gehölz bildet ein Wäldchen; ein Hagapfelbaum breitet sich über das Gras hin; [690] Rosmarin, Lorbeer und dunkle Myrte duften; es fehlen auch nicht der dichtblättrige Buchsbaum, die zerbrechlich feinen Tamarisken, zierlicher Schneckenklee und die edle Pinie. Von sanften Zephyrn und der gesunden Luft bewegt, zittern tausenderlei Blätter und die Spitzen der Gräser. [695] Gerne ruht sich Cephalus hier aus: Diener und Hunde ließ er zurück und setzte sich hier oft erschöpft zu Boden. Und er pflegte zu singen: »Komm, meine Hitze zu lindern, an meine Brust, du flüchtige Aura.« [699] Der ängstlichen Gattin brachte unglücklicherweise ein Übereifriger die Worte zu Ohren, die er gehört und sich gemerkt hatte. Als Procris den Namen ihrer vermeintlichen Nebenbuhlerin Aura vernahm, geriet sie außer sich und verstummte in plötzlichem Schmerz; sie erblasste, wie nach der Weinlese spätes Laub erbleicht, dem der junge Winter zugesetzt hat, [705] und wie reife Quitten, die ihre Zweige niederbeugen, und Kornelkirschen, solange sie für uns noch nicht genießbar sind. Kaum ist sie wieder zur Besinnung gekommen, zerreißt sie ihre feinen Gewänder an der Brust und zerkratzt sich die Wangen, die es nicht verdienen; [709] und unverzüglich enteilt sie rasend mit offenem Haar querfeldein wie eine Bacchantin, die der Thyrsus schwärmen

ut prope perventum, comites in valle relinquit,
ipsa nemus tacito clam pede fortis init.
quid tibi mentis erat, cum sic male sana lateres,
Procri? quis adtoniti pectoris ardor erat?
iamiam venturam, quaecumque erat Aura, putabas
scilicet atque oculis probra videnda tuis!
nunc venisse piget (neque enim deprendere velles),
nunc iuvat: incertus pectora versat amor:
credere quae iubeant, locus est et nomen et index
et quia mens semper, quod timet, esse putat;
vidit ut oppressa vestigia corporis herba,
pulsantur trepidi corde micante sinus.
iamque dies medius tenues contraxerat umbras,
inque pari spatio vesper et ortus erant:
ecce, redit Cephalus silvis, Cyllenia proles,
oraque fontana fervida pulsat aqua.
anxia, Procri, lates; solitas iacet ille per herbas
et »Zephyri molles auraque,« dixit »ades.«
ut patuit miserae iucundus nominis error,
et mens et rediit verus in ora color;
surgit et oppositas agitato corpore frondes
movit in amplexus uxor itura viri;
ille feram vidisse ratus iuvenaliter artus
corripit: in dextra tela fuere manu –
quid facis, infelix? non est fera: supprime tela –
me miserum, iaculo fixa puella tuo est.
»ei mihi,« conclamat »fixisti pectus amicum:
hic locus a Cephalo vulnera semper habet.

lässt. Sobald sie nahe an die Stelle herangekommen ist, lässt sie ihr Gefolge im Tal zurück; sie selbst betritt beherzt auf leisen Sohlen heimlich das Wäldchen. Wie war dir zumute, Procris, als du dich so, deiner Sinne nicht mehr mächtig, versteckt hieltest, welche Glut tobte in deiner erschütterten Brust? [715] Von einem Augenblick zum andern glaubtest du doch, jetzt würde die Aura, wer sie auch sein mochte, kommen, und du müsstest mit eigenen Augen deine Kränkung ansehen. Bald reut es dich, dass du gekommen bist (denn du hättest ihn lieber nicht ertappen wollen), bald freut es dich – unstet wendet Amor dein Herz hin und her; zu glauben gebietet der Ort, der Name, der Anzeiger [720] und der Verstand, der stets, was er befürchtet, für wahr hält; sobald sie am niedergedrückten Grase die Spuren des Körpers erblickt, schlägt ihr zuckendes Herz heftig an die zitternde Brust. Schon hatte der Mittag die Schatten schrumpfen lassen, und Abend und Morgen waren gleich weit voneinander entfernt: [725] Siehe, da kommt Cephalus, der cyllenische Spross, aus den Wäldern zurück und lässt das Quellwasser an sein erhitztes Gesicht sprudeln. Du, Procris, hältst dich in banger Erwartung verborgen; da liegt er im Grase, wie er es gewohnt ist, und ruft: »Ihr sanften Zephyrn und Aura, kommt her!« Als der Ärmsten die ergötzliche Namensverwechslung klar geworden war, [730] kam sie wieder zur Besinnung; in ihr Gesicht kehrte die natürliche Farbe zurück; sie springt auf (durch die Regung ihres Körpers bewegte sie das Blätterwerk, das ihr im Wege stand) und will sich ihrem Mann an die Brust werfen; er aber glaubt, ein Wild gesehen zu haben und schnellt mit jugendlichem Schwung hoch – in seiner Rechten ist der Speer. [735] Was tust du, Unseliger? Es ist kein Wild, hinweg mit der Waffe – ach, dein Geschoss hat die Geliebte durchbohrt! »Weh mir«, ruft sie, »du hast ein liebendes Herz durchbohrt. Dies ist die Stelle, an der Cephalus stets Wunden schlug. Ich sterbe vor der

ante diem morior, sed nulla paelice laesa:
hoc faciet positae te mihi, terra, levem.
nomine suspectas iam spiritus exit in auras;
labor, io: cara lumina conde manu.«
ille sinu dominae morientia corpora maesto
sustinet et lacrimis vulnera saeva lavat;
exit et incauto paulatim pectore lapsus
excipitur miseri spiritus ore viri.

Sed repetamus opus: mihi nudis rebus eundum est,
ut tangat portus fessa carina suos.
sollicite expectas, dum te in convivia ducam,
et quaeris monitus hac quoque parte meos.
sera veni positaque decens incede lucerna:
grata mora venies, maxima lena mora est;
etsi turpis eris, formosa videbere potis,
et latebras vitiis nox dabit ipsa tuis.
carpe cibos digitis (est quiddam gestus edendi),
ora nec immunda tota perungue manu;
neve domi praesume dapes, sed desine citra
quam capis: es paulo, quam potes esse, minus.
Priamides Helenen avide si spectet edentem,
oderit et dicat »stulta rapina mea est.«
aptius est deceatque magis potare puellas:
cum Veneris puero non male, Bacche, facis.
hoc quoque, qua patiens caput est animusque pedesque
constant, nec, quae sunt singula, bina vide.
turpe iacens mulier multo madefacta Lyaeo:
digna est concubitus quoslibet illa pati.

Zeit, aber nicht von einer Nebenbuhlerin gekränkt, [740] dies wird mir im Grabe die Erde leicht machen. Schon entschwindet mein Hauch in die Lüfte, die ich um ihres Namens willen verdächtigte; o, ich sinke dahin, drücke mir mit der lieben Hand die Augen zu.« Er hält an der trauernden Brust den sterbenden Leib der Geliebten und wäscht die grausame Wunde mit seinen Tränen [745], und ihr Lebenshauch entflieht. Und während er allmählich aus der unbesonnenen Brust entschwindet, nimmt ihn der unglückliche Mann mit dem Munde auf.

Tischmanieren

Doch zurück zur Sache! Ich muss mich nun an die nackten Tatsachen halten, damit das ermüdete Schiff in den gewünschten Hafen gelangt. Mit Spannung wartest du schon darauf, dass ich dich zum Gastmahl führe, [750] und verlangst auch in dieser Beziehung von mir Belehrungen. Komm spät und schreite beim Lampenlicht anmutig daher. Erwartung macht dein Kommen kostbar, Erwartung ist die beste Kupplerin; bist du auch hässlich, wirst du Betrunkenen doch schön erscheinen, und allein schon die Nacht wird deine Fehler verstecken. [755] Nimm die Speisen mit den Fingerspitzen (Tischmanieren sind wichtig) und verschmiere dir nicht das ganze Gesicht mit unsauberer Hand. Nimm auch vorher zu Hause kein Essen zu dir, aber hör auf, bevor dein Fassungsvermögen erschöpft ist: Iss etwas weniger, als du essen kannst. Sähe Priamus' Sohn Helena gierig essen, [760] würde er voll Abscheu sagen: »Es war eine Dummheit, sie zu rauben.« Für Mädchen ziemt es sich eher zu trinken, und es ist auch anmutiger: Bacchus, du passt nicht schlecht zu dem Sohn der Venus. Auch dies freilich nur, soweit der Kopf es verträgt und Verstand und Füße nicht versagen; du sollst auch nicht Einfaches doppelt sehen! [765] Abstoßend ist eine Frau, die von reichlichem Weingenuss trie-

nec somnis posita tutum succumbere mensa:
per somnos fieri multa pudenda solent.

Ulteriora pudet docuisse, sed alma Dione
»praecipue nostrum est, quod pudet,« inquit »opus.«
nota sibi sit quaeque; modos a corpore certos
sumite: non omnes una figura decet.
quae facie praesignis erit, resupina iaceto;
spectentur tergo, quis sua terga placent.
Milanion umeris Atalantes crura ferebat:
si bona sunt, hoc sunt aspicienda modo.
parva vehatur equo: quod erat longissima, numquam
Thebaïs Hectoreo nupta resedit equo.
strata premat genibus paulum cervice reflexa
femina per longum conspicienda latus.
cui femur est iuvenale, carent quoque pectora menda,
stet vir, in obliquo fusa sit ipsa toro.
nec tibi turpe puta crinem, ut Phylleïa mater,
solvere, et effusis colla reflecte comis.
tu quoque, cui rugis uterum Lucina notavit,
ut celer aversis utere Parthus equis.
mille ioci Veneris; simplex minimique laboris,
cum iacet in dextrum semisupina latus.
sed neque Phoebeï tripodes nec corniger Ammon
vera magis vobis quam mea Musa canet;
si qua fides, arti, quam longo fecimus usu,
credite: praestabunt carmina nostra fidem.

fend daliegt; sie verdient, vom ersten Besten missbraucht zu werden. Es ist auch nicht ungefährlich, bei Tische dem Schlaf zu erliegen, im Schlafe pflegt vieles zu geschehen, dessen man sich schämen muss.

Liebesstellungen

Ich schäme mich, in meinen Belehrungen weiter zu gehen, aber die gnadenvolle Venus spricht: [770] »Das, wessen man sich schämt, ist in besonderem Maße meine Sache.« Eine jede erkenne sich selbst. Lasst euch von eurem Körper die festen Normen diktieren. Nicht für alle schickt sich ein und dieselbe Liebesstellung. Die Frau, die ein besonders schönes Gesicht hat, soll zurückgelehnt daliegen; den Rücken sollen diejenigen sehen lassen, denen ihr Rücken gefällt. [775] Milanion trug Atalantes Schenkel auf den Schultern: Sind sie gut gewachsen, muss man sie in dieser Stellung anschauen. Die Kleine soll reiten: Andromache saß nie rittlings auf Hektor, weil sie himmellang war. [779] Eine Frau, deren lange Flanke sehenswert ist, möge die Knie auf das Lager drücken und den Nacken etwas zurückbiegen. Hat sie jugendliche Schenkel und untadelige Brüste, so stehe der Mann, und sie selbst liege schräg auf das Lager hingegossen. Glaube auch nicht, es stehe dir schlecht, dein Haar wie die phylleïsche Mutter aufzulösen, und biege den Hals zurück, während das Haar frei herabwallt. [785] Du auch, der Lucina den Leib mit Runzeln gezeichnet hat, reite, aber wie der schnelle Parther, umgekehrt auf dem Pferd sitzend. Tausendfältig sind die Spiele der Venus; einfach und am wenigsten mühsam ist es, wenn sie halb zurückgelehnt und nach rechts geneigt daliegt. [789] Aber weder der Dreifuß des Phoebus noch der gehörnte Ammon wird euch tiefere Wahrheit verkünden als meine Muse. Wenn es noch Treu und Glauben gibt, so schenkt der Kunst euer Vertrauen, die ich durch

sentiat ex imis Venerem resoluta medullis
femina, et ex aequo res iuvet illa duos.
nec blandae voces iucundaque murmura cessent
nec taceant mediis improba verba iocis.
tu quoque, cui Veneris sensum natura negavit,
dulcia mendaci gaudia finge sono.
(infelix, cui torpet hebes locus ille, puella,
quo pariter debent femina virque frui.)
tantum, cum finges, ne sis manifesta, caveto:
effice per motum luminaque ipsa fidem.
quid iuvet, et voces et anhelitus arguat oris;
a pudet! arcanas pars habet ista notas.
gaudia post Veneris quae poscit munus amantem,
illa suas nolit pondus habere preces.
nec lucem in thalamos totis admitte fenestris:
aptius in vestro corpore multa latent.

Lusus habet finem: cycnis descendere tempus,
duxerunt collo qui iuga nostra suo.
ut quondam iuvenes, ita nunc, mea turba, puellae
inscribant spoliis NASO MAGISTER ERAT.

lange Erfahrung entwickelt habe: Meine Verse werden sich bei euch bewähren. Es empfinde die Frau die Liebe, gelöst bis ins innerste Mark, und gleich groß sei die Lust für beide. [795] Schmeichelnde Laute und liebliches Flüstern sollen nicht aufhören, und mitten im Spiel sollen kecke Reden nicht verstummen. Auch du, der die Natur den Sinn für Liebe versagt hat, täusche mit trügerischen Lauten süße Freuden vor. Unglücklich ist das Mädchen, bei dem die Stelle stumpf und unempfindlich ist, [800] die Mann und Frau gleichermaßen Genuss verschaffen soll. Nimm dich nur in Acht, wenn du vortäuschest, dich nicht zu verraten. Mach es durch Bewegungen und Blicke glaubwürdig. Was dir Freude macht, sollen Laute und das Keuchen des Mundes offenbaren; ach, ich schäme mich! Dieser Körperteil hat seine geheimen Signale. [805] Eine Frau, die nach den Freuden der Venus von ihrem Liebhaber ein Geschenk fordert, wird wohl selbst nicht wollen, dass ihre Bitten erhört werden. Und lass auch das Licht nicht durch weit geöffnete Fenster in die Kammer ein: Es ist günstiger, wenn viele eurer körperlichen Eigenschaften verborgen bleiben.

Epilog

Das Spiel hat ein Ende, es ist Zeit, vom Schwanengespann herabzusteigen, [810] das unser Joch auf dem Halse trug. Wie einst die Männer, so mögen nun die Mädchen, meine muntere Schar, auf die Beute schreiben, die sie weihen: »Naso war mein Lehrer.«

Anmerkungen

Der lateinische Text in der vorliegenden Ausgabe folgt weitgehend der Edition: *Amores, Medicamina faciei femineae, Ars amatoria, Remedia amoris*, edidit brevique adnotatione critica instruxit E. J. Kenney, Oxford: Clarendon Press, 1961 (^{2}1994). Die Abweichungen von Kenneys Text sind in den Anmerkungen verzeichnet; die Interpunktion wurde an mehreren Stellen dem heutigen Gebrauch im Deutschen angeglichen.

Eigennamen werden im Verzeichnis der Eigennamen erklärt. Die Ziffern verweisen auf die Verszeilen der *Ars amatoria*.

Erstes Buch

3 *steuert:* Ich lese *reguntur* statt *moventur.*

11 *Der Sohn der Phillyra:* der Kentaur Chiron, der Lehrer des jungen Achill (des Enkels des Aeacus).

25 *Phoebus:* Apollo, der Gott der Weissagung und der Dichtung.

27 *Clio und ihre Schwestern:* die Musen.

54 *den Phryger:* Paris, der Helena raubt, was den Troianischen Krieg auslöst.

67 *Säulenhalle des Pompeius:* am Pompeius-Theater, in der Region des Circus Flaminius.

68 *die Sonne ... getreten ist:* d. h. im Juli. Der Löwe von Nemea wurde von Hercules erlegt und dann unter die Sterne versetzt.

69 *die ihre:* die Porticus Octaviae, geweiht von Augustus' Schwester Octavia zu Ehren ihres Sohnes Marcellus.

72 *die livianische:* Porticus Liviae, benannt nach der Gattin des Augustus.

74 *diejenige:* Die Halle rings um den palatinischen Apollotempel, den Augustus zum Dank für seinen Seesieg bei Actium weihte, war mit Marmorgruppen geschmückt. Die fünfzig Töchter des Danaus (Enkelinnen des Belus, daher Beliden) töteten ihre Vettern, die fünfzig Söhne ihres Onkels Aegyptus, auf Befehl ihres Vaters in der Hochzeitsnacht.

75 *Adonis:* Das Fest des orientalischen Gottes Adonis wurde mit großem Pomp begangen und zog viel Publikum an. In hellenistischer Zeit dachte man sich den schönen Adonis als Jäger, der von einem Eber getötet und von seiner Geliebten Venus betrauert wurde.

76 *den geheiligten siebten Tag:* den Sabbat.

77 *der Göttin in Kuhgestalt:* Gemeint ist die ägyptische Göttin Isis, von den Griechen mit Io identifiziert, die von Iuppiter geliebt und in eine Kuh verwandelt wurde.

81 *Tempel der Venus:* Am Caesarforum befand sich der Tempel der Venus Genetrix. Mit ihm scheint ein Heiligtum der Quellgöttinnen der appischen Wasserleitung, mindestens aber Statuen dieser Najaden, verbunden gewesen zu sein.

114 *erwünschte:* Ich lese *petita* (mit Bentley und Madvig) für *petenda.* Die Stelle ist korrupt, Bentleys Verbesserung m. E. nur eine Lesehilfe.

133 *geheiligt:* Ich lese *sollemni* (mit Madvig) statt *sollemnia.*

164 *Forum:* Als es noch kein Amphitheater gab, wurde das Forum für Gladiatorenkämpfe verwendet.

173 *von beiden Meeren:* vom adriatischen und vom tyrrhenischen Meer, d. h. aus Ost und West.

197 *des Vaterlandes Vater:* ein Ehrentitel des Augustus.

225 *Persien:* Danaës Sohn Perseus hat von Andromeda einen Sohn namens Perses, den Stammvater der Perser.

226 *in den achaemenischen Tälern:* Die Achaemeniden waren die persische Herrscherdynastie. »Achaemenisch« heißt hier so viel wie persisch oder parthisch.

259 *vor der Stadt:* Aricia.

260 *durch das Schwert:* Der Priester trug den Titel *rex* und erwarb das Amt, indem er seinen Vorgänger im Zweikampf tötete.

264 *Thalia:* eine der Musen.

auf ungleichen Rädern: bezieht sich auf das elegische Versmaß, in dem auf den (längeren) Hexameter ein (etwas kürzerer) Pentameter folgt.

312 *vom aonischen Gott:* Aonien ist ein alter Name von Boeotien, in dessen Hauptstadt Theben Dionysos (Bacchus) geboren ist; zu seinem Gefolge gehören die zuvor erwähnten Bacchantinnen.

323 *Europa:* Iuppiter näherte sich Europa in Gestalt eines Stieres und entführte sie auf seinem Rücken über das Meer.
Io: Iuppiter verwandelte seine Geliebte Io in eine Kuh.

325 *eine Kuh aus Ahornholz:* Dieses Kunstgebilde schuf der berühmte Daedalus.

327 *die Kreterin:* Aërope, die ihren Schwager Thyestes liebte. Aëropes Mann Atreus tötete daraufhin die Kinder des Thyestes und setzte sie seinem Bruder als Mahlzeit vor. Der Sonnengott wandte sich vor Entsetzen ab und kehrte nach Osten zurück.

331 *seine Tochter:* Scylla, die Tochter des Nisus, raubte ihrem Vater die Zauberhaare, denen er seine Macht verdankte, und überbrachte sie dem feindlichen König Minos, der jedoch ihre Liebe zurückwies. Hier ist sie mit einer anderen Scylla gleichgesetzt, die von Circe aus Eifersucht in ein Meerungeheuer verwandelt wurde.

334 *Der Atride:* Agamemnon, König von Mykene, wurde nach seiner Rückkehr aus dem Troianischen Krieg von seiner Frau Clytaemnestra im Bade ermordet.

335 *Crëusa:* Iason, der mit Medea verheiratet war, verliebte sich in Crëusa aus Korinth (Ephyra). Darauf ermordete Medea ihre und Iasons gemeinsame Kinder. Jener Nebenbuhlerin schickte sie als Geschenk ein vergiftetes Kleid, das sie in Flammen zugrunde gehen ließ.

337 *Phoenix:* Sohn des thessalischen Königs Amyntor, wies die Liebesanträge seiner Stiefmutter zurück, wurde von ihr verleumdet und von seinem Vater geblendet.

338 *Hippolytus:* Sohn des Theseus, erfuhr ein ähnliches Schicksal, als er die Liebe seiner Stiefmutter Phaedra verschmähte.

339 *Phineus:* arkadischer König, verstieß seine Gattin Cleopatra und heiratete Harpalyce, die ihn veranlasste, seine Söhne zu blenden.

395 f. Die Verse sind unecht und wurden daher nicht übersetzt.

405 *Kalenden:* der Monatserste. Der März war dem Mars, der April der Venus heilig; gemeint ist also der erste April.

407 *mit kleinen Figuren:* Ovid scheint die tönernen Puppen zu meinen, die im Dezember als Geschenke am Saturnalienfest eine Rolle spielten. Der allgemeine Sinn der Stelle ist klar: Man soll Tage vermeiden, an denen man verpflichtet ist, etwas zu schenken.

409 *die Plejaden:* Der Untergang der Plejaden (8.–11. November) bringt Sturm.

410 *des … Böckleins:* Das Sternbild des Böckleins geht Anfang Oktober unter.

413 *an dem Tag:* Am 16. Juli 387 (390) v. Chr. erlitten die Römer durch die Gallier eine schwere Niederlage. Diesen größten Unglückstag des römischen Kalenders empfiehlt Ovid den Liebenden, weil an diesem Tag die Geschäfte geschlossen sind, das Mädchen also (ebenso wie am jüdischen Sabbat) keine Geschenke erwarten kann.

437 *Täfelchen:* Wachstäfelchen, das übliche Material, auf dem Briefe geschrieben wurden.

507 *den Eunuchen:* Die Göttermutter Cybele wurde von verschnittenen Priestern verehrt.

515 Der Text in diesem Vers ist wohl korrupt.

527 *Das Mädchen von Cnossus:* Ariadne, hier auf Naxus (Dia).

541 *Mimalloniden:* Bacchantinnen.

563 *»Hymenaee«:* Anrufung des Hochzeitsgottes.

563 *»Euhion, euhoe«:* Anrufungen des Dionysos (Bacchus).

567 *Vater der Nacht:* Bacchus heißt so wegen seiner nächtlichen Feiern.

579 *dem Mann:* bzw. dem ständigen Begleiter.

588 *er müsse mehr sehen:* Möglicherweise ist daran gedacht, dass der Verwalter *(procurator)* seine Vertrauensstellung zu erotischen Zwecken missbraucht. – Das Distichon 587 f. wurde von Bentley getilgt.

625 *Juno und Pallas:* Juno, Minerva (Pallas) und Venus ließen den Königssohn und Hirten Paris entscheiden, welcher von ihnen der Vorzug gebühre. Er entschied sich für Venus und erhielt zum Lohn Helena, was zum Troianischen Krieg führte.

653 *Phalaris:* Der Erzgießer Perillus erfand einen ehernen Stier als Marterwerkzeug. Der sizilische Tyrann Phalaris ließ ihn seine Erfindung selbst einweihen.

679 *Phoebe:* Phoebe und Hilaïra, die Töchter des messenischen Leucippus, waren mit Idas und Lynceus verlobt und wurden, während sie als Priesterinnen ein Opfer vollzogen, von Castor und Pollux geraubt.

682 *zwischen dem Mädchen von Scyrus und dem haemonischen Mann:* Der aus Thessalien (Haemonien) stammende Achill wurde von seiner Mutter Thetis bei dem König Lycomedes von Scyrus in Frauenkleidung versteckt gehalten. Er verliebte sich dort in die Königstochter Deïdamia.

683 *die Göttin:* Venus. Sie trug beim Parisurteil den Sieg über Juno und Minerva davon; vgl. auch Anm. zu 1,625.

685 *die Schwiegertochter:* Helena.

691 *Aeacus' Spross:* Achills Vater Peleus war ein Sohn des Aeacus.

692 *in einer anderen Kunst:* Pallas (Minerva) war Schutzgöttin der Weberei und des Krieges.

696 *die pelische Lanze:* Der Schaft dieser Lanze war auf dem Berg Pelion in Thessalien gewachsen.

727 *vom Baum der Pallas:* Der Sieger in den Olympischen Spielen bekam einen Kranz aus Ölzweigen; der Ölbaum war der Pallas (Minerva) heilig.

730 Der Vers ist korrupt (*hoc multi non valuisse putant*). Ich lese mit Hollis *hoc nulli non valuisse puta!*

743 *der Actoride:* Patroclus, Achills bester Freund; er ließ sich nicht mit dessen Mädchen ein.

744 *Pirithous:* der beste Freund des Theseus, dessen Gattin Phaedra hieß.

745 *Pylades:* Freund des Orestes; dieser war mit Hermione verheiratet.
wie Phoebus die Pallas: Phoebus Apollo und Pallas Athene waren Geschwister.

Zweites Buch

4 *Hesiod:* Ovid nennt Hesiod (aus Ascra) an erster Stelle, weil er der Ahnherr der didaktischen Poesie ist, einer Gattung, zu der auch die *Liebeskunst* gehört. Der Maeonier: Homer.

5 *der Priamussohn:* Paris.
Amyclae: Stadt in Lakonien südlich von Sparta, Heimat der Helena.

6 *mit der geraubten Gattin:* Helena.

8 *Hippodamia:* Tochter des Oenomaus von Pisa in Elis, wurde dem Pelops zuteil, der ihren Vater im Wagenrennen durch List besiegte.

15 *Cytherea:* Beiname der Venus nach ihrem Kultort Cythera, einer Insel vor der Südspitze von Lakonien, wo die Göttin aus dem Schaum des Meeres an Land gestiegen sein soll.

16 *Erato:* die Muse der erotischen Poesie.

23 *eingesperrt hatte:* Das Labyrinth wird nicht erwähnt.

55 *die tegeaeische Jungfrau:* »tegeaeisch« heißt hier so viel wie arkadisch. Tegea war die bedeutendste Stadt im südöstlichen Arkadien. Gemeint ist Callisto, die Bärin.

59 *durch die ätherischen Lüfte:* Die höhere Luftregion galt als feuriger.

74 *und zügelt unentwegt seinen Lauf:* Ich folge hier Hertzberg: »Langsam stets steuert er hin auf der Bahn.« Anders Lenz: »Und behält seinen Kurs bei.«

80 *der clarische Gott:* Apollo. Klaros: Stadt in Ionien mit Apollon-Tempel und -Orakel.

100 *was er ... abrupft:* Es handelt sich um das sogenannte Hippomanes, einen zähen Körper auf der Stirn des neugeborenen Fohlens.

102 *der marsische Singsang:* In Italien galten die Frauen des Volkes der Marser als Hexen wie in Griechenland die thessalischen.

103 *Das Mädchen vom Phasis:* Medea.
den Sohn Aesons: Iason.

109 *Nireus:* Homer nennt Nireus den schönsten der Griechen, daher dichtete man ihm eine Leidenschaft für diesen Jüngling an.

130 *des odrysischen Feldherrn:* »odrysisch« steht hier für thrakisch. Der Thrakerkönig Rhesus (hier als Odryser bzw. Sithoner bezeichnet) wurde bei Nacht von Diomedes und Odysseus überfallen (s. das zehnte Buch der *Ilias*).

135 *mit Dolons Mordblut:* Dolon war ein trojanischer Kundschafter, den Odysseus und Diomedes gefangennahmen, ausfragten und dann töteten. Dolon wollte ursprünglich Achills Pferde stehlen.

150 *der chaonische Vogel:* die Taube. Sie heißt chaonisch, weil sie dem Iuppiter von Dodona heilig ist; Dodona liegt in Epirus (Chaonien).

185 *die nonacrinische Atalante:* Nonacris ist der nördliche Teil Arkadiens. – Atalante ist die Tochter des Iasus. Milanions Nebenbuhler

ist der Kentaur Hylaeus (2,191), den Atalante später tötete, als er ihr Gewalt antun wollte.

206 *die ... ›Hunde‹*: der schlechteste Wurf.

207 *der Stein:* Die Spielsteine beim Brettspiel waren aus Glas, Edelstein, Elfenbein oder Wachs. Die eine Partei hatte weiße, die andere schwarze Steine.

219 *unter ionischen Mädchen:* im Dienste der Königin Omphale in Lydien.

221 *der tirynthische Heros:* Hercules.

239 *Cynthius:* Apollon. Er leistete aus Liebe Hirtendienste bei dem König Admetus von Pherae in Thessalien.

258 *durch Matronenkleider getäuscht:* Nach dem Abzug der Gallier von Rom forderten die Latiner von den Römern das Recht, mit ihnen Ehen zu schließen. Sie belagerten die Stadt und verlangten, man solle ihnen vornehme Frauen und Jungfrauen ins Lager schicken. Die Römer sandten verkleidete Sklavinnen und überfielen das feindliche Lager bei Nacht. Ovid setzt an die Stelle der Latiner die Gallier. Der Gedenktag für das Ereignis waren die Nonae Caprotinae (7. Juli).

267 *Amaryllis:* Vgl. Vergil, *Hirtengedichte* 2,52. Corydon erwähnt dort Kastanien, die einst Amaryllis liebte. »Ovid deutet parodisch das Präteritum so aus, dass jetzt keine Amaryllis mehr besonders entzückt von einem so wohlfeilen Geschenk sein werde.« (Hertzberg, z. St.)

269 *Taube:* Ich lese *columba* statt *corona.*

308 *die heimlichen Wonnen der Nacht:* Ich lese *quae clam gaudia noctis habes* (mit Ellis). Die Stelle ist in den Handschriften korrupt.

317 *uns ... bedrängt ... schlaff macht:* Ich lese *premimur, modo solvimur* statt *premitur, modo solvitur.*

380 *der aonische Gott:* vgl. Anm. zu 1,312. – Die eifersüchtige Frau wird hier mit einer Bacchantin verglichen.

382 *Die Barbarin vom Phasis:* Medea, die aus Kolchis stammte (dort mündet der Phasis ins Schwarze Meer), tötete ihre Söhne, weil ihr Gemahl Iason eine andere liebte.

383 *die Schwalbe:* Gemeint ist Procne. Sie erfuhr, dass ihr Mann Tereus ihre Schwester vergewaltigt hatte. Aus Rache tötete sie ihren

Sohn und setzte sein Fleisch dem Vater als Speise vor; sie wurde in eine Schwalbe verwandelt.

396 *überprüfe:* Man muss, bevor man ein Wachstäfelchen neu beschreibt, die Spuren der alten Korrespondenz sorgfältig beseitigen, damit die Adressatin nichts zwischen den Zeilen lesen kann.

399 *der Atride mit einer einzigen Frau:* Gemeint sind Agamemnon und seine Frau Clytaemnestra.

402 *Chryses:* Vater einer Kriegsgefangenen, die Agamemnon liebte und zunächst nicht herausgeben wollte.

403 *Lyrnesierin:* die Tochter des Briseus, die Achill vorübergehend an Agamemnon abtreten musste.

405 *die Priamustochter:* Cassandra, die Agamemnon als Beute mit nach Hause brachte.

407 *den Sohn des Thyestes:* Aegisthus, der Geliebte Clytaemnestras (die hier als Tochter des Tyndarëus bezeichnet wird).

421 *Alcathous:* ein Heros der Stadt Megara.

422 *Kraut:* vielleicht die Rauke.

425 *Erato:* vgl. Anm. zu 2,16.

532 *ist … da:* Ich lese *adest* (mit Heinsius) statt *obest.*

551 *ihr eigener Mann:* Es kann auch der ständige Begleiter gemeint sein.

562 *durch Vulcans List:* Vulcan, mit Beinamen Mulciber, der hinkende Gott des Feuers und der Schmiedekunst, ist der Ehemann der Venus, der Kriegsgott Mars ihr Geliebter.

593 *Das habe ich euch verboten:* Ich lese *hoc vetui. vos* ecce *vetat* (mit den alten Herausgebern) statt *hoc vetiti vos este: vetat* (Ehwald). *Dione:* die Mutter der Venus, hier Beiname der Venus.

596 *in Geheimschrift:* P. Brandt in seinem Kommentar stellt auch mit sympathetischer Tinte geschriebene Briefe zur Wahl. Weniger wahrscheinlich ist eine ganz andere Erklärung der Stelle, die eine geheime Gebärdensprache der Hand meint. *Excipere* (aufgreifen) passt am besten zu Briefen.

598 *durch Feuer- und Wasserriten:* Bei der feierlichsten Form der Eheschließung brachte der Bräutigam der Braut an der Schwelle seines Hauses Wasser und Feuer entgegen. Bei den bequemeren Formen

der gesetzlichen Ehe wurde dem Hochzeitszug eine Fackel vorangetragen und die Braut mit Wasser besprengt.

601 *die Riten der Ceres:* die eleusinischen Mysterien.

606 *Tantalus:* Er erlitt seine Höllenstrafe, weil er ausplauderte, was er am Tisch der Götter gehört hatte.

607 *Cytherea:* vgl. Anm. zu 2,15.

669–674 Die Verse gehören wahrscheinlich nicht hierher (s. Kenney z. St.).

700 *Gorge:* Eine Gorge ist Tochter der Althaea; inwiefern Althaea ihr an Schönheit überlegen war, wissen wir nicht. Man hat offenbar bisher noch nicht bemerkt, dass Ovid auf die Verbindung einer Gorge mit ihrem eigenen Vater anspielt, aus der Tydeus entsprungen sein soll. Dann wäre die Pointe hier die Torheit des Vaters, der die unerfahrene Tochter der erfahrenen Mutter vorzieht. Vgl. Apollodor 1,8,5.

713 *Briseïs:* Sie wurde von Achill in Lyrnessus gefangengenommen.

735 *den Danaern:* den Griechen.

Drittes Buch

1 *den Danaern:* vgl. Anm. zu 2,735.

2 *Penthesilea:* Amazonenkönigin.

3 *Dione:* Venus, vgl. Anm. zu 2,593.

11 f. *der jüngere Atride:* Menelaus, *der ältere:* Agamemnon.

13 *der Oeclide:* Amphiaraus.

17 *den Phylaciden:* Protesilaus. Er kehrte auf die Bitten seiner Gattin Laodamia aus dem Totenreich zurück, um sie noch einmal zu umfangen; sie folgte ihm dann in den Tod.

19 *die Ehefrau aus Pagasae:* Alcestis, die Gemahlin Admets (Sohn des Pheres). Sie ging an Stelle ihres Gatten in den Tod.

22 *die Tochter des Iphis:* Euadne. Sie stürzte sich bei der Bestattung ihres Gemahls in den brennenden Scheiterhaufen.

34 *des Aesoniers:* Iason, Sohn des Aeson.

38 *Phyllis:* Von Demophoon verlassen, erhängte sie sich und wurde in einen Mandelbaum verwandelt. In Thrakien gab es bei Eïon ei-

nen Ort, der »Die neun Wege« hieß; dort wurde später Amphipolis gegründet. Vor ihrem Selbstmord eilte Phyllis hier neunmal sehnsuchtsvoll dem Geliebten entgegen. Nach ihrem Tode streuten die Bäume teilnehmend ihre Blätter auf ihr Grab.

40 *Elissa:* Dido.

43 *Cytherea:* vgl. Anm. zu 2,15.

49 *Therapnae:* Heimatort der Helena (in der Nähe von Sparta gelegen).

50 *Der Dichter:* Stesichorus. Es handelt sich um das berühmte Beispiel einer Palinodie, eines poetischen Widerrufs.

84 *die rosenfingrige Göttin:* Aurora, die Morgenröte.

86 *Aeneas:* Sohn des Anchises.
Harmonia: Tochter des Mars.

106 *der idalischen Göttin:* Venus, nach Idalium benannt, einem Vorgebirge und einer Stadt auf Zypern; dort ein Tempel und Hain der Liebesgöttin.

118 *Tatius:* Titus Tatius, sagenhafter Sabinerkönig, Mitregent des Romulus.

119 *Palatium:* Auf ihm befand sich der Tempel des palatinischen Apollo und die Wohnung des Augustus.

147 *mit cyllenischem Schildpatt:* nach Cyllene, einem Gebirge im Nordosten Arkadiens, wo Merkur geboren und erzogen wurde. Er ist der Erfinder der Lyra, die aus einer Schildkrötenschale hergestellt wurde.

168 *des Hercules und des ... Musenchors:* Hercules und die Musen hatten einen Tempel am Circus Flaminius.

175 *Phrixus und Helle:* Nephele (»Wolke«) entzieht ihre Kinder Phrixus und Helle der Verfolgung durch ihre Stiefmutter Ino.

181 *Paphos:* Stadt auf Zypern, Kultort der Venus, der die Myrte heilig war.

191 *Cepheus' Tochter:* Andromeda.

192 *Seriphos:* eine der Kykladeninseln im Ägäischen Meer.

238 *geflochtene:* Ich lese *nexas* statt *lapsas*.

244 *Bona Dea:* Zu den Riten der Bona Dea hatte kein Mann Zutritt; gemeint ist: Das Mädchen soll sich in strengster Klausur frisieren lassen.

248 *Partherfrauen:* Die Parther sind hier als sprichwörtliche Feinde der Römer erwähnt.
252 *Sidonierin:* Europa.
254 *trojanischer Räuber:* Paris.
270 *dem pharischen Fisch:* Ein solcher ägyptischer Fisch ist nicht bekannt; Blümner konjiziert *phariae vestis* (feine ägyptische Leinwand).
313 *Sisyphus' Sohn:* Odysseus, Sohn des Laertes, galt als Sohn des Sisyphus.
319 *das Plektrum:* Damit wurde die Cithara geschlagen.
321 *der rhodopeïsche Orpheus:* Rhodope: ein Gebirge in Thrakien.
322 *den Drillingshund:* Cerberus, den Höllenhund. Orpheus stieg in die Unterwelt hinab, um seine jung verstorbene Gattin Eurydice heraufzuholen.
323 *Rächer der Mutter:* Amphion rächte seine Mutter Antiope an der Dirce; die Mauern der Stadt Theben sollen sich durch sein Saitenspiel von selbst zusammengefügt haben.
330 *des … Greises von Teos:* Anakreon (559–478 v. Chr.), berühmter Lyriker.
332 *der Dichter:* der Komödiendichter Menander.
333 f. *Properz … Gallus … Tibull:* die römischen Vorgänger Ovids in der Liebeselegie (1. Jh. v. Chr.).
335 *das Vlies …, von dem Varro sang:* das Argonautenepos des Varro Atacinus (geb. 82 v. Chr.). – Phrixus flüchtete mit seiner Schwester Helle auf dem Widder mit dem Goldenen Vlies nach Kolchis; unterwegs ertrank Helle in dem nach ihr benannten Hellespont.
338 *das berühmteste Werk:* Vergils *Aeneis.*
340 *Lethestrom:* Strom des Vergessens in der Unterwelt.
353 *im Knöchelspiel die Würfe:* Der Knöchel ist länglich und hat an vier Seiten Augen (zwei bleiben unbezeichnet und sind abgerundet); dagegen ist der Würfel kubisch und auf allen sechs Seiten bezeichnet. Der schlechteste Wurf hieß »Hund« (alle vier Würfel haben dieselben Augenzahlen), der beste hieß »Venus« (jeder Würfel weist eine andere Zahl auf).
385 *die eiskalte Virgo:* eine römische Wasserleitung.
386 *der tuskische Fluss:* der Tiber.

387 *Säulenhalle des Pompeius:* vgl. Anm. zu 1,67.

388 *im Zeichen der Jungfrau:* In diesem Zeichen steht die Sonne Ende August.

390 *die paraetonischen Schiffe:* von Paraetonium, einer befestigten Grenzstadt im ägyptischen Libyen. Ovid spielt hier auf die Schlacht bei Actium (31 v. Chr.) an, bei der Augustus Marcus Antonius und Cleopatra besiegte. Apollo war der Gott von Actium und der Schutzgott des Augustus, dem dieser auf dem Palatin einen prächtigen Tempel errichten ließ.

391 *die Bauten:* Gemeint sind die Säulenhalle der Octavia (der Schwester des Augustus) und diejenige der Livia (seiner Gattin). Sein Schwiegersohn Agrippa ließ zum Andenken an den Sieg von Actium und denjenigen über Sextus Pompeius (36 v. Chr.) bei Naulochus eine Säulenhalle erbauen. Für den letzteren Sieg wurde er mit der *corona rostrata* (*navalis*) (»Siegeskranz der Seeschlacht«) ausgezeichnet.

393 *Kuh von Memphis:* die ägyptische Göttin Isis, vgl. 1,77.

394 *die drei Theater:* das Theater des Pompeius, das des Marcellus und das des Balbus.

401 *Apelles:* berühmter griechischer Maler, Zeitgenosse Alexanders des Großen. Sein Gemälde »Venus Anadyomene« befand sich im Aesculaptempel auf Kos. Daher nennt man ihn Apelles von Kos, obwohl er aus Colophon oder Ephesus stammt.

409 *Ennius:* aus Rudiae in Calabrien (239–169 v. Chr.), der größte römische Dichter der älteren Zeit.

415 *Danaë:* Acrisius von Argos hielt seine Tochter Danaë in einem Turm eingesperrt. Vgl. Anm. zu 3,631.

429 *Andromeda:* Sie sollte gefesselt einem Meerungeheuer zum Fraß vorgeworfen werden. Perseus tötete das Ungeheuer.

452 *appischen Nymphen:* Die appische Wasserleitung (mit den zugehörigen Nymphenstatuen) befand sich in der Nähe des Venustempels.

457 *Theseus:* Er ließ Ariadne im Stich und steht deshalb im Rufe der Treulosigkeit.

464 *Inachus' Tochter:* Isis (Io).

471 *während:* Ich lese *dumque* statt *quodque.*

476 *herb:* Ich lese *edure* (mit Heerwagen) statt *eduro.* Vergil (*Vom Landbau* 4,145) verwendet das Adjektiv in Bezug auf Birnen. Ovid sucht hier diese rustikale Nuance, nicht den optischen Eindruck (also nicht mit Heinsius *eduro ore*).

506 *Pallas:* Die Göttin gab das Flötenspiel auf, weil sie dabei ihr Gesicht verziehen musste.

527 *Stab:* Der Centurionenstab wurde vom Centurio geführt, der eine Hundertschaft befehligte.

536 *Nemesis:* eine Geliebte des Dichters Tibull.
Cynthia: die Geliebte des Properz.

537 *Lycoris:* die Geliebte des Elegikers Cornelius Gallus.

538 *Corinna:* die Geliebte Ovids in den *Liebeselegien.*

548 *die Pieriden:* die Musen, nach dem Makedonen Pieros benannt, der als ihr Vater oder als Stifter ihres Kultes in Thespiai galt.

575 *kurz:* Ich lese *brevis* statt *gravis.*

604 *Thaïs:* Es gab mehrere berühmte Hetären dieses Namens.

615 *Stab:* der Freiheitsstab, mit dem der Vertreter des Sklaven diesen vor Gericht berührte, zum Zeichen, dass er nun frei sein sollte.

618 *Argus:* Der hundertäugige Argus wurde von Juno zur Bewachung der in eine Kuh verwandelten Io eingesetzt und von Merkur getötet.

620 *eine Spülung:* nach dem Coitus.

631 *Acrisius:* König von Argos, Vater der Danaë. Iuppiter näherte sich dieser in Gestalt eines goldenen Regens, ein Mythos, der die trivialisierende Deutung nahelegte, die Wächter seien bestochen worden.

635 *Sistrum:* Klapper aus Blech und Metallstäbchen. Es wurde beim Gottesdienst der Isis verwendet. Diese Göttin heißt die »pharische Kuh«, weil die Griechen sie mit Io identifizierten, die in eine Kuh verwandelt wurde. »Pharisch« bedeutet so viel wie ägyptisch (von Pharos, einer kleinen Insel bei Alexandria, die den berühmten, von Ptolemaeus Philadelphus erbauten Leuchtturm, eines der sieben Weltwunder, trug).

637 *Bona Dea:* vgl. Anm. zu 3,244.

643 *der Zweitschlüssel:* lat. *adultera clavis* ist der ehebrecherische Schlüssel.

646 *an spanischen Hängen:* Spanischer Wein wurde weniger geschätzt, aber in diesem Falle tat er seinen Dienst.

683 *wer du auch sein magst:* Ich lese *es* statt *est.*

693 *Luft:* griech. und lat. *aura.* Das Missverständnis von Vers 698–701 wird schon hier vorbereitet. Vgl. auch 3,728.

710 *Thyrsus:* Die schwärmenden Bacchantinnen trugen mit Efeu und Weinranken umwundene Thyrsusstäbe in der Hand.

725 *der cyllenische Spross:* Cephalus war ein Sohn Merkurs, der im Cyllenegebirge im Nordosten Arkadiens geboren war.

759 *Priamus' Sohn:* Paris.

762 *Sohn der Venus:* der Liebesgott Amor.

783 f. *Glaube auch nicht ... frei herabwallt:* »Entweder spielt Ovid auf eine uns unbekannte Sage an, oder er meint die thessalischen Frauen überhaupt, die sich bei Ausübung ihrer orgiastischen Zauberriten die Haare lösten.« (Lenz z. St.)

785 *Lucina:* die Geburtsgöttin, Beiname der Juno.

789 *Dreifuß ... Ammon:* Gedacht ist an die Orakel des delphischen Apollo und des ägyptischen Iuppiter Ammon.

805 *fordert, wird:* Ich lese *poscit* statt *poscet.*

806 *nicht wollen:* Ich lese *nolit* statt *nolet.*

809 *Schwanengespann:* Die Schwäne sind der Liebesgöttin Venus, aber auch dem Dichtergott Apollo heilig.

Verzeichnis der Eigennamen

Die Stellenangaben verweisen auf die Verse im lateinischen Original.

Stellenangaben in runden Klammern verweisen auf Textstellen, an denen der jeweilige Eigenname im lateinischen Text in einer Umschreibung erscheint; Angaben in eckigen Klammern bezeichnen unsichere Namen. Wo Namen von Gelehrten erschlossen worden sind, sind die betreffenden Textstellen mit einem Sternchen gekennzeichnet.

Achaemenius: persisch oder parthisch. (Die Achaemeniden waren die persische Herrscherdynastie.) 1,226

Achilles: Sohn des Peleus und der Thetis, tapferster Held der Griechen vor Troia. 1,11; 441; (682); 689; 701; 743; 2,711; 741

Acrisius: König von Argos, Vater der Danaë. Iuppiter nahte dieser in Gestalt eines goldenen Regens. 3,631

Actorides: Patroclus, Enkel Actors, Achills bester Freund. 1,743

Admetus: Herrscher von Pherae in Thessalien, Gemahl der Alcestis, die sich für ihn aufopferte (3,19 f.). Apollon liebte ihn so sehr, dass er dessen Rinder hütete. 2,239

Adonis: orientalischer Gott, Geliebter der Venus, der von einem Eber getötet wurde. 1,512; 3,85; sein Festtag: 1,75

Aeacides: Nachkomme des Aeacus, des Königs von Aegina: hier Achilles, Griechenlands tapferster Held. 2,736; Schüler des Centauren Chiron: 1,17; von seiner Mutter Thetis auf Scyros bei den Töchtern des Lycomedes in Mädchenkleidern versteckt: 1,691

Aegyptus: Ägypten. 1,647; 652

Aeneas: Sohn des Anchises und der Venus, Vater des Ascanius oder Iulus, gründet nach seiner Flucht aus dem besiegten Troia in Italien ein Reich und gilt als Stammvater des Geschlechts der Iulier, dem auch Caesar angehört. 3,86; verschuldet Didos Tod (3,39); Held von Vergils *Aeneis:* 3,337

Aeolius: aeolisch; Adjektiv zu Aeolus, dem Gott der Winde. 1,634

Aërope: Tochter des Catreus (des Königs von Kreta), Gattin des Atreus, Geliebte ihres Schwagers Thyest (1,327)

Aesonides: Aesons Sohn, Iason, der Medea verführte und ihr später untreu wurde. 2,103

Aesonius: Adjektiv zu Aeson, dem König von Iolcus, Vater des Iason, von seinem Halbbruder Pelias vertrieben. Auf Iason bezogen: 3,34

Aetnaeus: Adjektiv zu Aetna, dem Vulkan auf Sizilien. 3,490

Agrippa: M. Vipsanius, Feldherr und Schwiegersohn des Augustus (3,392)

Aiax: Sohn des Telamon, Enkel des Aeacus, nach Achilles der stärkste Grieche vor Troia. (2,737); Ehemann der Tecmessa: 3,111; 517; 523

Alcathous: Sohn des Pelops, baute die von den Kretern niedergerissenen Mauern Megaras wieder auf. 2,421

Alcestis: Tochter des Pelias, ging für ihren Gemahl Admet, den König von Pherae, in den Tod (3,19 f.)

Alcides: Hercules, nach Alceus, dem Vater seines Pflegevaters Amphitryon. 3,136

Allia: Am Gedenktag der Niederlage der Römer gegen die Gallier an der Allia (16. Juli) blieben alle Geschäfte geschlossen; Mädchen konnten also keine Geschenke erwarten. 1,413

Alpes: die Alpen. 3,150

Amaryllis: die Geliebte des Tityrus in Vergils Eklogen (vgl. dort 1,52); moderne Frauen, meint Ovid, sind mit bescheidenen Geschenken (wie Kastanien) nicht mehr zufrieden. 2,267; 3,183

Amazon: Amazone; Angehörige eines Stammes kriegerischer Frauen am Fluss Thermodon in Kleinasien. 2,743; 3,1

Ammon: der ägyptische Jupiter (Zeus) Ammon hatte eine berühmte Orakelstätte (in der Oase Siwa/Sekhetam). 3,789

Amoebeus: attischer Citharoede des 3. Jh.s v. Chr. 3,399

Amor: griech.: Eros; der Liebesgott, Sohn der Venus; der Plural *Amores* bezeichnet Amor und Cupido. 1,4; 7; 8; 17; 21; 23; 30; 83; 232; 236; 2,15; 17; 158; 229; 497; 708; 3,436; 510; 559; (762)

Amores: Titel des aus drei Büchern bestehenden Werkes Ovids. 3,343

Amphīon: Sohn Iuppiters und der Antiope, König von Theben, Gemahl der Niobe. Bei seinem Gesang erbauten sich Thebens steinerne Mauern von selbst: 3,323

Amyntorides: Phoenix, der Sohn Amyntors, wies die Liebesanträge seiner Stiefmutter zurück, wurde von ihr verleumdet und von seinem Vater geblendet. 1,337

Anacreon: berühmter Lyriker (3,330)

Andromache: Tochter des Eetion, des Königs von Theben in Kilikien, Gemahlin Hectors. 2,645; 709; 3,109; (429); 519; (778)

Andromeda: Tochter des Cepheus und der Cassiopeia. In Aethiopien (Ovid: »Indien«) von Perseus vor einem Seeungeheuer gerettet: 1,53; 2,643; 3,(191); 429

Aonius: aonisch; Adjektiv zu Aonien, einem Teil Böotiens, der an Phokis angrenzt; Heimat des Bacchus. 1,312; 2,380; Ort des Musenberges Helikon: 3,547

Apelles: berühmter Maler. 3,401

Apollo: Gott der Musik und der Weissagung, Sohn Iuppiters und der Latona, Zwillingsbruder Dianas, Vater des Aesculap und des Orpheus, Herr des Orakels von Delphi. (2,80); Gott, der zur Selbsterkenntnis auffordert: 2,493

Appias: Statue einer Nymphe am Springbrunnen der Via Appia. 1,82; Plural: Statuen am Tempel der Venus unweit von diesem Springbrunnen. 3,452

Argo: Schiff des Iason und der Argonauten (1,6)

Argus: Sohn des Arestor, hundertäugig; von Iuno zur Bewachung der in eine Kuh verwandelten Io eingesetzt; von Mercur getötet. 3,618

Ariadna: Tochter des Minos auf Kreta, half Theseus, den Minotaurus zu besiegen; von Theseus auf Naxos verlassen. (1,527); 3,35; von Bacchus erlöst (158)

(Aricia): alte Stadt in Latium mit Hain der Diana. 1,259 f.

[Arīon]: 1,731 (nach der Vermutung von Heinsius, die Hertzberg übernimmt, wäre der Lyriker Arion in eine Lyrice verliebt gewesen).

Arionius: Adjektiv zu Arion, dem lyrischen Sänger. Auf einer Seereise von Räubern bedroht, bat er sich als letzte Vergünstigung aus, noch einmal singen zu dürfen; danach sprang er in die Wellen, wurde aber von einem Delphin gerettet, den sein Gesang angelockt hatte. 3,326

Armenius: armenisch; Armenier; Adjektiv und Substantiv zu der nördlich von Mesopotamien gelegenen Landschaft Armenia. 1,225

Arx: das römische Capitol. 2,540

Ascra: Ortschaft in Böotien am Helikon; Geburtsort Hesiods, der sich rühmte, ihm seien die Musen erschienen. 1,28

Ascraeus: ascraeisch; Adjektiv zu Ascra. 2,4

Astypalaea: Insel und Stadt in der Nähe von Kreta. 2,82

Atalante (*Atalanta*): Tochter des Iasos, Jägerin; ihr Geliebter Milanion ist in der römischen Elegie das Beispiel für entsagungsvollen Liebesdienst. 2,185; 3,775

Athenae: die berühmte griechische Stadt. 3,213

Athos: der östlichste und höchste Bergrücken der makedonischen Halbinsel Chalkidike im Ägäischen Meer. 2,517

Atrides:

1. Agamemnon. 1,334; 2,399; 3,12
2. Sein jüngerer Bruder, Menelaus, Gemahl der Helena. 2,371; 3,11

Aura: griech. und lat. »Luft«, wird von Procris fälschlich für den Namen einer Nebenbuhlerin gehalten. 3,701; 715

Aurora: Göttin der Morgenröte, griech.: Eos, Tochter des Hyperion oder des Titanen Pallas, Gemahlin des greisen Tithonus, Mutter Memnons. 1,330; (3,84; 179 f.)

Auster: der (feuchte) Südwind. 3,174

Automedon: berühmter Wagenlenker Achills. 1,5; 8; 2,738

Bacche, Baccha: Bacchantin; Dienerin des Bacchus, von schwärmerischem Wahnsinn ergriffen. 1,312; 545 (zweimal); [2,380]; 3,710

Bacchus: Dionysos, Sohn Iuppiters und der Semele, Gott des Weines, des Rausches und der (tragischen) Dichtung. 1,189; 232; 556; 565; (2,380); 3,157; 348; 762

Baiae: berühmter Badeort am Golf von Neapel mit heißen Schwefelquellen. 1,255

Belides: die fünfzig Danaiden, Enkelinnen des Belus, die auf Befehl ihres Vaters ihre Vettern in der Hochzeitsnacht ermordeten. Skulpturen, die sie darstellten, schmückten die Portikus am palatinischen Apollotempel. 1,74

Bona Dea (Diva): Göttin des fruchtbaren Gedeihens, von Frauen an einem geheimen Ort verehrt, den Männer nicht betreten durften. 3,244; 637

Bootes: Sternbild der nördlichen Halbkugel. 2,55

Boreas: der Nordwind. 2,431; 3,162

Briseïs: Tochter des Brises, Sklavin des Achilles. 2,(403); 713; 3,189

Busiris: alter König von Ägypten, der Fremde grausam opfern ließ. 1,649; 651

Byblis: verliebte sich in ihren Bruder Caunus, wurde verschmäht und beging Selbstmord. 1,283

Caesar, C. (= Gaius): Enkel des Augustus. 1,181

Caesar, C. Iulius: der aus der gens Octavia in die gens Iulia adoptierte spätere Kaiser Augustus. 1,171; 177; 203; (3,614)

Caesares: römischer Familienname des iulischen Geschlechts; seit Augustus führten alle Kaiser den Beinamen Caesar neben dem Titel Augustus. 1,184; (3,119)

Caïcus: Fluss in Mysien. 3,196

Calaber: Adjektiv zu Calabria, Landschaft in Süditalien, Heimat des Ennius. 3,409

Calchas: bekannter Seher im Troianischen Krieg. 2,737

Callimachus: berühmter griechischer Dichter und Grammatiker aus dem Geschlecht der Battiaden zu Kyrene, Vorsteher der Bibliothek zu Alexandria 260–240 v. Chr. 3,129

(Callisto): Geliebte Iuppiters, Mutter des Arcas, von Iuno in eine Bärin (und von Iuppiter in ein Sternbild) verwandelt. (2,55)

Calymne: Insel im Ägäischen Meer bei Rhodos. 2,81

Calypso: Nymphe, Tochter des Atlas, nahm Odysseus auf seiner Irrfahrt bei sich auf der Insel Ortygia auf und hielt ihn dort sieben Jahre fest. 2,125; 129

Campus (Martius): mit Gras bedeckte Ebene längs des Tibers, ursprünglich den Tarquiniern gehörig, nach deren Vertreibung dem Mars geheiligt; Versammlungsort des römischen Volkes. 1,513; 3,385

Canicula: der Hundsstern (Sirius), dessen Aufgang glühende Hitze bringt. 2,231

Capaneus: einer der sieben Fürsten, die gegen Theben kämpften, von Iuppiter mit dem Blitz erschlagen; seine Gattin Euadne (Tochter des Iphis) stürzte sich bei seiner Bestattung in den brennenden Scheiterhaufen. 3,21

Capitolia: das Kapitol, der bedeutendste Hügel Roms mit dem Iuppiter-Tempel. 3,115

Castor: Sohn des Zeus (Iuppiter) und der Leda; einer der beiden Dioskuren; kundiger Reiter und Wagenlenker. 1,746

Caucasëus: Adjektiv zu Caucasus, der hohen Gebirgskette zwischen dem Schwarzen und Kaspischen Meer. 3,195

(Caunus): Bruder der Byblis, s. diese. 1,283

Cecropis (-ia): weibliches Adjektiv (und Substantiv) zu Cecrops, dem Gründer Athens und Ahn des Theseus, Synonym für »attisch«; oder »Athenerin«, 1,172; 3,457

Cephalus: Gatte der Procris und Geliebter der Aurora. 3,84; 695; 725; 738

Cepheïs: Andromeda, Tochter des Cepheus. 3,191

(Cerberus): Höllenhund mit drei Köpfen, von Hercules an die Oberwelt geschleppt, Sohn der Echidna. 3,322

Ceres: griech.: Demeter; Göttin des Ackerbaus, gebar dem Iuppiter die Proserpina; ihre Gaben sind Getreide, Brot und andere Speisen. 1,401; 2,601

Chaonis: epirotisch, dodonäisch, hier: die (dem Zeus von Dodona heilige) Taube. 2,150

Chiron: weiser Centaur, Lehrer Achills. 1,(11); 17

Chryseïs: Tochter des Chryses, Gefangene Agamemnons. (2,402)

Chryses: Apollonpriester in der *Ilias*, Vater der Chryseïs. 2,402

(Cinyras): Vater und Geliebter der Myrrha. (1,285)

Circe: Zauberin, Tochter des Sonnengottes und der Perse, Schwester des Aeetes, wohnte auf der Insel Aeaea nahe der Westküste Italiens; die Römer verlegten ihren Wohnort nach dem Vorgebirge Circei bei der gleichnamigen Stadt in Latium. [1,331b]; 2,103

Circus: der Circus Maximus im Tal zwischen Palatin und Aventin, wo seit der Königszeit Spiele stattfanden. 1,136; 163; 408

[Ciris]: Tochter des Nisus, die in einen Seevogel verwandelt wurde, s. Scylla. 1,331a–b

Clarius: Adjektiv zu Claros, Stadt in Ionien bei Kolophon mit Apollon-Orakel; der ›clarische Gott‹ ist Apollon. 2,80

Clio: eine der neun Musen. 1,27 (zweimal)

(Clytaemnestra): Gattin und Mörderin Agamemnons. 1,334; 2,399–408; 3,11

Cnosias: weibliches Adjektiv (und Substantiv) zu Cnossus, der berühmten Stadt auf Kreta. 1,293; Ariadne: 556

Cnosis: s. Cnosias. 1,527; 3,158

Concordia: Personifikation der Eintracht. 2,463

Corinna: fingierter Name der berühmtesten Geliebten Ovids. 3,538

Corona: Sternbild (die verwandelte Ariadne). 1,558

Cous: Adjektiv zu Cos, Insel im Ägäischen Meer, eine der Sporaden, berühmt durch Herstellung durchsichtiger Gewebe: 2,298 (zweimal); Heimat des Dichters Philetas: 3,329; dort befand sich im Aesculaptempel die berühmte Venus Anadyomene des Malers Apelles: 3,401

Crassus (M. Licinius): erlitt im Jahr 53 v. Chr. eine schwere Niederlage gegen die Parther. 1,179

Cressa: weibliches Adjektiv (und Substantiv) zu Kreta; hier substantiviert »die Kreterin«. Gemeint sind: Ariadne. 1,558; Aërope. 1,327

Crete: Kreta; griechische Mittelmeerinsel. 1,298; (2,588)

Crëusa: Rivalin der Medea in Korinth. 1,335; (3,34)

Cupido: griech.: Eros; Liebesgott, dargestellt als Knabe mit Flügeln, Pfeil, Bogen und Fackel, Sohn der Venus, öfter mit Amor gleichgesetzt, zuweilen von ihm unterschieden (die *gemini Amores* sind Amor und Cupido). 1 (165); 233; 261; (2,15; 98; 3,4; 515)

Curia: Gebäude für Senatssitzungen. 3,117

Cybeleïus: Adjektiv zu Cybele, der Göttermutter. 1,507

Cydippe: Acontius schrieb auf einen goldenen Apfel »Bei der Göttin, ich werde den Acontius heiraten« und spielte ihn Cydippe im Tempel zu. Sie las die Worte laut und war durch den Eid gebunden (Ovid, *Heroiden* 20 f.). 1,457

Cydnus: klarer Fluss in Cilicien bei Tarsus. 3,204

Cydonëus, Cydonius: Adjektive zu Cydonea, Stadt an Kretas Nordküste, Herkunftsort der Quitten. 1,293; 3,705

Cyllenaeus: Adjektiv zu Cyllene, einem Gebirge im Nordosten Arkadiens, dem Geburtsort Mercurs, des Erfinders der Lyra. 3,147

Cyllenius: der Cyllenier, d. h. Cephalus als Sohn Mercurs. 3,725

Cynthia: Geliebte des Elegikers Properz. 3,536

Cynthius: Beiname Apollons nach seinem Geburtsort, dem Berg Cynthus auf Delos. (2,115); 2,239

Cytherea: Beiname der Venus, die aus dem Schaum des Meeres bei Cythera an Land gestiegen sein soll. 2,15; 607; 3,43

Daedalus: Erbauer des Labyrinths auf Kreta und Erfinder künstlicher Flügel. 2,23; 33; 74

Danaë: Tochter des Acrisius, des Königs von Argos. In Gestalt eines goldenen Regens zeugte Iuppiter mit ihr den Perseus. 3,415; (631 f.)

**Danaëius:* Adjektiv zu Danaë; mit *heros Danaëius* ist Perseus gemeint. 1,225

Danaï: die Griechen. 2,735; 3,1

Danaus: Sohn des Belus, Zwillingsbruder des Aegyptus, Vater der fünfzig Danaïden; er kommt aus Ägypten und wird König von Argos. (1,74)

Daphnis: Sohn Mercurs, Hirte und Sänger, Erfinder der bukolischen Dichtung. 1,732

Deïdamia: Tochter des Lycomedes, Mutter des Pyrrhus (dessen Vater: Achilles). 1 (682); 704

Delos: Insel im Ägäischen Meer, Geburtsort Apollons. 2,80

Demophoon: Sohn des Theseus und der Phaedra; liebte Phyllis, die Tochter seines Gastfreundes Lycurgus, verließ sie aber treulos. 2,353; 3,459

**Dia:* alter Name der Insel Naxos. 1,528

Diana: griech.: Artemis; Göttin der Jagd, Tochter Iuppiters und der Latona, Zwillingsschwester des Phoebus Apollon, auf Delos geboren, auch als Mondgöttin gedeutet. 1,259; 3,143

Dione: Beiname der Venus (nach ihrer Mutter). 2,593; 3,3; 769

Dolon: troianischer Kundschafter, der Achills Pferde stehlen wollte, von Odysseus und Diomedes gefangengenommen und getötet. 2,135

Elissa: anderer Name der Dido. 3,40

Endymion: Geliebter der Mondgöttin Luna. 3,85

Ennius: bedeutendster lateinischer Epiker und Dramatiker der älteren Zeit, geb. 239 v. Chr. 3,409

Eous: Adjektiv zu Eos, der griechischen Göttin der Morgenröte; östlich: 1,202; 3,537

Ephyraeus: Adjektiv zu Ephyra, einem alten Namen der Stadt Korinth. 1,335

Epistula: so nennt Ovid seine Heroidenbriefe. 3,345

Erato: Muse der Liebesdichtung. 2,16; 425

Gorgonëus: 3,504
Gradivus: Beiname des Kriegsgottes Mars. 2,566
Graius: griechisch; Adjektiv zu Grai bzw. Graeci. 1,54; 686
Gratia: griech. Charis (meist drei Göttinnen, Charitinnen, Grazien); Allegorie der Anmut und des Dankes. 2,464

Haedus: »Böcklein«, zwei Sterne am Sternbild des Fuhrmanns. 1,410
Haemonius: Adjektiv zu Haemonien, der griechischen Landschaft Thessalien, nach Haemon, dem Vater des Thessalus. 1,6; 682; 2,99; 136
Harmonia: Tochter des Mars und der Venus. 3,86
Hector: Sohn des Priamus und der Hecuba, tapferster Troianer. 1,15; 441; 694; 2,646; 709; (3,110)
Hectorëus: Adjektiv zu Hector. 3,778
Helene: Helena; Tochter Iuppiters und der Leda; Gattin des Menelaus, von Paris entführt; dadurch Veranlassung zum Troianischen Krieg; s. Tyndaris. (1,54; 685 f.; 2,6); 2,359; 365; 371; 699; 3,11 (zweimal); (49); 253; 759
Helle: Nephele (»Wolke«) entzieht ihre Kinder Phrixus und Helle der Verfolgung durch ihre Stiefmutter Ino. 3,175; (336)
Hercules: griech.: Herakles; Sohn Iuppiters und der Alcmene, der Gattin Amphitryons, Gemahl der Deïanira, Vater des Hyllus und des Tlepolemos, erfüllte u. a. zwölf Aufträge im Dienst seines Verwandten Eurystheus. (2,217–222); 3,168
Herculeus: Adjektiv zu Hercules. 1,68
Hermione: Tochter von Menelaus und Helena, Gemahlin Orests. 1,745; 2,699; (3,86)
Hero: Priesterin der Aphrodite zu Sestus in Thrakien; ihr Geliebter, Leander, schwamm allnächtlich zu ihr; schließlich fand er den Tod in den Wellen. (2,249)
(Hesiodus): berühmter Dichter aus Ascra in Böotien; s. Ascraeus. (1,27 f.; 2,4)
(Hilaira): Phoebe und Hilaira, die von den Dioskuren Castor und Pollux geraubten Töchter des Leucippus. (1,679)
Hippodamia: Braut des Pirithous; um sie kämpften die Lapithen und Centauren. 2,8

Hippolytus: Sohn des Theseus und der Amazonenkönigin Antiope (oder Hippolyte), Inbegriff der Sittenreinheit; von seiner Stiefmutter fälschlich angeklagt, wurde er von seinem Vater Theseus verflucht und kam um, da seine Pferde von einem Meerungeheuer scheu gemacht wurden. 1,338; 511

Hispanus: spanisch. 3,646

Homerus: ältester und berühmtester griechischer Dichter, Vater der epischen Dichtkunst. 2,(4); 109; 279 f.; 3,413

Hybla: Berg auf Sizilien, reich an Kräutern und Bienen. 2,517; 3,150

Hylaeus: ein Centaur, der versucht, Atalante Gewalt anzutun. 2,191

Hylas: Begleiter des Hercules auf der Argonautenfahrt, wurde in Mysien beim Wasserschöpfen von verliebten Nymphen in die Tiefe gezogen. 2,110

Hymenaeus: der Gott der Hochzeit. 1,563

Hymettius: Adjektiv zu Hymettus. 2,423

Hymettus: Berg in Attika, berühmt wegen seines Honigs und seines Marmors. 3,687

Iason: Sohn des Königs Aeson von Iolcus, wurde von seinem Oheim Pelias, der Aeson abgesetzt hatte, nach Kolchis geschickt, um das Goldene Vlies zu holen; Führer des Argonautenzuges. (2,381); 3,33

Icarus: Sohn des Daedalus, stürzte in das nach ihm benannte icarische Meer. 2,76; 93–95

Ida: Hoher Berg in der Mitte der Insel Kreta (hier wuchs Zeus auf). 1,289

Idaeus: Adjektiv zu Ida bei Troia; s. Ida. 1,684

Idalius: Adjektiv zu Idalium, Vorgebirge und Stadt auf Zypern mit Tempel und Hain der Venus. 3,106

Iliacus: troianisch; Adjektiv zu Ilion (Troia als Stadt des Ilus bzw. Iulus). 1,686

Ilias: die Ilias, das bekannte Gedicht Homers. 3,414

Ilios: die Stadt Troia. 1,363

Illyricus: aus der Landschaft Illyricum (zwischen dem adriatischen Meer und Pannonien) stammend. 2,658

Inachis: Tochter des Inachus, s. Io. 3,464

India: Indien. 1,190

Indus:

1. Inder. 1,53
2. der Fluss Indus. 3,130

Inous: Adjektiv zu Ino (s. unter Helle). 3,176

Io: Tochter des Inachus, Geliebte Iuppiters, als Isis vergöttlicht. 1,(77); 323; (3,393; 464; 635)

Iole: Tochter des Eurytus, des Königs von Oechalia, von Hercules entführt. 3,156

Ioniacus: ionisch. 2,219

Iphias: Euadne, Tochter des Iphis, stürzte sich bei der Bestattung ihres Gemahls Capaneus in den brennenden Scheiterhaufen. 3,22

Isis: ägyptische Göttin. (1,77; 3,393; 635)

Iudaeus: Jude. 1,76

Iuno: griech.: Hera; Tochter des Saturnus und der Rhea, Schwester und Gemahlin Iuppiters, Mutter des Vulcanus, des Mars und der Iuventa (Hebe); Himmelskönigin, Schützerin der Ehe, Hauptgegnerin des Aeneas. 1,625; 635; (2,217)

Iunonius: Adjektiv zu Iuno. 1,627

Iuppiter: griech.: Zeus; Sohn des Saturnus und der Rhea, Bruder und Gemahl der Iuno, Himmelsgott, auf Kreta oder in Arkadien geboren; entthront mit seinen Brüdern seinen Vater Saturnus, erhält durch Los die Herrschaft über Himmel und Erde; Vater des Mercur, der Minerva, des Bacchus, des Perseus, des Hercules, des Epaphus, des Amphion und des Zethos, des Minos, des Aeacus, Großvater der Niobe, des Peleus, der Chione, Urgroßvater des Aiax, des Ulixes, Stief- und Urgroßvater der Hebe. 1,78; 188; (324); 633; 636; 650; 651; 713 f.; 726; 2,38; 540; 623; 3,116; 379; 420; 654

Kalendae: der erste Tag des Monats. 1,405

Laodamia: Tochter des Acastus und Gemahlin des Protesilaus, den sie, als er von Hector getötet wurde, nicht überleben wollte. 2,356; (3,17 f.); 3,138

Latium: Landschaft in Italien (mit der Hauptstadt Rom). 1,202; 3,338

Latius: Adjektiv zu Latium. 1,414

Latmius: Adjektiv zu Latmus, Berg in Karien, auf dem Luna den schlafenden Endymion küsste. 3,83

Leandros: Geliebter der Priesterin Hero; um sie zu besuchen, musste er den Hellespont durchschwimmen. 2,249

Lebinthos: kleine Insel im Mittelmeer, jetzt Lévitha. 2,81

Leda: Tochter des ätolischen Königs Thestius, Schwester der Althaea, Gemahlin des Spartanerkönigs Tyndareos, Mutter der Clytaemnestra, gebar Iuppiter die Dioskuren Castor und Pollux sowie Helena; Iuppiter verführte sie als Schwan. 3,251

Lemnias: Bewohnerin der Insel Lemnos; die Lemnierinnen töteten in einer Nacht alle Männer. 3,672

Lemnos: Insel im Ägäischen Meer, Sitz des Gottes Vulcanus. 2,579

Lethaeus: zum Lethe-Strom (dem Fluss des Vergessens) gehörig. 3,340; 648

Liber: römisches Äquivalent für Bacchus, ursprünglich altitalischer Gott. 1,525; 3,101

Livia: die Porticus Livia ist nach ihrer Gründerin, der Gattin des Augustus, benannt. 1,72

Lucina: griech.: Ilithyia; Beiname der Iuno als römische Geburtsgöttin. 3,785

Luna: die Mondgöttin; mit Diana gleichgesetzt. 3,83

Lyaeus: Beiname des Bacchus (»der Lösende«). 3,645; 765

Lycoris: eigentlich Cytheris, Geliebte des Dichters Cornelius Gallus. 3,537

Lydius: lydisch; Adjektiv zu Lydien, einer Landschaft im westlichen Kleinasien. (1,112)

Lyrnesis: Einwohnerin der Stadt Lyrnessos, hier Briseïs, die Gefangene Achills. 2,403; 711

Machaonius: Adjektiv zu Machaon, dem berühmten Arzt in der Ilias. 2,491

Maeonius: lydisch (der »lydische Dichter« ist Homer). 2,4

(Marcellus): Porticus Octaviae, geweiht von Augustus' Schwester Octavia zu Ehren ihres Sohnes Marcellus. 1,69

Mars: griech.: Ares; Kriegsgott, Sohn Iuppiters und Iunos, Geliebter der Venus, der Mutter Amors. 1,203; 212; 333; 406; 2,562 f.; 569; 588

Marsus: marsisch; die Marser im Hinterland von Latium waren bekannt als Zauberer und Schlangenbeschwörer. 2,102

Mavors: altertümliche Namensform von Mars. 2,585

(Medea): Medea, Iasons Gattin, tötete ihre eigenen Kinder aus Eifersucht auf Iasons neue Verlobte Crëusa und schenkte dieser ein vergiftetes Kleid, in dem sie qualvoll verbrannte. 1,336

Medeïs, -ïdis: weibliches Adjektiv zu Medea, der Zauberin. 2,101

Medusa: bekannteste der drei Gorgonen, Tochter des Phorcys, von Perseus enthauptet. 2,309

Megara: Stadt in Megaris (westlich von Attika), (2,421)

Memphiticus: Adjektiv zu Memphis; ägyptisch. 1,77

Menandros: Menander, der berühmteste Dichter der neuen griechischen Komödie. (3,332)

Menelaus: Sohn des Atreus, jüngerer Bruder des Agamemnon, König von Sparta, Gemahl der Helena. (1,687); 2,359; 361; 3,253

(Mercurius): Mercur, der Gott des Handels, ist in 2,585 mit *aliquis* gemeint

Methymna: Stadt auf Lesbos mit berühmtem Wein. 1,57

Milanion: Gemahl der Atalanta (der Tochter des Iasos), das Beispiel für besonders entsagungsvollen Liebesdienst (Properz 1,1,9). 2,188; 3,775

Mimallonides: die Bacchantinnen. 1,541

Minerva: griech.: Pallas Athene; Tochter Iuppiters, Göttin der Künste und der Wissenschaften, Schutzgöttin von Athen und Attika. 2,659

Minois: Tochter des Minos: Ariadne. 1,509

Minos: König von Kreta, Sohn Iuppiters und der Europa, Gemahl der Pasiphaë, Vater des Androgeos und der Ariadne. 1,302; 309; 2,21; 25; 35; 52 f.; 97

(Minotaurus): ein Ungeheuer, halb Stier, halb Mensch; Sohn der Pasiphaë. 2,23 f.

Mulciber: Beiname des Schmiedegottes Vulcanus, des Gemahls der Venus. 2,562; 577

Musa: Muse; die Musen sind die Töchter Iuppiters und der Mnemosyne und die Göttinnen der »musischen« Künste. (1,27); 2,279; 704; 3,(168); 330; (348); 412; 468; 790

Myron: großer griechischer Bildhauer, Mitte 5. Jh. v. Chr. 3,219

Myrrha: liebte ihren Vater Cinyras und wurde in die Myrrhe verwandelt (Ovid, *Met.* 10,298 ff.). 1,285
Mysus: Adjektiv zu Mysien, Landschaft in Kleinasien am Hellespont und am Ägäischen Meer. 3,196

Naïas: Najade, Wassernymphe. 2,110
Naïs: s. Naïas. 1,732
Naso: Ovids Beiname. 2,744; 3,812
Naxos: die größte Kykladeninsel im Ägäischen Meer. 2,79
Nemesis: Geliebte Tibulls. 3,536
(Nephele): Gattin des Athamas, die nach ihrem Tode als Wolkengöttin ihre Kinder Phrixus und Helle auf einem Widder mit goldenem Vlies entrückte, um sie vor der Verfolgung durch deren Stiefmutter Ino zu bewahren. 3,175
Neptunus: griech.: Poseidon; Sohn des Saturnus, Bruder Iuppiters und Plutos; Beherrscher des Meeres und der Gewässer. 1,333; 2,587
Nestor: König von Pylos in Argolis, Sohn des Neleus, Bruder des Periclymenus, Teilnehmer an der kalydonischen Jagd; ältester und weisester Grieche vor Troia. 2,736
Niliacus: Adjektiv zu Nilus. 3,318
**Nireus:* nach Homer der schönste der Griechen vor Troia. 2,109
Nisus: König von Megara, Vater der Scylla. 1,331
Nonacrinus: Adjektiv zu Nonacris, Stadt im nördlichen Arkadien; arkadisch. 2,185
Notus: Südwind. 1,634; 2,432
**Novem Viae:* s. die Anmerkung zu 3,37
Numida: Numider, numidisch, afrikanisch. 2,183
Nyctelius: Beiname des Bacchus (»der Nächtliche«). 1,567
Nympha: Nymphe, Wasser- oder Baumgottheit. 3,178

(Octavia): Schwester des Augustus, s. die Anmerkungen zu 1,69 f.; 3,391
Odrysius: Adjektiv zu Odrysae, einer großen thrakischen Völkerschaft; thrakisch. 2,130
Oeclides: der Seher Amphiaraus, Sohn des Oecles, nahm gegen seinen Willen am Zug der Sieben gegen Theben teil und wurde, als Pericly-

menus ihn verfolgte, auf Befehl des Zeus mit Rossen und Streitwagen von der Erde verschlungen und unsterblich gemacht. 3,13

(Omphale): lydische Königstochter, bei der Hercules in Frauenkleidern diente. 2,221

Oriens: der Orient. 1,178

Orīon: ein riesenhafter Jäger, der als Sternbild an den Himmel versetzt wurde; der Name seiner schönen, hochmütigen Gattin Side (überliefert bei Apollodor 1,4,3) beruht bei Ovid auf Konjektur. 1,731; 2,56

Orpheus: Sohn Apollons (oder des thrakischen Königs Oeagrus) und der Muse Calliope; berühmter Sänger. 3,321

Paean: der Arzt der Götter, auch Beiname Apollons; metonymisch: Siegesgesang. 2,1 (zweimal)

**Pagasaeus:* Adjektiv zu Pagasae, Seestadt in Thessalien, nahe der Hauptstadt Iolcos. Dort wurde die Argo erbaut. Alcestis, die Tochter des dortigen Königs Pelias und als Gattin Admets (der ebenda König wurde), bezeichnet Ovid als *coniunx Pagasaea.* 3,19

Palaestinus: in Palästina wohnend. 1,416

Palatia: poetischer Plural von *Palatium*; der Palatin, einer der 7 Hügel Roms. 1,105; 3,119; Stätte des von Augustus erbauten Apollontempels. 3,389

Palladius: Adjektiv zu Pallas, der die Olive heilig war. 1,727

Pallas: poetischer Beiname der Minerva (Athene). 1,625; 692; 745; 2,518; 3,506

Paphius: Adjektiv zu Paphos. 3,181

Paraetonius: Adjektiv zu Paraetonium; ägyptisch. 3,390

Paris: Sohn des Priamus und der Hecuba; ungetreuer Geliebter der Oenone (vgl. Ovids 5. *Heroide*) und Entführer der Helena (16. und 17. *Heroide*). 1,(54); 247; (625 f.); 2,5; 360; 3,254

Paros: Kykladeninsel in der Ägäis mit berühmten Steinbrüchen. 2,80

Parthus: Parther, orientalische Völkerschaft, gefürchtete Reiter und Bogenschützen. 1,179; 201; 209; 211 f.; 2,175; 3,248 (adjektivisch); sie saßen rückwärtsgewandt auf ihren Pferden und schossen im Fliehen: 3,786

Pasiphaë: Gattin des Kreterkönigs Minos, verliebte sich in einen Stier und wurde Mutter des Minotaurus, der halb Mensch, halb Stier war. 1,295; 303; (2,23)

Pelasgus: Adjektiv zu Pelasgi, den ältesten Bewohnern Griechenlands in Thessalien und Epirus; griechisch. 2,421; auf das Zeusorakel von Dodona bezogen: 2,541

Pelias: die ›pelische Lanze‹ des Achilles war auf dem Berg Pelion geschlagen worden. 1,696

Pelops: Sohn des Tantalus, Bruder der Niobe, Vater des Thyestes und des Atreus, von seinem Vater den Göttern als Mahlzeit vorgesetzt. (2,7)

Penelope: die treue Gemahlin des Ulixes (Odysseus); vgl. Ovids 1. *Heroide.* 1,477; 2,355; 3,15

Penthesilea: Königin der Amazonen. 3,2

Pergama: Pergamon (hier dichterischer Plural), die Burg von Troia. 1,478; 2,139

Perillus: athenischer Künstler, der für den Tyrannen Phalaris in Agrigent einen hohlen ehernen Stier schuf, in dem Verbrecher gebraten werden sollten. Phalaris ließ ihn sein Werk selbst einweihen. 1,653

Perseus: Befreite in Aethiopien (Ovid übertreibend: Indien) die Andromeda, die einem Meerungeheuer zum Fraß vorgesetzt war, und heiratete sie. 1,53; (2,643 f.)

Persis: Persien. 1,225; persisch (weibl. Adjektiv). 1,172

Phaedra: Tochter des Minos auf Kreta, Schwester der Ariadne und zweite Gemahlin des Theseus. Sie versuchte vergeblich, ihren Stiefsohn Hippolytus zu verführen, verleumdete ihn dann und verursachte so seinen Tod (Ovid, 4. *Heroide*). 1 (338); 511; 744

Phalaris: Tyrann in Agrigent auf Sizilien. 1,653 (s. auch Perillus)

Pharius: Adjektiv zu Pharos; ägyptisch; der »pharische Fisch« ist bisher unerklärt. 3,270 (vielleicht ist *vestis* zu konjizieren: ein weißes Leinengewand passt zu dunkler Haut); die »pharische Kuh« ist Io/Isis: 3,635

Phasias: die Frau vom georgischen Fluss Phasis ist Medea. 2,103; 382

**Phasis:* s. *Phasias.* 3,33

Pheraeus: Adjektiv zu Pherae, einer bedeutenden Stadt in Thessalien unweit des Meeres, in der Admet König war. 2,239

Pheretiades: Sohn des Pheres, Admet. 3,19

(Philetas): elegischer Dichter von der Insel Kos, geb. um 320 v. Chr., Erzieher des Ptolemaeus Philadelphus, Vorbild des Properz. 3,329

Phillyrides: Sohn der Phillyra, der Centaur Chiron, Achills Lehrer. 1,11

Phineus: König in Thrakien (nach anderen Quellen: Arkadien); weil er seine unschuldigen Söhne aufgrund einer Verleumdung ihrer Stiefmutter Harpalyce blenden ließ, ist er mit Blindheit geschlagen; die Harpyien hindern ihn am Essen. 1,339

Phoebe: Eine der beiden Töchter des Leucippus, die von Castor und Pollux geraubt wurden. 1,679

Phoebëus: Adjektiv zu Phoebus. 3,789

Phoebus: griech.: »der Strahlende«; Beiname Apollons; s. Apollo. 1,25; 330; 745; 2,241; 509 (zweimal); 697; 3,119; 142; 347; 389

Phoenix: Sohn des thessalischen Königs Amyntor, wies die Liebesanträge seiner Stiefmutter zurück, wurde von ihr verleumdet und von seinem Vater geblendet. 1,337

(Phraates): Name mehrerer parthischer Könige. 1,198

Phrixos: s. Nephele. 3,175; 336

Phrygius: phrygisch, troianisch; Adjektiv zu Phrygien, einer Landschaft im mittleren westlichen Kleinasien, gelegentlich dem Gebiet um Troia gleichgesetzt. 1,54; 508; 625; 2,714

Phylacides: Protesilaus; Sohn des Phylacus, des Gründers von Phylake. 2,356; 3,17

Phylleïus: 3,783

Phyllis: Tochter des Königs Sithon in Thrakien, die den von Troia zurückkehrenden Demophoon aufnahm und liebte. Als er entgegen seinem Versprechen nicht zu der bestimmten Zeit zurückkehrte, erhängte sie sich und wurde in einen Mandelbaum verwandelt (Ovid, 2. *Heroide*). 2,353; 3,38; 460

Pierides: Pieriden; Töchter des Pieros, Bezeichnung für die Musen. 3,548

Pirithous: Lapithenkönig, treuer Freund des Theseus. 1,744

Pliades: das Siebengestirn, das Sternbild der Plejaden; mit ihrem Frühuntergang ließ man den Winter beginnen. 1,409

Podalirius: Sohn des Aesculap, berühmter Arzt. 2,735

Pompeius: Adjektiv: von Pompeius gestiftet (seine Säulenhalle). 1,67; 3,387

Priamëis: Cassandra als Tochter des Priamus; s. Cassandra. 2,405

Priamëius: von Priamus stammend, hier: Paris. 2,5

Priamides: s. Priamëius. 3,759

Priamus: letzter König von Troia, Sohn des Laomedon, Gemahl der Hecuba, Vater u. a. des Hector und der Cassandra. 1,441; 685; 3,440

(Procne): s. die Anmerkung zu 2,383 f.

Procris: Gattin des Atheners Cephalus. 3,686; 701; 714; 727

Propertius: elegischer Dichter, etwas älterer Zeitgenosse und Freund Ovids. 3,333; (536)

Proteus: wandlungsfähiger Meergreis mit der Gabe der Weissagung. 1,761

Pthia (diese Schreibung ist im Lat. korrekter als Phthia): Nebenfrau Amyntors. 1,337

Pudor: Scham, Schamgefühl (personifiziert). 1,608

Pylades: der treue Freund des Orest. 1,745

Rhesus: Thrakerkönig, Bundesgenosse der Troianer, von Ulixes und Diomedes bei Nacht ermordet und seiner Rosse beraubt. 2,(130); 137; 140

Rhodopëius: vom thrakischen Rhodopegebirge kommend: Orpheus. 3,321

Roma: Rom; Hauptstadt von Latium und des römischen Reiches. 1,55; 59; 3,113; 337

Romanus: römisch, der Römer; Adjektiv bzw. Substantiv zu Roma. 1,209; 459

Romulus: Sohn des Mars und der Vestalin Ilia (Rhea Silvia), der Tochter Numitors, Zwillingsbruder des Remus, Gründer Roms, später zum Gotte Quirinus erhoben. 1,101; 131

Sabina: Sabinerin; Mitglied des altitalischen Stammes der Sabiner, der Grenznachbarn der Römer. 1,102

Sacra Via: die heilige Straße in Rom, beim *Sacellum Streniae* beginnend, auf der Burg endend. 2,266

Samos:

1. Insel im icarischen Meer nahe der ionischen Küste, Ephesus gegenüber; wichtigster Kultort der Hera (Iuno). 2,79

2. *Thrëicia Samos*: Samothrake, Insel im Ägäischen Meer an der Küste Thrakiens (gegenüber der Mündung des Hebrus) mit den Mysterien der Kabiren (der »großen Götter«). 2,602

Sappho: berühmte lyrische Dichterin aus Mytilene auf Lesbos (um 600 v. Chr.). 3,331

Satyri: Gefährten des Bacchus mit spitzen Ohren, Pferdeschwanz und (später) auch mit Bocksfüßen. 1,542; 548; 3,157

Scipio: Africanus maior, großer römischer Feldherr, verherrlicht von dem Dichter Ennius. 3,410

Scylla: sie verschmäht die Liebe des Meergottes Glaucus und wird von Circe in ein Ungeheuer mit Hunden am Unterleib verwandelt. (1,331)

Scyrias: Einwohnerin der Insel Scyros: die Königstochter Deidamia, die dem Achill den Neoptolemos gebar. 1,682

Semele: Tochter des Cadmus und der Harmonia, Geliebte Iuppiters, Mutter des Bacchus. 3,251

Seriphos: Kykladeninsel im Ägäischen Meer; dort wurde der Kasten mit Danaë und Perseus aufgefischt und dort wuchs Perseus auf; später kehrt Perseus mit Andromeda nach Seriphos zurück und versteinert dort den ungerechten Herrscher Polydectes. 3,192

**Side:* Gattin Orions. 1,731

Sidonis: Sidonierin (Phönizierin); gemeint ist Europa (s. diese). 3,252

Silenus: alter Erzieher und Begleiter des Bacchus, meist betrunken und auf einem Esel reitend. 1,543

Simoïs: Fluss bei Troia. 2,134

Sirenes: Sirenen; Töchter des Flussgottes Achelous und der Muse Melpomene, wohnen auf einer Insel im Mittelmeer. 3,311

Sisyphides: Sohn des Sisyphus, hier Odysseus, der angeblich nicht der leibliche Sohn des Laërtes war. 3,313

Sithonius: thrakisch; nach dem sagenhaften König Sithon, einem Sohn Neptuns und der Ossa; die Sithoner sind ein Volk im thrakischen Chersonnes. 2,137

Sol: der Sonnengott, der alles sieht. 2,573 (zweimal); 575

Spes: die personifizierte Hoffnung. 1,445

(Stesichorus): berühmter griechischer Lyriker um 600 v. Chr., der in einem Gedicht Helena angriff, dies aber später durch ein Lobgedicht (eine Palinodie) wiedergutmachte. 3,49 f.

Stygius: Adjektiv zu Styx. 2,41

Styx: Fluss in der Unterwelt, bei dem die Götter schworen. 1,635; 2,41; 3,14

Syrus: Bewohner Syriens, einer Landschaft am östlichen Mittelmeer zwischen Cilicien und Palästina. 1,76; 416

Talaïonius: von Talaus stammend, hier: seine Tochter Eriphyle. 3,13

Tantalus: König von Phrygien, Sohn Iuppiters, Vater des Pelops und der Niobe, Urgroßvater des Agamemnon; er wurde zur Tafel der Götter zugelassen, verriet aber ihre Geheimnisse und setzte ihnen seinen Sohn Pelops als Speise vor, um ihre Allwissenheit zu prüfen; zur Strafe muss er in der Unterwelt ewigen Hunger und Durst leiden. 2,606

Tartarëus: zur Unterwelt (dem Tartarus) gehörig. 3,322

Tatius: Titus Tatius, Sabinerkönig, Gegner des Romulus nach dem Raub der Sabinerinnen; regiert später gemeinsam mit ihm. 3,118

Tecmessa: Gattin des Aiax. 3,(111); 517; 519; (523)

Tegeaeus: Adjektiv zu Tegea, bedeutende Stadt in Arkadien; arkadisch; gemeint ist hier Callisto: 2,55

Teïus: von Teos stammend, einer Stadt in Ionien, gegenüber der Insel Samos: hier der Dichter Anakreon: 3,330

Telamonius: von Telamon stammend: dessen Sohn Aiax. 2,737

Thaïs: berühmte Hetäre in Athen. 3,604

Thalea: die Muse der komischen Dichtkunst. 1,264

Thamyras: thrakischer Dichter, der mit den Musen einen Wettstreit einging und nach seiner Niederlage geblendet wurde. 3,399

Thebaïs: Andromache, Hektors Gattin, stammte aus Thebe in der Troas (nahe der mysischen Grenze). 3,778

Therapnaeus: Adjektiv zu Therapnae, einer Stadt südöstlich von Sparta, dem Geburtsort der Helena. 3,49

Theseus: Hauptheld der Athener, Sohn des Aegeus, wächst bei seiner Mutter Aethra auf und wird als erwachsener Mann nach Athen geschickt (nach anderer Überlieferung ist Theseus der Sohn Neptuns). Er ist Gemahl der Phaedra und Vater des Hippolytus; er nimmt an der kalydonischen Jagd teil; er erschlägt den Minotaurus mit Hilfe der Ariadne, die er dann verlässt. 1,509; 531; 551; 3,35; 457

Theseüs: Adjektiv zu Theseus. 3,459

Thetis: Meernymphe; Tochter des Nereus und der Doris, Gemahlin des Peleus, Mutter des Achilles. (1,689)

**Thrace:* Thrakien, Landschaft zwischen Donau, Schwarzem Meer, Ägäischem Meer und Makedonien. Seit Homer ist Thrakien (früher Areia genannt) die Heimat des Kriegsgottes Ares (lat. Mars). 2,588

Thrasius: ein Seher aus Zypern, der den ägyptischen Herrscher Busiris zu seinem eigenen Unheil berät. 1,649

Threïcius: thrakisch; s. Thracius. Die *Threïcia lyra* ist die Lyra des Orpheus. 2,431; 602 (s. Samos 2.); 3,182

Thyestëus: Adjektiv zu Thyestes, s. die Anm. zu 1,327

Thyestiades: Sohn des Thyestes, Aegisthus, der Geliebte der Clytaemnestra (der Tochter des Tyndareos). 2,407

(Tiberinus): der Gott des Flusses Tiber. 3,386

Tibullus: römischer Ritter, ausgezeichneter römischer Elegiker, gest. um 19 v. Chr. 3,334; (536)

Tigris: einer der beiden großen Ströme Mesopotamiens. 1,224

Tiphys: berühmter Steuermann der Argo. 1,6,8

Tirynthius: Adjektiv zu Tiryns, einer Stadt in Argolis; Umschreibung für Hercules, der dort erzogen wurde. 1,187; 2,221

Troia: Hauptstadt der kleinasiatischen Landschaft Troas. 2,127; 133; 3,439

Troïcus: s. Troianus. 3,254

Tuscus: etruskisch. 1,111; der etruskische Strom: der Tiber. 3,386

Tyndaris: Clytaemnestra. 2,408

Tyrius: Adjektiv zu Tyros, phönizische See- und Handelsstadt, in der Purpur produziert wurde; daher: purpurfarben. 2,297 (zweimal); 3,170

Ulixes: griech.: Odysseus; König von Ithaka und den umliegenden Inseln, Sohn des Laertes, Gemahl der Penelope. 2,103; 123; 355; (3,15 f.)

Umber: Bewohner von Umbrien (italische Landschaft zwischen Rubikon, Nar und Tiber). 3,303

Urbs: die Stadt; gemeint ist Rom; s. Roma. 1,174; 3,633

Varro: P. Terentius Varro Atacinus, römischer Dichter im 1. Jh. v. Chr., Verfasser eines Argonautenepos. 3,335

Bibliographische Hinweise

Textausgaben, Kommentare und Übersetzungen

Gesamtausgaben

Franciscus Puteolanus. Bonn 1471.
Io. Andreas, Bischof von Aleria. Rom 1471/72.
Heinsius, N. Amsterdam: Blaeu, 1652. ²1658–61.
Ehwald, R. / Levy, F. [d. i. F. W. Lenz]. 3 Bde. Leipzig: Teubner, 1888–1924.
Palmer, A. / Edwards, G. M. / Davies, G. A. / Owen, S. G. / Housman, A. E. / Postgate, J. P. In: Corpus poetarum Latinorum. Bd. 1. London, 1894. – Sept.-Ausg. London 1898.
Showerman, G. / Goold, G. P. 6 Bde. Cambridge (Mass.): Loeb, 1977–79. [Text, Übersetzung, Kommentar.]

Ovids Liebesdichtungen

Kenney, E. J.: Ovid. Amores, Medicamina Faciei Femineae, Ars Amatoria, Remedia Amoris. Oxford: Clarendon Press, 1961. ²1994.
Marnitz, V. v.: Ovid. Die erotischen Dichtungen. Deutsche Gesamtausgabe. Übertr. von V. von Marnitz. Mit einer Einf. von W. Stroh. Stuttgart: Kröner, ³2001.
Ramírez de Verger, A.: Carmina amatoria. Amores, Medicamina faciei femineae. Ars amatoria. Remedia amoris. München/Leipzig: Saur, 2003. ²2006. – Dazu J. A. Richmond in: Gnomon 76 (2004) S. 711–713.

Ars amatoria

Brandt, P.: P. Ovidi Nasonis De arte amatoria libri tres. Leipzig: Teubner, 1902. [Text und Kommentar.]
Marchesi, C.: P. Ovidi Nasonis Artis amatoriae libri tres. Turin: Paraviae et sociorum, ²1933. [Text.]
Lenz, F. W.: Ars amatoria, cum appendice ad Remedia pertinente. Turin: Mediolani, Patavii, 1969. [Text.]

Hertzberg, W. A. B.: Ovid, Liebeskunst. Stuttgart: Metzler 1854. Bearb. F. Burger (1923), München [12]1976. [Beste Versübersetzung.]
Hollis, A. S.: Ovid. Ars Amatoria. Book I. Oxford: Clarendon Press, 1977. [Text und Kommentar.]
Piazzola, E.: Ovidio. L'arte di amare. Milano: Garzanti, 1991. [Text, Übersetzung und Kommentar von G. Baldo, L. Cristante, E. Pianezzola.]
Janka, M.: Ovid. Ars Amatoria. Buch II. Kommentar. Heidelberg: Winter, 1997.
Holzberg, N.: P. Ovidius Naso. Liebeskunst. Ars amatoria. Heilmittel gegen die Liebe. Remedia amoris. Lat./Dt. Hrsg. und übers. Düsseldorf: Artemis, [4]1999.
Michie, J.: The Art of Love by Ovid. Lat./Engl. New York: Modern Library, 2002. [Mit einer Einführung von D. Malout.]
Gibson, R.: Ovid. Ars Amatoria. Book III. Cambridge [u. a.]: Cambridge U. P. 2003.
Holzberg, N.: P. Ovidius Naso. Ars amatoria. Liebeskunst. Lat./Dt. Berlin: Artemis & Winkler, 2011.

Konkordanz

Deferrari, R. J. / Barry, M. I. / McGuire, M. R. P.: A Concordance of Ovid. Washington (D. C.): The Catholic University, 1939. [Reprogr. Nachdr. Hildesheim: Olms, 1968.]

Bibliographien und Forschungsberichte

Martini, E.: Einleitung zu Ovid. Prag 1933.
Kraus, W.: Ovid. Forschungsbericht seit 1942. I,1. In: Anzeiger für die Altertumswissenschaft 11 (1958) S. 129–146.
I,2. In: Anzeiger für die Altertumswissenschaft 16 (1963) S. 1–14.
I,3. In: Anzeiger für die Altertumswissenschaft 18 (1965) S. 193–208.
Gariépy, R. J.: Recent Scholarship on Ovid (1958–1968). In: Classical World 64 (1970) S. 37–56. – Abgedr. in: The Classical World Bibliography of Roman Drama and Poetry and Ancient Fiction, with a New Introduction by W. Donlan. New York / London 1978. S. 171–192.

Albrecht, M. v.: Ovid. Zweiter Bericht. II,1. In: Anzeiger für die Altertumswissenschaft 25 (1972) S. 55–76.
II,2. Ebd. S. 267–290.
II,3. In: Anzeiger für die Altertumswissenschaft 26 (1973) S. 129–150.

Pasqualetti, O. / Manzo, A.: Rassegna critica di bibliografia ovidiana. In: Aevum 47 (1973) S. 305–317.

Coletti, M. L.: Rassegna bibliografico-critica degli studi sulle opere amatorie di Ovidio dal 1958 al 1978. In: Aufstieg und Niedergang der römischen Welt. Hrsg. von H. Temporini und W. Haase. Bd. II,31,4. Berlin / New York 1981. S. 2385–2435.

Myers, S.: The Metamorphosis of a Poet. Recent Work on Ovid. In: Journal of Roman Studies 89 (1999) S. 190–204.

Ariemma, E. M.: Il punto sull'*Ars amatoria* di Ovidio (1991–2000). In: Bolletino di Studi Latini 31 (2001) S. 579–599.

Schmitzer, U.: Neue Forschungen zu Ovid. [Regelmäßig in:] Gymnasium [Beispielsweise:] Tl. I.: 109 (2002) S. 143–166. Tl. II: 110 (2003) S. 147–181. Tl. III: 114 (2007) S. 149–179. [Ferner im Internet unter seinem Namen und auch UB Heidelberg online.]

Literaturauswahl zu Ovid allgemein

Albrecht, M. v.: Das Buch der Verwandlungen. Ovid-Interpretationen. Düsseldorf 2000.

– Ovid. Eine Einführung. Stuttgart 2003.

– / Zinn, E. (Hrsg.): Ovid. Darmstadt 1968.

Auhagen, U.: Rhetoric and Ovid. In: W. Dominik / J. Hall (Hrsg.): A Companion to Roman Rhetoric. Oxford 2007. S. 413–424.

Ax, W.: Die Stadt Rom bei Vergil und Ovid. In: V. Coroleu Oberparleiter / I. Hohenwallner / R. Kritzer (Hrsg.): Bezugsfelder. Festschrift für G. Petersmann. Salzburg 2007. S. 89–105.

Barchiesi, A.: The Poet and the Prince. Ovid and Augustan Discourse. Berkeley 1997.

Barsby, J.: Ovid. Oxford 1978.

Binns, J. W. (Hrsg.): Ovid. London 1973.

Boyd, B. W. (Hrsg.): Brill's Companion to Ovid. Leiden 2002.

Chevallier, R. (Hrsg.): Colloque Présence d'Ovide. Paris 1982.
Döpp, S.: Virgilischer Einfluss im Werk Ovids. Diss. München 1968.
– Werke Ovids. Eine Einführung. München 1992.
Fränkel, H.: Ovid, a Poet between Two Worlds. Berkeley / Los Angeles 1945. – Dt.: Ovid. Ein Dichter zwischen zwei Welten. Aus dem Amerik. übers. von K. Nicolai. Darmstadt 1970.
Frécaut, J.-M.: L'esprit et l'humour chez Ovide. Grenoble 1972.
– / Porte, D. (Hrsg.): Journées ovidiennes de Parménie. Actes du colloque sur Ovide. Brüssel 1985.
Frings, I.: Das Spiel mit den eigenen Texten. Wiederholung und Selbstzitat bei Ovid. München 2005. [Beispielsweise S. 163–210 über das Fortwirken der elegischen Dichtungen in den Metamorphosen.] – Dazu: P. E. Knox in: Gnomon 80 (2008) S. 357–358.
Galinsky, K.: Was Ovid a Silver Latin Poet? In: Illinois Classical Studies 14 (1989) S. 69–88.
– Augustan Culture. An Interpretive Introduction. Princeton 1996.
– (Hrsg.): The Cambridge Companion to the Age of Augustus. Cambridge 2005.
Gallo, I. / Esposito, P. (Hrsg).: Ovidio: da Roma all'Europa. Neapel 1998.
Giebel, M.: Ovid. Reinbek b. H. 1991.
Hardie, P. R.: Ovid's Poetics of Illusion. Cambridge 2002.
– (Hrsg.): The Cambridge Companion to Ovid. Cambridge 2002.
Herescu, N. I. (Hrsg.): Ovidiana. Recherches sur Ovide, publiées à l'occasion du bimillénaire de la naissance du poète. Paris 1958.
Hinds, S.: Generalizing about Ovid. In: Ramus 16 (1987) S. 4–31.
Holzberg, N.: Ovid. Dichter und Werk. München 1997.
– Ovid. München 1997. [2]1998.
– Ovid – ein Dichter zwischen den Texten. In: Bayerische Akademie der Schönen Künste. Jahrbuch 12 (1998) S. 426–455.
Janka, J. / Schmitzer, U. / Seng, H. (Hrsg.): Ovid. Werk – Kultur – Wirkung. Darmstadt 2007.
Kenney, E. J.: Ovid's Language and Style. In: B. W. Boyd (Hrsg.): Brill's Companion to Ovid. Leiden 2002. S. 27–89.
Knox, P. E. (Hrsg.): Oxford Readings in Ovid. Oxford 2006.
– A Companion to Ovid. Malden (Chichester) 2009.

Kraus, W.: Ovidius Naso. In: Paulys Realencyclopädie der classischen Altertumswissenschaft. Bd. 18,2. Stuttgart 1942. Sp. 1910–1986. – Ern. und erg. in: M. v. Albrecht / E. Zinn (Hrsg.): Ovid. Darmstadt 1968. S. 67–166.

Martelli, F. K. A.: Ovid's Revisions. The Editor as Author. Cambridge 2013. [Dazu L. Aresi in: Gnomon 2015, S. 421–420.]

Pianezzola, E.: Ovidio. Modelli retorici e forma narrativa. Bologna 1999.

Quinn, K.: The Poet and his Audience in the Augustan Age. In: Aufstieg und Niedergang der römischen Welt. II.30,1. S. 75–180.

Rosati, G.: L'esistenza letteraria. Ovidio e l'autocoscienza della poesia. In: Materiali e discussioni per l'analisi dei testi classici 2 (1979) S. 101–136.

Scheithauer, A.: Verfeinerte Lebensweise und gesteigertes Lebensgefühl im augusteischen Rom. Urbanitas mit den Augen Ovids gesehen. Frankfurt a. M. 2007.

Schmitzer, U.: Ovid. Hildesheim 2001.

Schubert, W.: Die Mythologie in den nicht mythologischen Dichtungen Ovids. Frankfurt 1992.

– (Hrsg.): Ovid. Werk und Wirkung. 2 Bde. Frankfurt a. M. 1999.

Stroh, W.: Ovid im Urteil der Nachwelt. Darmstadt 1969.

– [Mehrere Kapitel in:] R. von den Hoff / W. Stroh, / M. Zimmermann (Hrsg.): Divus Augustus. Der erste römische Kaiser und seine Welt. München 2014. [Bes. S. 204–213; S. 247–267.]

Syme, R.: History in Ovid. Oxford 1978.

Thibault, J. C.: The Mystery of Ovid's Exile. Berkeley 1964.

Viarre, S.: Ovide. Essai de lecture poétique. Paris 1976.

Volk, K.: Ovid. Malden 2010. [Empfehlenswert.] – Dt.: Ovid: Dichter des Exils. Darmstadt 2012. [Darin besonders: Liebesdichtung, S. 16–20. Die Elegie, S. 48–66. Die Kunst der Täuschung, S. 96–101. Die Frauen, S. 102–117.]

Wilkinson, L. P.: Ovid Recalled. Cambridge 1955. [Nachdr. 1974.]

Zur *Ars Amatoria*

Abbott, R.: Ovid, Poet of Immortality and Non-conformity. In: Pegasus 5 (1966) S. 3–9.

Albrecht, M. v.: »Epische« und »elegische« Erzählung: Ovids zwei Daedalus-Fassungen. Dichtung in psychologischer und universaler Dimension. In: M. v. A.: Römische Poesie. Texte und Interpretationen. Heidelberg 1977. S. 63–79. [Erw. Ausgabe Tübingen 1995.]

– Pouchkine critique de l'Art d'aimer. In: A. Thill (Hrsg.): L'Élégie romaine, enracinement, thèmes, diffusion. Actes du Colloque international organisé par la Faculté des lettres et sciences humaines de Mulhouse en mars 1979. Paris 1980. S. 213–219.

– Liebe und Lehre: Torquato Tasso, Goethe und Puschkin als Leser und Kritiker der Liebeslehre Ovids. In: M. v. A.: Rom: Spiegel Europas. Heidelberg 1988. Tübingen ²1998. S. 493–514.

– *De recentioris aetatis poetis Torquato Tasso, Wolfgango Goethe, Alexandro Puschkin Artis amatoriae Ovidianae imitatoribus atque censoribus*, In: M. v. A.: Scripta Latina. Frankfurt a. M. 1989. S. 71–89.

– Ovid. Eine Einführung. Stuttgart 2003. S. 65–84.

Alfonsi, L.: Ovidio e Menandro. In: Aegyptus 40 (1960) S. 73–76. [Zu *ars* 3,332.]

Allen, P. L.: The Art of Love. Amatory Fiction from Ovid to the Romance of the Rose. Philadelphia 1992.

Allen, W.: Ovid's *cantare* and Cicero's *cantores Euphorionis*. In: Transactions and Proceedings of the American Philological Association 103 (1972) S. 1–14.

Ashton, J. W.: The Fall of Icarus. In: Philological Quarterly 20 (1941) S. 345–351.

Barsby, J.: Ovid. Oxford 1978.

Binnicker, C. M.: Didactic Qualities of Ovid's *Ars amatoria*. Diss. Chapel Hill 1967. [Zsfassung in: Dissertation Abstracts 28 (1968) 4612 A.]

Bloch, I. (Hrsg.): Handbuch der gesamten Sexualwissenschaften in Einzeldarstellungen. Bd. 1,1: I. B.: Die Prostitution. Berlin 1912.

– / Loewenstein, G. (Hrsg.): Handbuch der gesamten Sexualwissenschaften in Einzeldarstellungen. Bd. 2,1: I. B.: Die Prostitution. Berlin 1925.

Bonjour, M.: *Nunc aurea Roma est.* À propos d'une image ovidienne. In: A. Thill (Hrsg.): L'Élégie romaine, enracinement, thèmes, diffusion. Actes du Colloque international organisé par la Faculté des lettres et sciences humaines de Mulhouse en mars 1979. Paris 1980. S. 201–230.

Braun, R.: Diogène le cynique et le credo d'Ovide. In: Annales de la Faculté des lettres et sciences humaines de Nice 1979. Bd. 35. Nizza 1979. S. 223–233.

Cataudella, Q.: *Initiamenta amoris.* In: Latomus 33 (1974) S. 847–857.

Citroni, M.: Ovidio, *Ars* 1,3–4, e Omero, *Iliade* 23,315–318: L'analogia tra le Artes e la fondazione del discorso didascalico. In: Studi in onore di A. Barigazzi. Bd. 1. Rom 1986. S. 157–167.

Dan, A.: Les lieux de plaisir dans la Rome d'Ovide. In: P. Galand-Hallyn / C. Lévy / W. Verbaal (Hrsg.): Le plaisir dans l'antiquité et à la renaissance. Turnhout 2008. S. 45–112.

Daujotas, G. A.: Cogis artem amatoriam dando tempusque locumque. La construcción de la identidad de un novus homo. In: Revista de estudios clásicos 31 (2003) S. 41–67.

D'Elia, S.: Echi del *De officiis* nell'*Ars amatoria.* In: Atti del 1. Congresso Internazionale di Studi Ciceroniani (Rom 1959). Bd. 2. Rom 1961. S. 127–140.

De Martino, F.: Un proemio secondo e le due palinodie di Stesicoro. In: Belfagor 35 (1980) S. 72–77.

Dimundo, R.: L'arte della seduzione e il doctus amator ovidiano (Ov., *Ars* 1,1–34). In: Bollettino di Studi Latini 30 (2000) S. 19–36.

– Ovidio. Lezioni di amore. Saggio commento al I Libro dell'*Ars amatoria.* Bari 2003.

Dronke, P.: Pseudo-Ovid, *Facetus* and the Arts of Love. In: Mittellateinisches Jahrbuch 11 (1976) S. 126–131.

Dunsch, B.: Regere oder movere? Textkritische und exegetische Untersuchungen zu Ovid, *Ars amatoria* 1,1–10. In: Hermes 135 (2007) S. 314–335.

Dürling, R. M.: Ovid as *praeceptor amoris.* In: Classical Journal 53 (1958) S. 157–167.

Edwards, W. M.: The Ram and Cerberus (Ovid, *Ars am.* 3,173–178; *Met.* 7,408 f.). In: Classical Review N. S. 3 [67] (1953) S. 142–144.

Effe, B.: Dichtung und Lehre. Untersuchungen zur Typologie des antiken Lehrgedichts. München 1977.

Erbse, H.: Sokrates und die Frauen. In: Gymnasium 73 (1966) S. 201–220.

Fischer, K.-D.: Lucretius 4,1201 ff., and Ovid, *Ars Amatoria* 2,484. In: Papers of the Liverpool Latin Seminar 3 (1981) S. 417 f.

Fontenrose, J.: Ovid's Procris. In: Classical Journal 75 (1980) S. 289–294.

Frécaut, J.-M.: Une scène ovidienne en marge de l'Odyssée: Ulysse et Calypso (*Art d'aimer* II,123–142). In: H. Zehnacker / G. Hentz. Hommages à R. Schilling. Paris 1983. S. 287–295.

Friedländer, L. / Wissowa, G.: Darstellungen aus der Sittengeschichte Roms in der Zeit von Augustus bis zum Ausgang der Antonine. 4 Bde. Leipzig 1922/23.

Gaiser, K.: Für und wider die Ehe. München 1974. [Mit reicher Literatur.]

– [u. a.]: Erotik in der Antike (Vorlesungsreihe Tübingen, Sommersemester 1975). [Folgende Auszüge daraus in:] Tübinger Forschungen. Beilage zum »Schwäbischen Tagblatt«, Tübingen, Juli 1975: K. Gaiser: Hausregeln für das Leben von Mann und Frau im Späthellenismus. S. 1–4. H. Cancik: Die gesellschaftlichen Bedingungen der römischen Erotik. S. 4 f.

Garzya, A.: Ovide, Nicéphore Basilakès et le mythe de Pasiphaé. In: Latomus 26 (1967) S. 477–479.

Gibson, R.: Meretrix or Matrona? Stereotypes in Ovid, *Ars Amatoria* 3. In: Papers of the Leeds Latin Seminar 10 (1998) S. 295–312.

Giebel, M.: Wer denkt an die Wolle? Adressatenvielfalt in Ovids *Ars amatoria*. In: W. Schubert (Hrsg.): Ovid. Werk und Wirkung. Frankfurt a. M. 1999. S. 245–254.

Gladigow, B.: Ahnenkult und Sakralrecht in der römischen Familie, Ehe und Erotik im Rahmen sakraler und sozialer Institutionen. In: Würzburger Jahrbücher N. F. 2 (1976) S. 105–118.

Glier, I.: Artes amandi. Untersuchungen zu Geschichte, Überlieferung und Typologie der deutschen Minnereden. München 1971.

Goold, G. P.: Amatoria critica. In: Harvard Studies in Classical Philology 69 (1965) S. 1–107.

Green, P.: The Innocence of Procris. Ovid, *Ars amatoria* 3,687–764. In: Classical Journal 75 (1979) S. 15–24.

Grimal, P.: L'amour à Rome. Paris 1963.

– Ovide et Properce. Notes au livre III de l'*Ars amatoria*. In: Filologia e forme letterarie. Studi offerti à F. Della Corte. Urbino 1988. Bd. 2. S. 189–200.

Häußler, R.: Rund ums Dreieck. Ovid über Mars, Venus und Vulcanus. In: W. Schubert (Hrsg.): Ovid. Werk und Wirkung. Frankfurt a. M. 1999. S. 205–236.

Heftberger, A.: Bemerkungen zur Bildersprache Ovids. In: R. Muth (Hrsg.): Serta philologica Aenipontana 2. Innsbruck 1972. S. 65–82, 107–150.

Heinze, R.: Ovids elegische Erzählung. In: Berichte über die Verhandlungen der Sächsischen Akademie der Wissenschaften zu Leipzig. Philologisch-historische Klasse 71. H. 7. Leipzig 1919. – Abgedr. in: E. Burck (Hrsg.): R. Heinze: Vom Geist des Römertums. Darmstadt [3]1960. S. 308–403.

Heldmann, K.: *Ovidius amoris artifex. Ovidius praeceptor Amoris*. In: Museum Helveticum 38 (1981) S. 162–166.

– Schönheitspflege und Charakterstärke in Ovids Liebeslehre. Zum Proömium der *Medicamina faciei*. In: Würzburger Jahrbücher N. F. 7 (1981) S. 153–176.

– Dichtkunst oder Liebeskunst? Die mythologischen Erzählungen in Ovids *Ars amatoria*. Göttingen 2001.

Hermann, A. / Herter, H.: Dirne. In: Reallexikon für Antike und Christentum. Bd. 3: Christusbild – Dogma I. Stuttgart 1957. Sp. 1149–1213.

Herter, H.: Die Soziologie der antiken Prostitution im Lichte des heidnischen und christlichen Schrifttums. In: Jahrbuch für Antike und Christentum 3 (1960) S. 70–111.

Heyworth, S. J.: Ars moratoria (Ovid, A. A. 1.681–704). In: Liverpool Classical Monthly 17 (1992) S. 59–61.

Hilbert, K.: Amor und *amor* in der Liebeslehre bei Ovid und Andreas Capellanus. In: Der altsprachliche Unterricht 21,1 (1978) S. 23–29.

Holzberg, N.: Ovids erotische Lehrgedichte und die römische Liebeselegie. In: Wiener Studien N. F. 15 (1981) S. 185–204.

– Ovid. Dichter und Werk. München 1997. S. 101–121.

Hopfner, Th.: Das Sexualleben der Griechen und Römer von den Anfängen bis ins 6. Jahrhundert n. Chr., auf dem Grund der Gegenstände der bildenden Kunst systematisch-quellenmäßig dargestellt. Prag 1938.

James, S. L.: Women Reading Men. The Female Audience of the Ars Amatoria. In: The Cambridge Classical Journal (PCPS) 54 (2008) S. 136–159.

Kennedy, D. E.: The Arts of Love. Five Studies in the Discourse of Roman Love Elegy. Cambridge 1993.

Kenney, E. J.: The Manuscript Tradition of Ovid's Amores, *Ars amatoria* and *Remedia amoris*. In: Classical Quarterly 56 N. S. 12 (1962) S. 1–31.

– Ovidius prooemians. In: Proceedings of the Cambridge Philological Society 22 (1976) S. 43–53.

Kettemann, U.: Interpretationen zu Satz und Vers in Ovids erotischem Lehrgedicht. Intention und Rezeption von Form und Inhalt. Frankfurt a. M. 1979.

Keul, M.: Liebe im Widerstreit. Interpretationen zu Ovids *Amores* und ihrem literarischen Hintergrund. Frankfurt a. M. 1989.

Kleve, K.: Naso magister erat – sed quis Nasonis magister? In: Symbolae Osloensis 58 (1983) S. 89–109.

Klimt, A.: De artis amandi Ovidianae libri primi compositione. Diss. Leipzig 1913.

Knaack, G.: Zur Sage von Daidalos und Ikaros. In: Hermes 37 (1902) S. 598–607.

Krókowski, J.: *Ars Amatoria* – poème didactique. In: Eos 53 (1963) S. 143–156.

Kroll, W.: Lehrgedicht. In: Paulys Realencyclopädie der classischen Altertumswissenschaft. Bd. 12,2. Stuttgart 1925. Sp. 1842–57.

– Die Kultur der ciceronischen Zeit. Bd. 2: Religion, Gesellschaft, Bildung, Kunst. Leipzig 1933. [Nachdr. Darmstadt 1975.]

– Kuss. In: Paulys Realencyclopädie der classischen Altertumswissenschaft. Suppl. 5. Stuttgart 1931. Sp. 511–520.

– Römische Erotik. In: Zeitschrift für Sexualwissenschaft 17 (1930/31) S. 159–163.

Küppers, E.: Ovids *Ars amatoria* und *Remedia amoris* als Lehrdichtungen. In: H. Temporini / W. Haase (Hrsg.): Aufstieg und Niedergang der römischen Welt. II 31,4. Berlin / New York 1981. S. 2507–51.

Labate, M.: L'arte di farsi amare. Modelli culturali e progetto didascalico nell'elegia ovidiana. Pisa 1984.

Langosch, K.: Der *Facetus, Moribus et vita* und seine Pseudo-Ovidiana. In: Mittellateinisches Jahrbuch 11 (1976) S. 132–142.

La Penna, A.: *L'usus* contro Apollo e le Muse. Nota a Ovidio, *Ars am.* 1,25–30. In: Annali della Scuola Normale Superiore di Pisa 9. Pisa 1979. S. 985–997.

Lavin, I.: Cephalus and Procris. Transformation of an Ovidian Myth. In: Journal of the Warburg and Courtauld Institute 17 (1954) S. 260–287.

Leach, E. W.: Georgic Imagery in the *Ars amatoria*. In: Transactions and Proceedings of the American Philological Association 95 (1964) S. 142–154.

Lefèvre, E.: Noch einmal Ovid über seine Inspiration (Zu *Ars amatoria* 1,26). In: Hermes 95 (1967) S. 126–128.

Lenz, F. W.: Das Prooemium von Ovids *Ars amatoria*. In: Maia 13 (1961) S. 131–142.

– Kephalos und Prokris in Ovids *Ars amatoria*. In: Maia 14 (1962) S. 177–186.

Leo, F.: Plautinische Forschungen. Zur Kritik und Geschichte der Komödie. Berlin [2]1912. [Bes. S. 146–150.]

Lesky, A.: Vom Eros der Hellenen. Göttingen 1976.

Licht, H.: Sittengeschichte Griechenlands. Bd. 1: Die griechische Gesellschaft. Bd. 2: Das Liebesleben der Griechen. Erg.-Bd.: Die Erotik in der griechischen Kunst. Zürich 1926.

– Liebe und Ehe in Griechenland. Berlin 1925.

Luck, G.: Die römische Liebeselegie. Heidelberg 1961.

– Untersuchungen zur Textgeschichte Ovids. Heidelberg 1969.

Marcadé, J.: Eros Kalos. Studie über die erotischen Darstellungen in der griechischen Kunst. Dt. Bearb. und Nachw. von W. Zschietzschmann. Hamburg / Genf / Paris / New York 1962.

– Roma-Amor. Studie über die erotischen Darstellungen in der etruskisch-römischen Kunst. Dt. Bearb. und Nachw. von W. Zschietzschmann. Ebd. 1962.

– Die Liebe in der Kunst. 2 Bde. Ebd. 1977. [Neuaufl. beider obigen Werke.]
Marchesi, C.: Il primo libro dell'*Ars amatoria.* In: Rivista di Filologia e di Istruzione classica 44 (1916) S. 129–154.
– Il secondo e il terzo libro dell'*Ars amatoria.* In: Rivista di Filologia e di Istruzione classica 46 (1918) S. 41–77.
– I volgarizzamenti dell'*Ars amatoria* nei secoli XIII e XIV. In: Memorie dell' Istituto Lombardo 1917. S. 313–342.
Martin, R.: Ovide et la sexualité: dit et non-dit de l'*Ars amatoria.* In: F. Decreus / C. Deroux (Hrsg.): Hommages à J. Veremans. Brüssel 1986. S. 208–218.
– Sensualité, sentiment et intelligence dans l'*Ars amatoria.* In: W. Schubert (Hrsg.): Ovid. Werk und Wirkung. Frankfurt a. M. 1999. S. 197–204.
Martini, E.: Ovid und seine Bedeutung für die römische Poesie. In: Festschrift H. Swoboda. Prag/Reichenberg 1927. S. 156–194.
– Einleitung zu Ovid. In: Schriften der Philosophischen Fakultät der Deutschen Universität in Prag 12. Brünn/Prag/Wien 1933.
Maurois, A.: Le passé et l'avenir de l'amour, Anthologie des Essayistes Français Contemporains. Paris 1929. [Bes. S. 244 ff.]
May, G. C.: D'Ovide à Racine. Paris / New Haven 1949.
Merkle, S.: *Amores* 3,2 und *Ars amatoria* 1,135–162 – ein Selbstplagiat Ovids? In: Živa Antika 33 (1983) S. 135–145.
Miller, J. F.: Callimachus and the *Ars amatoria.* In: Classical Philology 78 (1983) S. 26–34.
Morgan, K.: Ovid's Art of Imitation. Propertius in the *Amores.* Leiden 1977.
Müller, M.: Die Lehre des hl. Augustinus von der Paradiesehe und ihre Auswirkung in der Sexualität des 12. und 13. Jahrhunderts bis zu Thomas von Aquin. Regensburg 1954.
Munari, F.: Ovid im Mittelalter. Zürich 1960.
– Il codice Hamilton 471 di Ovidio (*Ars amatoria, Remedia amoris, Amores*). [Im Anhang:] B. L. Ullman (Hrsg.): Pontano's Marginalia in Berlin, Hamilton 471. Rom 1965.
Murgia, C. E.: The Influence of Ovid's *Remedia amoris* on *Ars amatoria III* and *Amores III.* In: Classical Philology 81 (1986) S. 203–220.

Murgia, C. E.: The Date of Ovid's *Ars amatoria III*. In: American Journal of Philology 107 (1986) S. 74–94.
Myerowitz, M.: Ovid's Games of Love. Detroit 1985.
– The Domestication of Desire. Ovid's Parva Tabella and the Theater of Love. In: A. Richlin (Hrsg.): Pornography and Representation in Greece and Rome. New York 1992. S. 131–157.
Néraudau, J.-P.: Rome dans l'Art d'aimer. In: J.-M. Frécaut / D. Porte (Hrsg.): Journées Ovidiennes de Parménie. Actes du colloque sur Ovide (24–26 juin 1983). Brüssel 1985. S. 25–39.
Opsomer, T.: *Referre aliter saepe solebat idem:* The Relation between Ovid's *Amores* and *Ars amatoria*. In: C. Deroux (Hrsg.): Studies in Latin Literature and Roman History 11 (2003) S. 313–350.
Paldamus, H.: Römische Erotik. Greifswald 1833.
Parker, H. N.: Love's Body Anatomized: The Ancient Erotic Handbooks and the Rhetoric of Sexuality. In: A. Richlin (Hrsg.): Pornography and Representation in Greece and Rome. New York 1992. S. 90–111.
Pianezzola, E.: Conformismo e anticonformismo politico nell'*Ars amatoria* di Ovidio. In: Quaderni dell'Istituto di Filologia Latina dell'Università di Padova 2. Padua 1972. S. 37–58.
Pöhlmann, E.: Charakteristika des römischen Lehrgedichts. In: H. Temporini / W. Haase (Hrsg.): Aufstieg und Niedergang der römischen Welt. I 3. Berlin / New York 1973. S. 813–901. [Zur *ars* S. 892–894.]
Pöschl, V.: Kephalos und Prokris in Ovids *Metamorphosen*. In: Hermes 87 (1959) S. 328–343.
Pohlenz, M.: De Ovidi carminibus amatoriis. In: Programm Universität Göttingen 1913. S. 17 ff. – Abgedr. in: H. Dörrie (Hrsg.): M. P.: Kleine Schriften. Bd. 2. Hildesheim 1965. S. 116–138.
Pomeroy, S. B.: Goddesses, Whores, Wives and Slaves. Women in Classical Antiquity. New York 1976. [Mit reicher Literatur.]
Ramírez de Verger, A.: Figurae Veneris (Ov., *Ars amatoria* 3,769–3,788). In: W. Schubert (Hrsg.): Ovid. Werk und Wirkung. Frankfurt a. M. 1999. S. 237–243.
Reekmans, T.: *Pudor* in Ovidius' *Ars amatoria*. [Niederländisch mit französischem Resümee.] In: Festschrift E. De Strycker. Antwerpen 1973. S. 373–395.
Reitzenstein, R.: Zur Sprache der lateinischen Erotik. In: Sitzungs-

berichte der Heidelberger Akademie der Wissenschaften, philologisch-historische Klasse 12. Heidelberg 1912.

Renz, H.: Mythologische Beispiele in Ovids erotischer Elegie. Diss. Tübingen 1935.

Rieck, C.: Ovid über die Ehe. In: Die Frau in der Antike. Kolloquium der Winckelmann-Gesellschaft, Stendal (1985). Stendal 1988. S. 65–68.

Romano, A. L.: Ovid's *Ars amatoria* or the Art of Outmanoeuvering the Partner. In: Latomus 31 (1972) S. 814–819.

– *Amores* 1,8, l'elegia didattica e il genere dell'*Ars amatoria*. In: Orpheus. N. S. 1 (1980) S. 269–292.

Rosati, G.: Ovidio, I cosmetici delle donne. Venezia 1985.

– L'esistenza letteraria. Ovidio e l'autocoscienza della poesia. In: Materiali e discussioni per l'analisi deitesti classici 2 (1979) S. 101–136.

Ruiz de Elvira, A.: Céfalo y Procris. Elegía y épica. In: Cuadernos de Filología clásica 2 (1971) S. 97–123.

Sabot, A. F.: Ovide poète de l'amour dans ses œuvres de jeunesse (*Amores, Heroides, Ars amatoria, Remedia amoris, De medicamine faciei femineae*). Paris 1975.

Salvatore, A.: Lingua a arguzia nell'*Ars amatoria* di Ovidio, Cultura e lingue classiche. In: Convegno di aggiornamento e di didattica, Roma 1–2 novembre 1985. A cura di B. Amata. Rom 1986. S. 131–141.

Scaffai, M.: Atteggiamenti verso la divinità in Ovidio elegiaco (*Am.* 3,3 e *Ars am.* 1,631 sgg.). In: Prometheus 14 (1988) S. 122–140.

Scheithauer, A.: Quid melius Roma? Die Einzigartigkeit der vita urbana in den Augen Ovids. In: Hyperboreus 12 (2006) S. 199–220.

Schelsky, H.: Soziologie der Sexualität. Über die Beziehungen zwischen Geschlecht, Moral und Gesellschaft. Hamburg 1955. [Bes. S. 102–107.]

Schleuter, S. A.: Studies in Ovid's *Ars amatoria*. Diss. Austin 1975. [Zsfassung in: Dissertation Abstracts 36 (1976) 6661 A.]

Schmitzer, U.: Ovid. Hildesheim 2001. S. 62–89.

Schubert, W. (Hrsg.): Ovid. Werk und Wirkung. 2 Bde. Frankfurt a. M. 1999.

Schumann, H.-J. v.: Sexualkunde und Sexualmedizin in der klassischen Antike. Auswertung der griechischen und lateinischen Originalquellen und der Sekundärliteratur. München 1975.

Shackleton Bailey, D. R.: Ovidiana. In: Classical Quarterly. N. S. 4,48 (1954) S. 165–170.

Sharrock, A. R.: Seduction and Repetition in Ovid's *Ars amatoria* 2. Oxford 1994.

Solodow, J. B.: Ovid's *Ars amatoria*. The Lover as Cultural Ideal. In: Wiener Studien 90 N. F. 11 (1977) S. 106–127.

Sommariva, G.: La parodia di Lucrezio nell'*Ars* et nei *Remedia* ovidiani. In: Atene e Roma 25 (1980) S. 123–148.

Spies, A.: *Militat omnis amans*. Ein Beitrag zur Bildersprache der antiken Erotik. Diss. Tübingen 1930.

Spranger, E.: Eros. In: E. S.: Kultur und Erziehung. Gesammelte pädagogische Aufsätze. Leipzig [4]1928. S. 256–267.

Spurlock, L. C.: Morality in Ovid's *Ars amatoria*. Diss. Iowa City 1975. [Zsfassung in: Dissertation Abstracts 36 (1975) 2188 A – 2189 A.]

Stackmann, K.: Ovid im deutschen Mittelalter. In: Arcadia 1 (1966) S. 231–254.

Starr, R. J.: Swimming in the Current. Ovid, *Ars amatoria* 181 f. and *Remedia amoris* 121 f. In: Hermes 129 (2001) S. 564 f.

Steudel, M.: Die Literaturparodie in Ovids Ars amatoria. Hildesheim 1992.

Strecker, K.: Ovidianische Verskunst im Mittelalter. In: Hermes 62 (1927) S. 43–250.

Stroh, W.: *Expedit esse deos*. In: Von Kanzel und Katheder. Festschrift H. Stroh. München 1978. S. 67–72.

– Ovids *Liebeskunst* und die Ehegesetze des Augustus. In: Gymnasium 86 (1979) S. 323–352.

– Rhetorik und Erotik. Eine Studie zu Ovids liebesdidaktischen Gedichten. In: Würzburger Jahrbücher N. F. 5 (1979) S. 117–132. [S. auch die allg. Literaturliste zu Ovid.]

Suerbaum, W.: Ovid über seine Inspiration. Zur *Ars amatoria* I 26. In: Hermes 93 (1965) S. 491–496.

Tafel, S.: Die Überlieferungsgeschichte von Ovids *carmina amatoria*, verfolgt bis zum 11. Jh. Diss. Tübingen 1910.

Tarrant, R. J.: Ovid, *Ars amatoria* 3,433–442. In: Proceedings of the Cambridge Philological Society 26. Cambridge 1980. S. 85–88.

Thiel, E. J.: Mittellateinische Nachdichtungen von Ovids *Ars amatoria*

und *Remedia amoris*. In: Mittellateinisches Jahrbuch 5 (1968) S. 115–180.
– Beiträge zu den Ovid-Nachdichtungen Pseudo-Ars amatoria und Pseudo-Remedia amoris. In: Mittellateinisches Jahrbuch 6 (1970) S. 132–148.
– Neue Handschriften der mittellateinischen Nachdichtungen von Ovids *Ars amatoria* und *Remedia amoris* und Nachträge. In: Mittellateinisches Jahrbuch 9 (1973) S. 248–268.
Thierfelder, A.: Obscaenus. In: Navicula Chiloniensis. Festschrift F. Jacoby. Leiden 1956. S. 98–106.
Thomas, E.: Ovid at the Races. *Amores* III,2; *Ars amatoria* I, 135–164. Festschrift M. Renard. Bd. 1. Brüssel 1969. S. 710–724.
Tolkiehn, J.: Ovids *Liebeskunst*. In: Neue Jahrbücher für das klassische Altertum 11 (1903) S. 326–339.
Tränkle, H.: Textkritische und exegetische Bemerkungen zu Ovids *Ars amatoria*. In: Hermes 100 (1972) S. 387–408.
Van den Boogaard, N. H. J.: L'Art d'aimer en prose. Études de civilisation médiévale (IXe–XIIe siècles). In: Festschrift E. R. Labande. Poitiers 1974. S. 687–698.
Verducci, F.: The Contest of Rational Libertinism and Imaginative License in Ovid's *Ars amatoria*. In: Pacific Coast Philology 15 (1980) S. 29–39.
Volk, K.: The Poetics of Latin Didactic. Oxford 2002. [Neudruck 2010. Empfehlenswert. S. auch die allg. Literaturliste zu Ovid.]
Wardman, A. E.: The Rape of the Sabines. In: Classical Quarterly 59 N. S. 15 (1965) S. 101–103.
– Doublets mythologiques chez Ovide: de l'*Art d'aimer* aux *Métamorphoses*. In: D. Porte / J.-P. Néraudau (Hrsg.): Res sacrae. Hommages à H. Le Bonniec.Brüssel 1988. S. 441–448.
Watson, L. C.: The Bogus Teacher and his Relevance for Ovid's Ars Amatoria. In: Rheinisches Museum 150 (2007) S. 327–374.
Watson, P. A.: Studies in Ovid's *Ars amatoria*. Diss. Toronto 1979.
– Ovid and Cultus, *Ars amatoria* 3,113–128. In: Transactions and Proceedings of the American Philological Association 112 (1982) S. 237–244.
– Mythological Exempla in Ovid's *Ars amatoria*. In: Classical Philology 78 (1983) S. 117–126.

Watson, P. A.: *Praecepta Amoris.* Ovid's Didactic Elegy. In: B. W. Boyd (Hrsg.): Brill's Companion to Ovid. Leiden 2002. S. 141–165.

Weber, M.: Die mythologische Erzählung in Ovids *Liebeskunst.* Verankerung, Struktur und Funktion. Frankfurt a. M. / Bern 1983.

Wellmann-Bretzigheimer, G.: Ovids *Ars amatoria.* In: H. G. Rötzer / H. Walz (Hrsg.): Europäische Lehrdichtung. Festschrift W. Naumann. Darmstadt 1981. S. 1–32.

Wheeler, A. L.: Propertius as *praeceptor amoris.* In: Classical Philology 5 (1910) S. 28–40.

– Erotic Teaching in Roman Elegy and Greek Sources. I. In: Classical Philology 5 (1910) S. 440–450. – II. In: Classical Philology 6 (1911) S. 56–77.

Whitehorne, J. E. G.: Ovid, *Ars amatoria* 1,101–132 and Soldier's Marriages. In: Liverpool Classical Monthly 4 (1979) S. 157–158.

Wildberger, J.: Ovids Schule der elegischen Liebe. Erotodidaxe und Psychagogie in der *Ars amatoria.* Frankfurt a. M. 1998.

Wiley, W. L.: Pierre Le Loyer's Version of the *Ars amatoria.* In: Romanic Review 25 (1934) S. 118–126.

Wilkinson, L. P.: Greek Influence on the Poetry of Ovid. In: L'influence grecque sur la poésie latine. Entretiens Fondation Hardt 2. Vandœuvres/Genf 1956. S. 223–256.

Wise, V. M.: Flight Myths in Ovid's *Metamorphoses.* An Interpretation of Phaethon and Daedalus. In: Ramus 6 (1977) S. 44–59.

Wissmüller, W. (Hrsg.): Ovid. Einführung in seine Dichtung. Neustadt a. d. Aisch 1987.

Wright, E. F.: Profanum sunt genus: The Poets of the *Ars amatoria.* In: Philological Quarterly 63 (1984) S. 1–15.

Zielinski, Th.: Marginalien II. In: Philologus 64 N. F. 18 (1905) S. 1–26.

Zingerle, A.: Ovidius und sein Verhältnis zu den vorangegangenen und gleichzeitigen römischen Dichtern. 3 Hefte. Innsbruck 1869–1871.

Zinn, E.: Erotik. In: Lexikon der Alten Welt. Zürich 1965. S. 867–873.

– (Hrsg.): Ovids *Ars amatoria* und *Remedia amoris.* Untersuchungen zum Aufbau. Stuttgart 1970.

Nachwort

Der Dichter: Ein Großstädter zwischen Abruzzen und Dobrudscha

Wer ist der Dichter der *Liebeskunst* (*Ars amatoria*), des nach Urteil der Fachleute immer noch bedeutendsten Lehrbuchs auf seinem Gebiet? Ovid stammt aus der stolzen Bergwelt Mittelitaliens, lebt und wirkt in der Weltstadt Rom und stirbt als Verbannter in der trostlosen Dobrudscha. Schon durch seinen ungewöhnlichen Lebensgang steht er in der Spannung zwischen lebendiger Kommunikation und produktiver Einsamkeit. So ist Publius Ovidius Naso nicht zufällig der erste Dichter, von dem wir eine poetische Autobiographie besitzen (*Tristia* 4,10).

Sein Geburtsort Sulmo (heute Sulmona) liegt 90 Meilen östlich von Rom in einem lieblichen Tal, umgeben von schroff emporragenden felsigen Bergen, die schon im Herbst und noch im Frühjahr von Schnee bedeckt sind. Der Dichter rühmt die Fruchtbarkeit seiner wasserreichen Heimat (*Amores* 2,16,1–10; 3,15,11) und ist stolz darauf, dass in ihrer Nähe im Bundesgenossenkrieg (91 v. Chr.) das Zentrum des Widerstandes gegen Rom lag (*am.* 3,15,8–10). Bezeichnend ist seine zeitgeschichtliche Stellung: Als Sohn eines Ritters von altem Adel kommt er in Ciceros Todesjahr (43 v. Chr.) – zugleich dem Sterbedatum der Republik – zur Welt. Eine Generation jünger als Vergil, ist er zur Zeit der Schlacht bei Actium erst zwölf Jahre alt. Den augusteischen Weltfrieden, die *pax Augusta*, erlebt er nicht als Geschenk nach Jahrzehnten der Bürgerkriege, sondern als Selbstverständlichkeit. Diese Zeitstimmung wirkt sich auf die Haltung aus, in der die *Liebeskunst* geschrieben ist.

Sein Vater lässt ihm die bestmögliche Erziehung zukommen: Nach einer gründlichen Einführung in die griechische und lateinische Poesie beim Grammaticus sitzt Ovid zusammen mit seinem ein Jahr älteren Bruder in Rom den bewunderten Meistern der Redekunst zu Füßen: Arellius Fuscus und Porcius Latro; einige Sentenzen des Porcius nimmt Ovid später in seine Dichtungen auf (Seneca, *Controversiae* 2,2,[10]8). Exzerpte aus einer fingierten Gerichtsrede (*controversia*), die er als Schüler verfasst hat (Sen. *contr.* 2,2,9–11), lassen erkennen, auf welchem Boden seine spätere Vorliebe für Pointen und Antithesen gewachsen ist. Allem Argumentieren abgeneigt, schätzt er nur solche Controversien, in denen es um Psychologie und Charakterzeichnung geht; auch Suasorien – Reden, die einer historischen oder mythischen Gestalt vor schwerer Entscheidung einen Rat erteilen – schulen seine Einfühlungsgabe und Sprachgewandtheit. Die Reden des jungen Ovid sind nach dem Urteil des älteren Seneca Gedichte in Prosa; später wird umgekehrt der Dichter rhetorischen Kunstmitteln poetischen Rang verleihen. Keineswegs hemmt die rhetorische Schulung Ovids Talent, sie trägt wesentlich zu seiner Entfaltung bei.

Die Studien werden, wie damals bei vornehmen jungen Leuten üblich, durch eine Reise nach Griechenland und in den Orient vertieft. Nach dem frühen Tod des Bruders, eines geborenen Redners und Anwalts, enttäuscht Ovid seinen ehrgeizigen Vater insofern, als er nach Bekleidung einiger Ämter – *triumvir* (wohl Münzmeister)[1] und *decemvir stlitibus iudicandis* (vgl. *Fasti* 4,384) – auf die senatorische Laufbahn verzichtet. Wie Goethe und Heine zählt Ovid zu den rechtskundigen Poeten; das gibt auch in der *Liebeskunst* seinem Spott über die Ehegesetze des Augustus die besondere Würze. Obwohl die

1 Vermutlich gehörte Ovid zu den *tresviri monetales*, nicht zu den *tresviri capitales* (die letzteren waren für die Auspeitschung von Strafgefangenen zuständig).

Beschäftigung mit dem römischen Recht nicht ganz aufhört – Ovid ist später Mitglied des Centumviralgerichtes und Einzelrichter in Zivilsachen (*trist.* 2,93–96) –, widmet er sich bald vorrangig seiner Dichtung.

Der Verzicht auf die senatorische Karriere steht im Einklang mit der begreiflichen Politikverdrossenheit der damaligen Jugend; werden doch die eigentlichen Entscheidungen ohnehin nicht mehr vom Senat, sondern vom Princeps und seinen Beratern hinter verschlossenen Türen gefällt. Vor allem aber entspringt der Entschluss, nur noch der Dichtung zu leben, Ovids innerstem Wesen.

Vor solch brotlosen Künsten hat ihn sein Vater schon früh gewarnt. Der Knabe fasst gute Vorsätze. Umsonst! Denn – o Wunder! – was nützliche Prosa werden soll, wird von selbst zum Vers (*trist.* 4,10,25 f.): Es geht hier um ein Berufungserlebnis, nicht um Vielschreiberei. Bei Ovids erster Dichterlesung ist sein Bart überhaupt erst ein- oder zweimal rasiert. Auf das junge Talent wird Marcus Valerius Messalla Corvinus aufmerksam. Während Maecenas Dichter fördert, die sich bereits bewährt haben, entdeckt Messalla auch bisher unbekannte junge Talente. Zum Kreis um diesen Förderer der Poesie, der Augustus eher fernsteht, zählen auch die Dichterin Sulpicia und der Elegiker Tibull. Dessen früher Tod verhindert eine persönliche Freundschaft mit Ovid; doch umso tiefer geht die geistige Nachfolge, die sich keineswegs in Ovids berühmtem poetischen Nachruf auf den Vorgänger (*am.* 3,9) erschöpft;[2] auch für die Liebesdidaktik – und nicht zuletzt für den eleganten Versbau – verdankt Ovid Tibull Anregungen (vgl. S. 246). Nur vom Sehen kennt Ovid den großen Vergil, dessen Lehrdichtung über den Landbau (*Georgica*) zu den Vorbildern der

2 M. v. Albrecht, *Große römische Autoren*, Band 3, Heidelberg 2013, S. 163–171.

Liebeskunst zählt (vgl. S. 249); Horaz hört er Oden vortragen; mit dem feurigen Liebesdichter Properz pflegt er regen Gedankenaustausch (vgl. S. 247). Seine vielfältigen literarischen und menschlichen Beziehungen beschränken sich nicht auf den Messalla-Kreis; außer der älteren Generation, zu der Aemilius Macer zählt, der Verfasser einer *Ornithogonie*, scharen sich um Ovid auch jüngere Talente. Seinem großen Freundeskreis wird der Dichter in den Briefen aus der Verbannung (*Epistulae ex Ponto* 4,16) ein Denkmal setzen. Genannt seien der große Epigrammatiker Domitius Marsus und die begabten Epiker Rabirius und Cornelius Severus.

Ovid ist ein geborener Elegiker; dies wird auch für Stoff und Form der *Liebeskunst* entscheidend sein. Nacheinander erscheinen fünf Bücher *Liebeselegien* (*am.*). Wir besitzen davon nur die auf drei Bücher verkürzte zweite Auflage. Diese erscheint um die Zeitenwende, etwa gleichzeitig mit der *Liebeskunst*. Verloren ist die Tragödie *Medea*, die von Quintilian hoch geschätzt wird (*Institutio oratoria* 10,1,98). Bezeichnenderweise handelt es sich bei der Heldin um eine von Leidenschaft ergriffene Frau.

Schon bei Properz und noch mehr bei Ovid drängt die Liebeselegie in verschiedenen Richtungen über sich selbst hinaus: Die Darstellung der Liebesleidenschaft vom Standpunkt des Mannes verlangt nach einer Ergänzung aus der Sicht der Frau: Ovid bezeichnet sich als Schöpfer einer neuen Literaturgattung, der *Heroidenbriefe*. Es handelt sich dabei um einen zukunftweisenden Typus von Frauenliteratur. Mythische Frauen stellen hier in Form von Briefen an die abwesenden Geliebten ihren Seelenzustand dar. Das zeitliche Verhältnis zwischen dem vergleichbaren *Arethusa-Brief* des Properz (4,3) und Ovids *Heroiden* ist ungeklärt. Zu der Sammlung der *Heroiden* kommt der in seiner Echtheit umstrittene *Sappho-Brief* hinzu (15). Daran schließen sich drei Briefpaare, die Ovid in späteren

Jahren (etwa 4 n. Chr.) hinzugefügt hat. Das in den *Heroiden* hervortretende Verständnis des Dichters für die Seele der Frau bildet eine geistige Voraussetzung für die Abfassung der *Liebeskunst.*

Dieses Werk, lateinisch *Ars amatoria*, entsteht um die Zeitenwende. Von der objektivierten Spätform der Liebeselegie zur didaktischen Systematisierung ist es in der Tat nur ein kleiner Schritt. Die äußere Gestalt des Werkes legt es nahe anzunehmen, dass zu den ersten beiden Büchern, die Ratschläge für junge Männer enthalten, für die Damenwelt nachträglich ein drittes hinzugefügt worden ist. Neuerdings erwägt man jedoch eine einheitliche Konzeption der drei Bücher, sogar noch unter Einschluss der *Heilmittel gegen die Liebe* (*Remedia amoris*), in denen die schon in der *Liebeskunst* spürbare Nähe zur Moralphilosophie und Rhetorik ganz offenkundig wird; zugleich rechnet Ovid mit den Kritikern der *Liebeskunst* ab. So entsteht ein Zyklus von vier Büchern. Die Zahl entspricht der Buchzahl von Vergils *Georgica*; im dritten Buch wechselt bei gleicher Tendenz (Hinführung zur Liebe) der Standpunkt, im vierten – den *Heilmitteln* – ist die Zielrichtung umgekehrt.

Noch vor der *Liebeskunst* hat Ovid ein Lehrgedicht über Schönheitsmittel veröffentlicht (*De medicamine faciei femineae*), von dem der lesenswerte Anfang – ein Lob der Zivilisation – erhalten ist.

Etwa zwischen 2 und 8 n. Chr. arbeitet der Dichter an zwei größeren Werken: den *Metamorphosen*, einem mythologischen Epos über Verwandlungssagen in 15 Büchern, und den *Fasti*, einer auf zwölf Bücher geplanten poetischen Bearbeitung des römischen Festkalenders. Die *Metamorphosen* bringen die schon in der *Liebeskunst* erkennbare Meisterschaft Ovids in der erotisch-elegischen Erzählung zur Vollendung; zugleich werden die ernsten, persönlichen und schicksalhaften Züge der Liebe vertieft, die in der *Liebeskunst* schon von der

Themenstellung her am Rande bleiben mussten. Noch in den *Fasti* steht trotz der religiösen Thematik das Erotische auffallend im Vordergrund.

Die *Metamorphosen* sind im Konzept abgeschlossen, die *Fasti* etwa zur Hälfte vollendet, als Ovid plötzlich durch kaiserliches Edikt nach Tomi am Schwarzen Meer verbannt wird, für damalige Begriffe ans Ende der zivilisierten Welt. Juristisch handelt es sich um eine Relegation; Ovid behält also Bürgerrecht und Vermögen. Nur eine der beiden Ursachen für seine Verbannung nennt Ovid ausdrücklich: die *Liebeskunst.* Zwar dürfte Augustus, der Schöpfer der römischen Ehegesetzgebung, von dem losen Büchlein nicht gerade entzückt gewesen sein; doch war es inzwischen immerhin acht Jahre ungehindert in Umlauf, so dass es nicht der Hauptgrund für die Verbannung gewesen sein kann.[3] Über diesen sagt Ovid, er sei nur allzu bekannt und dürfe von ihm nicht genannt werden. Er deutet an, er habe etwas Verbotenes mit angesehen – man weiß nicht, ob im Zusammenhang mit dem Ehebruch der jüngeren Iulia oder mit den Versuchen, Agrippa Postumus zum Thronfolger des Augustus zu machen. Für die letztere Möglichkeit spricht die allgemeine Erfahrung, dass moralische Vorwürfe in der Öffentlichkeit meist erst dann erhoben werden, wenn ein politischer Grund dafür vorliegt. Auch der Nachfolger des Au-

3 Erwägenswert freilich W. Stroh 1979 (Ovid wähnt sich in Sicherheit, wenn er Liebesgeschichten des Mythos als Vehikel benutzt, um die augusteische Ehegesetzgebung zu verspotten); ein Überblick über die bisherigen Vermutungen: J. C. Thibault, *The Mystery of Ovid's Exile*, Berkeley / Los Angeles 1964. Die gelegentlich vertretene Meinung, das *carmen* seien die *Metamorphosen*, findet keinerlei Anhalt im Text der Verbannungsgedichte. Im Gegenteil: Die *Metamorphosen* (die zum Zeitpunkt der Relegation erst im Konzept fertig waren) konnten trotz Ovids Verbannung erscheinen (*trist.* 1,7).

gustus, Tiberius, hat Ovid nicht zurückberufen. In seiner bekannten Treue zu den Maßnahmen seines Vorgängers mag ihn in diesem Fall persönlicher Groll bestärkt haben.

Die *Liebeskunst* wird aus den öffentlichen Bibliotheken entfernt, bleibt aber für die Nachwelt erhalten; ist doch Ovid schon zu Lebzeiten der meistgelesene Dichter seiner Generation.

Auf dem Weg ins Exil entsteht das erste Buch der *Klagelieder* (*Tristia*), einer Sammlung von Elegien und elegischen Episteln. Durch diese versucht der Dichter seine Bekannten zu bewegen, sich für seine Rückberufung bzw. seine Verlegung an einen angenehmeren Verbannungsort einzusetzen: Es handelt sich zugleich um poetische Zweckpublizistik und um ein denkwürdiges Zeugnis des stillen Kampfes zwischen Geist und Macht. Im Laufe der Zeit wächst dieses Werk auf fünf Bücher an. Während in den *Tristia* die Adressaten ungenannt bleiben, ist in den auf sie folgenden *Briefen vom Pontus* (*Epistulae ex Ponto*) diese Vorsichtsmaßregel aufgegeben. Die Entdeckung der Sehnsucht nach Rom ist eine späte Folge des in der *Liebeskunst* spürbaren Behagens an der Zivilisation. Als Kontrapunkt zur technischen Sicht des Eros in der *Liebeskunst* erklingt nun das Lob der Ehefrau in den *Tristia*; wie schon in den *Metamorphosen* wird die Liebe als Schicksalsbeziehung ernst genommen.

Der Verbannte kümmert sich um die Herausgabe der *Metamorphosen*, auch arbeitet er die vorhandenen Teile der *Fasti* um, in der Absicht, sie Germanicus zu widmen – dem zweifellos edelsten Vertreter des Kaiserhauses; doch setzt der Dichter politisch wieder auf das falsche Pferd. An eine Abfassung der zweiten Hälfte des Festkalenders ist in Tomi nicht zu denken, da es an den nötigen Bibliotheken fehlt. Dafür schreibt Ovid im Anschluss an Kallimachos das lange und dunkle Schmähgedicht *Ibis*, dessen Adressat ungenannt bleibt. Die *Halieutica*, ein Lehrgedicht über die Fische des Schwarzen Meeres, sind nur zum Teil erhalten und in ihrer Echtheit umstritten. Ovids zweckbestimmte Klagen in den *Tristia* dürfen nicht darüber hinwegtäuschen, dass sich der Dichter in seiner neuen Umgebung recht gut eingelebt hat. Man sollte nicht bezweifeln, dass er Getisch und Sarmatisch gelernt und ein Lobgedicht auf Augustus in der getischen Landessprache verfasst hat – es passt sogar vorzüglich zum Charakter dieses Mannes, dem es Freude macht, an Tabus zu rütteln, warum also nicht auch an der Blindheit der antiken Kulturvölker für die Schönheiten der Barbarensprachen? Dem Gealterten werden an seinem Verbannungsort mancherlei Ehrungen zuteil. Er stirbt im Jahre 17 oder 18 n. Chr., ohne Italien wiedergesehen zu haben.

Aufbau der *Liebeskunst*

Erstes Buch

Die ersten beiden Bücher umfassen Anweisungen für Männer. Auf eine Einleitung folgt – in scherzhafter Anlehnung an die Schulrhetorik – die Lehre von den ›Fundstätten‹ (V. 41–262): Zu finden sind Mädchen an verschiedenen Treffpunkten in Rom, etwa im Theater, im Zirkus, bei inszenierten Seeschlachten und Triumphzügen, bei Gastmählern und auch außerhalb Roms.

Daran schließt sich die Lehre von den Annäherungsversuchen an (V. 263–770): Habe Selbstvertrauen, versichere dich des Beistands der Dienerin und wähle den rechten Zeitpunkt. Lerne auch die Kunst des Schenkens und Briefeschreibens. Übertreibe als Mann nicht die Schönheitspflege! Gastmähler bieten gute Gelegenheiten; sei ein Meister im Überreden und Versprechen; zu den Überzeugungsmitteln zählen Küsse und willkommene Gewalt, aber auch gespielte Zurückhaltung und bemitleidenswertes Aussehen. Hüte dich vor Freunden! Sei ein Verwandlungskünstler! Drei mythologische Einlagen gliedern diesen didaktischen Teil (V. 289–326; V. 525–564; V. 681–704).

Zweites Buch

Nach der Eroberung kommt es nun darauf an, der Liebe Dauer zu verleihen. Die mythologische Erzählung von Daedalus setzt einen gewichtigen Anfangsakzent; sie korrespondiert mit dem Cephalus-Exemplum am Ende des dritten Buches. Der Charme der Bildung ist stärker als alle Magie. Sei nachgiebig, fasse deine Liebe als Kriegsdienst auf, schenke sinnig – aber ohne dich zu ruinieren. Spare nicht mit Lob, steh dem Mädchen bei, wenn es krank ist – doch die bittere Arznei soll ihr dein Rivale reichen. Bedenke Nutzen und Gefahren der Trennung; wahre bei Seitensprüngen Diskretion. Statt schädlicher Anregungsmittel mag Eifersucht als Salz der Liebe dienen; die beste Medizin freilich ist die Liebe selbst. Erkenne dich selbst: Wirf deine Vorzüge in die Waagschale. Der wahre Kavalier bezähmt seine Eifersucht und ist verschwiegen. Die rhetorische Umdeutung von Fehlern der Geliebten in Vorzüge mündet in das Lob der reifen Frau. Auf kurze Anweisungen für das Liebesspiel folgt ein Schlusswort.

Drittes Buch

Freut euch des Lebens, ihr Frauen, und genießt die Segnungen der Zivilisation! Achtet auf Haartracht, Kleidung und Körperpflege, aber lasst Schminktöpfe nicht offen herumstehen: Der Geliebte soll nur das fertige Kunstwerk sehen; doch beim Frisieren darf er dabei sein. Körperliche Mängel lassen sich ausgleichen, Anmut ist erlernbar, wie auch Musik, Literatur, Tanz und Gesellschaftsspiele. Bildung ist dauerhafter als Schönheit.

Besucht ihr die Treffpunkte, so hütet euch vor allzu schönen Männern und sonstigen Schwindlern. Seid diplomatisch bei Liebesbriefen, zügelt euer Mienenspiel und zeigt euch stets heiter. Behandelt eure Liebhaber ihrem Alter und Temperament entsprechend. Macht euch rar, erhöht den Reiz der Liebe durch Rivalität, überlistet die Bewacher und hütet euch auch vor der besten Freundin. Spielt die Rolle der Verliebten; seid nicht allzu leichtgläubig, wenn ihr von Untreue hört. Achtet auf Tischmanieren; erkennt euch selbst und wählt Liebesstellungen, die eure Vorzüge zur Geltung bringen.

Wie Ovid die gleichen psychologischen Techniken verwendet, um das entgegengesetzte Ziel zu erreichen, zeigt folgender Überblick über die – hier nicht näher zu betrachtenden und im Ganzen etwas weniger amüsanten – *Heilmittel gegen die Liebe.*

Remedia amoris

Das Werk will kein Widerruf sein, nur Unglück, insbesondere Selbstmord verhindern: Hätten die Heroinen des Mythos dieses neue Opus Ovids gelesen, wären sie am Leben geblieben. Bekämpfe die Leidenschaft im Anfangsstadium oder nachdem sie den Höhepunkt überschritten hat. Meide den Müßiggang, arbeite als Anwalt, Politiker, Soldat, Landmann, Jäger! Halte Abstand! Magie hilft nichts. Stell dir in angestrengter Meditation die Kränkungen vor Augen, die dein Mädchen dir angetan hat. Bedenke ihre körperlichen Mängel und deute auch ihre Vorzüge als Fehler. Lass sie sich von ihren unvorteilhaften Seiten zeigen. Auf einen Ausfall gegen moralisierende Kritiker der *Liebeskunst* folgen weitere Ratschläge: Stumpfe die Leidenschaft durch physischen Ekel oder durch eine andere Geliebte ab! Zeige dich gefühllos; meide die Eifersucht. Suche das Vergessen, hüte dich aber vor der Einsamkeit. Halte dich von der Geliebten fern. Glaube nicht, dass sie dich liebt; lass dich auf keine Diskussionen ein. Lies ihre Briefe nie wieder; meide die Orte, an denen du mit ihr zusammen warst. Geh nicht ins Theater; lies keine Liebesgedichte (nicht einmal meine). Du bist geheilt, wenn du deinen Rivalen küssen kannst. Halte Diät, trinke keinen Wein.

Planung und Entstehungsweise der *Liebeskunst*

Es liegt nahe, die ersten beiden Bücher als in sich abgeschlossene Einheit zu betrachten und das dritte als späteren Zusatz. Insbesondere ist die Gliederung, die im ersten Prooemium angegeben wird, am Ende des zweiten Buches erschöpft. Ovid erklärt in 2,733 das Werk für beendet; die beiden letzten Verse des Buches wirken wie ein überraschender Zusatz, und das dritte Buch gibt sich stellenweise als eine Art ›Wiedergutmachung‹ für die in den ersten beiden Büchern stiefmütterlich behandelten Frauen. Andererseits gibt es Argumente für eine einheitliche Planung der drei Bücher. Das Ende des zweiten Buches wäre dann gewissermaßen die ›Wendemarke‹, ein Bild aus dem Wagenrennen, das im ganzen Werk eine Rolle spielt. Bestimmte Themen werden im dritten Buch in veränderter Reihenfolge aufgegriffen (wodurch die Buchgrenze im Rückblick als ›Wendepunkt‹ erscheint); andere Gegensätze werden in komplementärer Weise behandelt: Für den Mann, dem die Rolle des Werbenden zugedacht ist, sind rhetorische Anweisungen notwendig, für die Frau, die nicht selbst werben, aber den die Werbung auslösenden Reiz ausstrahlen muss, hat die Kosmetik die entsprechende Bedeutung.

Ob es überhaupt technisch möglich war, solch subtile Entsprechungen und Ergänzungen nachträglich auf zwei schon fertige Bücher aufzupfropfen, ist die Frage. Andererseits bleibt ungeklärt, warum die ersten beiden Bücher keinen ausdrücklichen Hinweis auf ein vorgesehenes drittes enthalten. Möglicherweise steckt dahinter die Absicht, sich das Vertrauen der männlichen Schüler nicht von vornherein durch den Hinweis zu verscherzen, dass der Lehrer es auch mit der Gegenpartei hält. Der Eindruck, es handle sich beim dritten Buch um einen Nachtrag, wäre also absichtlich erweckt, gewissermaßen ›studierte Nachlässigkeit‹, wie Ovid sie auch sonst empfiehlt und selbst übt.

Vorbilder der *Liebeskunst*

Zunächst zum Stofflichen: Stellt man Ovid vor den Hintergrund früherer Liebeslehren, so zeigt sich, dass er ein hohes Maß an Originalität besitzt.

Ein großer Lehrer und zugleich ein Erotiker im höchsten Sinne ist Sokrates. Sein Schüler Xenophon führt uns den Philosophen im Gespräch mit einer Dirne vor, mit der Sokrates ernsthaft die Kunst, Männer zu fangen, erörtert (Xenophon, *Erinnerungen an Sokrates* 3,11). In diesem Text finden wir die Doppelheit ›gewinnen/festhalten‹, die auch den Aufbau von Ovids *Liebeskunst* bestimmt. Eine weitere Parallele ist die Jagdmetaphorik.

In Platons *Gastmahl* (*Symposion*) werden von verschiedenen Teilnehmern Reden auf den Eros gehalten, wobei Sokrates die erotische Geheimlehre mitteilt, in die ihn die weise Diotima einweihte. Hier bleibt es einer Frau vorbehalten, die tiefsten Gedanken über das Wesen der Liebe zu äußern. Im *Phaidros* (257a) ist ausdrücklich von einer Kunst der Liebe (ἐρωτικὴ τέχνη), die Sokrates von Eros empfing, die Rede. Freilich denkt Platon gerade bei den höheren Formen der Liebe meist an Beziehungen zwischen Männern, wobei er das Sexuelle nach Möglichkeit zurückdrängt. Dagegen berücksichtigt Xenophon die Liebe zwischen Mann und Frau, und der Platoniker Plutarch wird in einer besonderen Abhandlung die Ehe philosophisch deuten.

Stoische Schriften über die Liebe sind uns leider nur dem Titel nach bekannt[4]; ihr philosophischer Höhenflug wird den platonischen wohl nicht erreicht haben, aber für Ovid immer noch zu abstrakt gewesen sein.

Das andere Extrem wären pornographische Schriften[5], die auch illustriert sein konnten. Als Verfasser derartiger Produkte werden mit Vorliebe Frauen genannt. Der Einfluss solcher Werke auf Ovid ist gering. Seine Liebeslehre meidet sowohl die extremen Höhen philosophischer Spekulation als auch die Niederungen der Pornographie. Er bewegt sich auf dem mittleren Niveau des Allgemein-Menschlichen. Das Körperliche wird dabei nicht umgangen, aber auch nicht künstlich isoliert. Es steht in seinem natürlichen psychologischen Zusammenhang.

Das Motiv, dass eine erfahrene Alte einer jungen Hetäre in einer Art Lehrvortrag die romantische Liebe zu einem mittellosen jungen Mann austreibt und sie auf reiche Liebhaber hinweist, kennt man auch aus der Neuen Komödie. Eine Fülle von Material zu diesem Strom der Liebesdidaktik, der zu Ovid führt, hat F. Leo in seinen *Plautinischen Forschungen* gesammelt (Berlin ²1912, S. 143–157, bes. 146–151). Neben Figuren wie der Kupplerin oder dem reichen Rivalen erinnern auch Situationen wie die des ausgesperrten Liebhabers an die Komödie. Für Ovid ist die Komödie auch wegen seines nach Kompromiss und Ausgleich strebenden Naturells wichtig und wegen seiner (im Gegensatz etwa zu Catull) untragischen Behandlung der Liebe in der *Liebeskunst*. Auf philosophische und rhetorische Einflüsse werden wir zurückkommen.

4 Zenons ἐρωτικὴ τέχνη (Diogenes Laertios 7,34).

5 Hierüber Athenaios 5, S. 220 f.; vgl. 8, S. 335.

In literarischer Beziehung fließen in dem von Ovid geschaffenen elegischen Lehrgedicht die Traditionen der Elegie und der didaktischen Poesie zusammen. Ahnherr der erotischen Elegie in Rom ist Cornelius Gallus, der als Präfekt von Ägypten bei Augustus in Ungnade fällt und daraufhin freiwillig in den Tod geht. Ovid ist der einzige Augusteer, der auch nach diesem Zeitpunkt nicht müde wird, Gallus rühmend zu erwähnen. Ihm verdankt er letztlich die Verbindung von mythologischer und erotischer Thematik und vielleicht auch den didaktischen Ansatz (soweit man aus dem Silensgesang in Vergils sechster Ekloge schließen kann). Die unerschrockene Treue zu jenem wichtigen Anreger ist ein Beleg für die geistige Unabhängigkeit Ovids von der offiziellen politischen Linie und für eine gewisse Freude am Spiel mit dem Feuer. Wird er nicht sogar über die »goldenen Zeiten« unter Augustus spotten (*ars* 2,277)?

Anders als der wohl älteste Elegiker nach Gallus, Tibull[6], beschränkt sich Ovid in jeder *Liebeselegie* auf ein einziges Thema: Tibulls scheinbar assoziative, in Wahrheit höchst kunstvolle Verschlingung mehrerer Themen in einem Gedicht scheint ihn nicht gereizt zu haben. Um so tiefer ist er diesem Klassiker der Elegie in der Geschliffenheit des Versbaus und im musikalischen Ebenmaß harmonischer Wortklänge verpflichtet. Auch als Liebesdidaktiker zählt Tibull zu Ovids Vorläufern: Priaps Lehren über Knabenliebe (Tibull 1,4) befolgt Ovid nicht in der Sache, doch übernimmt er formale Elemente; Tibulls (1,8) Aufforderung an das Mädchen, den Bitten des Marathus nachzugeben, ist ein Ausgangspunkt für den erotischen Protrepticus an die Frauen zu Beginn des dritten Buches der *Liebeskunst.*

6 M. v. Albrecht, »Von Tibull zu Ovid«, in: M. v. A., *Große römische Autoren*, Band 3, Heidelberg 2013, S. 163–171.

Mit dem zweiten großen augusteischen Elegiker, Properz, ist Ovid befreundet. Beide verbindet die verhältnismäßig reiche Verwendung des Mythos in der Liebeselegie, eine poetische Technik, die auch in der *Liebeskunst* große Bedeutung haben wird. Auch Properz kennt gelegentlich Liebesdidaktik. Entscheidend ist freilich, dass bei allen Elegikern das Didaktische in einen bestimmten Kontext eingefügt, also nicht in der Weise verselbständigt ist, wie es in der *Liebeskunst* erscheint. Der Elegiker überlässt sich im Prinzip freiwillig der Leidenschaft und will sie nicht etwa rational beherrschen. Dennoch wurzelt Ovids *Liebeskunst* vielfach in seinen *Liebeselegien*: man denke von den vielen wiederaufgenommenen Situationen nur an das Gastmahl und an die entzückenden Annäherungsversuche im Zirkus.

Man pflegt Ovids *Amores* in ihrer Orientierung an einem festen Thema, ihrer rationalen Klarheit, Typik, Objektivität und distanzierten Ironie den »subjektiv-erotischen« Elegien seiner römischen Vorgänger gegenüberzustellen. Um die Kontraste klar herauszuarbeiten, beschränkt man sich bei Properz wie Tibull jeweils auf das erste Buch. Setzt man dann noch – unzulässigerweise – »subjektiv« mit »erlebt« und »objektiv« mit »fiktiv« gleich, so ist ein bequemer Rahmen für ein vorgeblich ästhetisches, in Wahrheit aber moralisches Urteil über Ovid geschaffen. Immerhin gibt die uns allein erhaltene zweite Auflage der *Liebeselegien* ein umfassendes Bild der verschiedensten Situationen und Probleme der Liebe bis hin zu heiklen Themen wie Impotenz (3,7) und Abtreibung (2,13.14) und leistet somit wesentliche Vorarbeit für die *Liebeskunst*.

Zahlreiche Motive aus den *Amores* werden in der *Liebeskunst* wiederverwendet und ins Didaktische umgesetzt, so die anmutige Szene beim Wagenrennen (*am.* 3,2; *ars* 1,135–170) oder das Motiv »Mir gefallen alle« (*am.* 2,4; *ars* 2,641–680). Seefahrt und Wagenfahrt liegen als bedeutungsvolle Symbole mehreren Liebeselegien zugrunde; in der *Liebeskunst* und den *Heilmitteln gegen die Liebe* werden diese Motive systematisch weiter entfaltet und erhalten strukturbildende Funktion.[7] Ähnliches gilt von der Vorstellung, Liebe sei Kriegsdienst (*am.* 1,9 und *ars* 2,233–238).

Ovid ist ein Autor, für dessen Schaffen intratextuelle Beziehungen konstitutiv sind.[8] So findet sich mehrfach Didaktisches bereits in den *Amores* (1,4; 2,5; 2,19): vgl. etwa die Lehren der Kupplerin (1,8: sie haben ihre Entsprechungen bei Tibull 1,5,59 und Properz 4,5); in *am.* 1,4 macht der elegische Liebhaber seiner Geliebten detaillierte Vorschriften für ihr Verhalten beim Gastmahl (vgl. später: *ars* 1,565–608 und schon Tibull 1,4 und 1,8). Innerhalb der *Amores* wird die didaktische Problematik thematisiert. Der elegische Liebhaber macht die Erfahrung, dass seine Lehren auf ihn selbst zurückfallen (2,18,20).

Eine ausdrückliche Erwähnung der *Liebeskunst* kann man in *am.* 2,18,19 annehmen (einer Stelle, die demnach für die zweite Auflage der *Amores* geschrieben wäre); doch ist es für die Ambivalenz der *Amores* bezeichnend, dass sich die Stelle zur Not auch auf Elegien didaktischen Inhalts wie *am.* 1,4 beziehen lässt. Der Lehrer der Liebe wird mit seinen eigenen Waffen geschlagen: In *am.* 2,5 kehrt die Geliebte die Vorschriften von 1,4 gegen den Sprecher. Unabhängig davon, ob Ovid zur Zeit der Abfassung von *am.* 2,18 schon an der *Liebeskunst* gearbeitet hat, lässt diese Stelle erkennen, dass Ovids Erstlingswerk in vielen Punkten über sich hinausweist und auf seine späteren Werke vorausdeutet.

7 M. Weber, *Die mythologische Erzählung in Ovids Liebeskunst. Verankerung, Struktur und Funktion*, Frankfurt a. M. 1983.

8 Vgl. M. v. Albrecht, in: *Große römische Autoren*, Band 3, S. 205–215.

Lehrdichtung

›Lehrdichtung‹ war in der Antike kein Schimpfwort. Hesiod hatte in Versform vom Ursprung der Götter und vom arbeitsreichen Leben des griechischen Bauern geschrieben, Parmenides und Empedokles vom Wesen der Natur. Die epische Form der Didaktik war Ausdruck des Anspruchs, Bedeutendes über die Welt mitzuteilen; die Konkurrenz mit Homer war Teil des Programms. In hellenistischer Zeit entstand die lehrhafte Poesie aufs Neue: Mit starker innerer Anteilnahme schrieb Arat sein astronomisches Gedicht, das in Rom Cicero und Germanicus nachgestalten sollten; auch von Ovid kannte man *Phaenomena*. Daneben entwickelte sich eine reiche Literatur, die in Versform allerlei Fachwissen vermittelte – bis hin zu Nikanders *Gegengiften*, Ennius' *Feinschmeckereien* und Ovids kleinem Spezialwerk über *Gesichtspflege* (*Medicamina faciei*). Man sieht: Das Spektrum reicht von der engagierten Mitteilung eines vom Verfasser für wichtig gehaltenen Stoffes, der durch poetische Form dem Leser mundgerecht gemacht werden soll, bis hin zur bloßen Demonstration technischer Virtuosität an gleichgültigen oder gar abstrusen Gegenständen. Nachdem Lukrez[9] den hohen Anspruch des didaktischen Dichters erneuert hatte, setzte Vergil in dem *Gedicht vom Landbau* (*Georgica*), »the best poem of the best poet« (Dryden), neue Maßstäbe, denen sich kein Späterer entziehen durfte: Hier war der Landbau in seinen verschiedenen Spielarten zum realen Symbol für die kulturelle Aufgabe und Leistung des Menschen ge-

9 Es gibt nicht wenige Berührungen der *Liebeskunst* mit Lukrez. Besonders auffällig ist der rhetorische Passus über den Selbstbetrug der Verliebten, die Mängel der Geliebten als Vorzüge interpretieren (M. v. Albrecht, *Große römische Autoren*, Band 3, Heidelberg 2013, S. 36–39.

worden. Buchaufbau, Bilderwelt, Einlagen waren aufs Feinste aufeinander abgestimmt und in harmonische Beziehung zueinander gesetzt. Der Dichter fühlte sich nicht mehr als Arzt, der dem Kranken die bittere Arznei der Philosophie in einem am Rande mit Honig bestrichenen Becher reichte (Lukrez), sondern als Priester, inspiriert von den Musen und von Augustus. Auf der Suche nach den Wurzeln der Kultur werden die bäuerlichen Anfänge verklärt.

Ovid übernimmt manche Elemente aus Vergils *Georgica*, z. B. Bilder und Vergleiche aus der landwirtschaftlichen Arbeit, doch ist seine Kulturphilosophie der vergilischen entgegengesetzt. Er verherrlicht nicht die altrömische Vergangenheit, sondern die moderne Zivilisation, in der er lebt: »Das Altertum möge andere erfreuen, ich preise mich glücklich, dass ich erst jetzt geboren bin. Diese Zeit passt zu meiner Art« (*ars* 3,121 f.). Wenn Ovid eine »Kunst der Liebe« schreibt, so bietet dieses Thema durchaus die Möglichkeit, mit den römischen Vorgängern im Lehrgedicht zu konkurrieren. Hat nicht Lukrez sein Werk über die Natur mit einem Venushymnus begonnen? Ist nicht die Liebe als zivilisatorischer Faktor durchaus der von Vergil besungenen Landwirtschaft ebenbürtig, wenn nicht gar überlegen?

Auch sonstige Fachschriftstellerei mag Ovid beeinflusst haben; die zahlreichen Bilder aus Jagd und Fischfang können als witzige Parallelen zu entsprechenden hellenistischen Lehrdichtungen gedeutet werden; aber unentbehrlich ist eine solche Annahme nicht.

Näher liegt es, die *Liebeskunst* mit der *Redekunst* zu parallelisieren[10], wobei Ovid freilich vermeidet, durch überdeutliche

10 Th. Zielinski, *Marginalien* (1905), wiederabgedr. in: *Ovid*, hrsg. von M. v. Albrecht und E. Zinn, Darmstadt 1968, S. 205 (Wege

Ausführung in Abgeschmacktheit abzugleiten. Ihren eigenen Stellenwert findet die Rhetorik bei der Werbung: Zu den Gottheiten, die bei griechischen Hochzeiten anwesend gedacht wurden, gehört auch die Göttin der Überredung, Peitho. Durchweg betont Ovid den rhetorischen Aspekt: so bei der Abfassung von Liebesbriefen oder bei der Beschönigung körperlicher Mängel der Geliebten.

Mythen und Leitmotive: Literarische Technik

Ein ganzes Buch als fortlaufenden Text zu gestalten, gelingt Ovid erstmals in der *Liebeskunst.* Dabei bilden mythologische Exempla und konsequent angewandte Metaphern einheitschaffende und gliedernde Elemente[11]. Schon hier greift der konstruktive Ansatz über das Einzelbuch hinaus. In noch größeren Einheiten wird Ovid in den *Metamorphosen* denken.

Es gehört zur Tradition des Lehrgedichts, dass der Dichter in eigener Person als Lehrmeister spricht, weiter, dass ein oder mehrere Schüler angeredet werden, schließlich, dass der Gegenstand mit einer gewissen Systematik behandelt wird. Mit einer feierlichen Formel des Altmeisters Ennius wendet sich der leichtsinnige Ovid an die römische Jugend (*Romana iuventus: ars* 1,459). Für die Gattung bezeichnend ist die große Zahl der Imperative und sonstiger Formen der Aufforderung. Flie-

der Forschung, 92); W. Stroh, »Simulatio. Zu einer rhetorischen Technik in Ovids liebesdidaktischen Gedichten«, in: *Neue Literatur* (Bukarest) 23,6 (1972) S. 82–85; W. Stroh, »Rhetorik und Erotik. Eine Studie zu Ovids liebesdidaktischen Gedichten«, in: *Würzburger Jahrbücher für die Altertumswissenschaft* N. F. 5 (1979) S. 117–132.

11 M. Weber, *Die mythologische Erzählung in Ovids Liebeskunst. Verankerung, Struktur und Funktion*, Frankfurt a. M. / Bern 1983.

ßende Übergänge verschleiern die Systematik der Darstellung (3,765 f.).

- Bilder, Vergleiche und Exkurse sollen nicht nur das Lernen angenehm gestalten; sie enthalten auch Hinweise auf die allgemeine kulturelle Tragweite des Themas und seinen tieferen Sinn. Anspielungen auf den Ackerbau haben eine besondere kulturphilosophische Resonanz und schlagen literarisch die Brücke zu Vergils *Georgica*. Als Leitmotive dienen Seefahrt und Wagenrennen. Die beiden Vorstellungen erscheinen häufig vereint: einmal bezogen auf den Lehrer der Liebe als Steuermann und Wagenlenker Amors (1,3–8), zum andern auf das Lehrgedicht als Prozess (z. B. 3,99 f.; 3,748; 3,809), weiter auf die Situation des Schülers der Liebe (2,9 f.; vgl. 2,5–8), schließlich auf den Liebesakt (2,725–727.731 f.). Diese Bilder haben den Vorzug, einen bewegten Prozess als gegliedertes Ganzes darzustellen: Die Wendemarke beim Wagenrennen bezeichnet den Höhepunkt; die Segelfahrt kann auf hoher See, noch oder wieder in der Nähe des Hafens spielen. So wird einerseits eine Zusammenschau verschiedener Bereiche möglich, andererseits eine Orientierung über das augenblickliche Stadium des didaktischen Prozesses. Die Wiederkehr bestimmter Namen kann die Struktur des Werkes unterstreichen: So erscheint der Dichter am Anfang des ersten und am Ende des zweiten Buches als »Automedon« (1,5; 2,798), und das Bild des Amazonenkampfes schlägt die Brücke zum dritten (2,743 und 3,1 f.).

Auf keinem Gebiet mangelt es Ovid an mythischen Exempeln: Köstlich, was er alles über Körpergröße, Kleidung, Liebesworte und Liebesstellungen der antiken Heroinen weiß, als hätte er sie persönlich gekannt. Soweit solche ›Informationen‹ nicht aus Literatur und Kunst stammen, sind sie gut erfunden.

Beispiele aus Mythos und Geschichte können sich zu anschaulichen Erzählungen ausweiten. So belegt das traurige Schicksal der Procris den Rat, nicht allzu schnell an eine Untreue des Partners zu glauben; die Geschichte von Daedalus zeigt, dass es schwer ist, ein geflügeltes Wesen wie Amor zu fesseln, die Anekdote von Mars und Venus, dass es töricht ist, die Frau beim Ehebruch zu ertappen, da der Ehemann dadurch als Hahnrei bloßgestellt wird. Als ›Stiftungslegende‹ (Aition) dient der von Romulus angeordnete Raub der Sabinerinnen: Seitdem ist es ein geheiligter Brauch, im Theater Liebesbeziehungen anzuknüpfen. Die Tatsache, dass die Erzählungen oft über den eigentlichen Anlass hinaus weitergesponnen werden, lässt den künftigen Dichter der *Metamorphosen* ahnen. Zwei Geschichten – Daedalus und Icarus, Cephalus und Procris – werden dort wiederkehren. Richard Heinze hat in einer bekannten Abhandlung (Leipzig 1919) zwischen ›epischer‹ und ›elegischer‹ Erzählung unterschieden. Außer der Gattungsdifferenz muss man freilich auch die Funktion im Kontext beachten: In den *Metamorphosen* dominiert vielfach das aitiologische Interesse, in der *Liebeskunst* die Beispielfunktion. Der Fragehorizont der *Liebeskunst* verharrt weitgehend im psychologischen Bereich; in den *Metamorphosen* werden schicksalhafte Zusammenhänge betont.[12] Das Ziel des Dichters ist, wie wir heute sehen, oft weniger die klare Scheidung als die wechselseitige Bereicherung von Epos und Elegie.

Kultivierte Natürlichkeit: Sprache und Stil

Ovids Wortschatz ist scheinbar alltäglich, die Oberfläche seiner Sprache wirkt glatt. Wie viel Erfindungskraft hinter sol-

12 Vgl. M. v. A., *Römische Poesie*, Heidelberg 1977, Tübingen ²1995, S. 63–79.

cher Natürlichkeit steckt, bemerkt man erst bei genauerer Nachprüfung.[13]

Die Behandlung des Hexameters und des elegischen Distichons ist gleichermaßen virtuos. Hervorzuheben sind der Reichtum an Daktylen und der tänzerische Rhythmus, der durch Sperrungen, Antithesen und den häufigen Zusammenfall von Satz- und Versende in seiner Wirkung gesteigert wird. Zwei- oder dreisilbige Wörter am Hexameterschluss, zweisilbige am Pentameterende sind die Regel. Die seltenen Ausnahmen sind durch Tradition oder Inhalt gerechtfertigt: so die gewichtige Anrede an die Nachwelt (*posteritas*, in: *trist.* 4,10,2).

Im Unterschied zu Properz meidet Ovid dunkle und schwierige Ausdrücke. Sein klarer Satz- und Versbau will tibullische Anmut mit properzischer Energie verbinden. In gewissem Sinne kann man den ›schlichten Stil‹ seiner Elegie als Erfüllung des Programms verstehen, das er für die Abfassung von Liebesbriefen aufstellt. *Sit tibi credibilis sermo consuetaque verba* – »Deine Rede sei glaubwürdig, wähle vertraute Worte« (*ars* 1,467). Und: »Wer außer einem Wahnsinnigen würde vor der zärtlichen Freundin deklamieren?« (*ars* 1,465; vgl. auch 2,507). »Deklamieren« ist hier die technische Bezeichnung für das ›Abspulen‹ einer schulgerechten rhetorischen Übungsrede. Bei richtiger Verwendung soll sich das Rhetorische nicht verselbständigen, es soll vielmehr im Verborgenen wirken (*Metamorphosen* 10,252: *ars adeo latet arte sua*). Dann verleiht es dem poetischen Text »Spannkraft« (*nervos*); der »Glanz« (*nitor*) hingegen erscheint als spezifische Gabe der Poesie (*Pont.* 2,5,70).

Zum Dialogcharakter tritt Doppelbödigkeit hinzu. Ein Mittel, die Doppelzüngigkeit ein und desselben Sprechers fühlbar zu machen, ist die Parenthese, ein ursprünglich der Umgangs-

13 Zahlreich sind seine Neologismen, z. B. Substantive auf *-men*, Adjektive auf *-fer* und *-ger*.

sprache abgelauschtes Mittel, das der Dichter virtuos zur Charakterisierung einsetzt, ein Mittel, das den normalen Fluss des Satzes zerreißt und auf diese Weise Möglichkeiten zu ›polyphonem‹ Sprechen eröffnet.[14] Subjektive Aussagen können objektiv bestätigt oder nebenbei in Frage gestellt werden: »Bewirkt – und das ist nicht schwer –, dass wir glauben, geliebt zu sein« – *efficite (et facile est) ut nos credamus amari* (*ars* 3,673). In solchen Fällen verständigt sich der Autor augenzwinkernd mit dem aufgeklärten Leser.

Ovid stellt solche Mittel, die ihm die gesprochene Sprache in reicher Fülle bietet, in den Dienst der anschaulichen Darstellung (*evidentia*, ἐνάργεια). Sinnenhafte Vergegenwärtigung ist eines seiner Hauptanliegen.

Reiche Ernte verspricht auch die Mehrdeutigkeit der Worte, das *ambiguum*, obwohl vom Interpreten hier viel Takt verlangt wird – nur ein Schritt zu weit, und wir verlassen das Feld des Künstlerischen. Einer exakten Beschreibung entzieht sich Ovids subtile Verwendung von Witz, Humor und Ironie. Ovid ist nie grob oder vulgär. Wie hier jeder Strich sitzt, wird der nachdenkliche Leser mit Vergnügen selbst beobachten.

Ovid ist einer der glänzendsten Erzähler der Weltliteratur. Die sprachlichen Mittel verwendet er dabei mit überlegener Ökonomie. Oft beginnt er – etwa in der Cephalus-Erzählung der *Liebeskunst* – seine Schilderung aus der Vogelschau. Die Landschaft wird im Ganzen überblickt, das Auge konzentriert sich dann auf einen einzelnen Punkt. Man sieht eine Gestalt in gewohnheitsmäßiger Tätigkeit. Dann wird ein bestimmter Augenblick herausgegriffen, die Reihe der Handlungen setzt

14 M. v. A., *Die Parenthese in Ovids Metamorphosen und ihre dichterische Funktion*, Hildesheim 1964 (2. Auflage 1994); wichtig zum Stil der *Liebeskunst*: U. Kettemann, *Interpretationen zu Satz und Vers in Ovids erotischem Lehrgedicht*, Frankfurt a. M. / Bern 1979.

sich fort, bis ein entscheidendes Ereignis eintritt. Die Reliefwirkung entsteht durch den gestaffelten Einsatz verschiedener Erzähltempora[15], die unterschiedlichen Einstellungen einer Kamera vergleichbar sind. Gleichnisse oder Monologe erhöhen als retardierende Momente die Spannung vor der Katastrophe. Der Überraschungseffekt kann dadurch gesteigert werden, dass die aufregende Wendung des Geschehens in einem Nebensatz berichtet wird (*cum inversum* oder gar *nisi*). Überhaupt beschleunigt sich nach dem Hauptereignis das Erzähltempo – entsprechend dem Spannungsabfall im Bewusstsein des Lesers. Durch überlegtes Aufsparen bestimmter sprachlicher Mittel wird eine starke Reliefwirkung erzielt. In dieser Beziehung ist Ovids Kunst mit der des Livius vergleichbar.

Zu wenig war bisher von einem Hauptreiz der *Liebeskunst* die Rede: von der stilistischen Wendigkeit, mit der sich der Standpunkt oft von Halbvers zu Halbvers verschiebt, von der scheinbar nachlässigen Anmut der Diktion, die den Übersetzer an seiner Aufgabe verzweifeln lässt, von der Frische der Beobachtung, dem Charme der funkelnden Aperçus, dem ironischen Pomp, mit dem oft die leichtfertigsten Dinge als tiefsinnige Offenbarungen vorgetragen werden, von der mit todernster Miene entfalteten Gelehrsamkeit, der doch stets der Schalk im Nacken sitzt, von der raffinierten Verbindung feinster Stilisierung und scheinbar umgangssprachlicher Mühelosigkeit. Es ist der Großstädter in Ovid, der urbane Causeur, der hier der Kunstsprache der Elegie mit einer später vielleicht nur noch von Puschkin erreichten Leichtigkeit den Schein des Natürlichen und die Ungezwungenheit geistvollen Geplauders verleiht.

15 M. v. Albrecht, »Zur Funktion der Tempora in Ovids elegischer Erzählung (Fast. 5,379–414)«, in: *Ovid*, hrsg. von M. v. A. und E. Zinn, Darmstadt 1968, S. 451–467.

Poetologie: Dichterisches Selbstverständnis

Unser Dichter ist in seinen Aussagen über Dichtung recht präzise; je nach Gattung sind die inspirierenden Instanzen verschieden.

In den *Amores* setzt Ovid die Tradition der ›werbenden‹ – die Angebetete ›erweichenden‹ – Elegie fort; er ist von Amor verwundet und besiegt, Amor diktiert ihm die Gedichte: Die Inspiration kommt hier von den Liebesgöttern und dem Mädchen. Dass er seiner Geliebten – wie es sich für einen Elegiker gehört – Berühmtheit schenkt, führt freilich dazu, dass andere sie ebenfalls schätzen und dass er sie verliert: *ingenio prostitit illa meo* (*am.* 3,12,8); so denkt Ovid die Topoi konsequent zu Ende.

Zu Beginn des letzten Buches der *Amores* steht er wie Hercules am Scheidewege: Nochmals wählt er die Elegie, doch verspricht er, sich später der Tragödie zu widmen (*am.* 3,1). Im Schlussgedicht (3,15,17 f.) ruft ihn Dionysos zu höheren Aufgaben – gemeint ist die Tragödie *Medea*; der inspirierende Gott ist dem neuen Genos entsprechend gewählt.

Im Prooemium der *Liebeskunst* distanziert sich Ovid von dem traditionellen Inspirationsanspruch: Er will sich nicht wie Hesiod auf die Musen berufen (1,27 f.), aber auch nicht auf Phoebus (wie viele hellenistische Dichter) oder auf Vogelstimmen. In deutlichem Anklang an Tibull (1,8,3 ff.) betont er die eigene schmerzliche Erfahrung (*ars* 1,23 f.) als Quelle seines Dichtens. Wie sein elegischer Vorgänger nennt er in diesem Zusammenhang die Göttin Venus.[16] Weiß Tibull sich von Venus selbst magisch gefesselt und unter Schmerzen belehrt, so spricht Ovid nur davon, dass Venus ihn zum Lehrer für Amor bestellt habe (1,7), und ruft sie zu Beginn um ihren Bei-

16 Zur Verbindung von Erfahrung und Venus vgl. auch Tib. 1,8,3 f.

stand an (1,30; vgl. 3,43–58.769 f.); wie man es im Lehrgedicht erwartet, ist sie die für das Sachgebiet zuständige Gottheit. Die Berufung auf eigene Erfahrung (*usus*; 1,29) als Triebkraft des Dichtens gehört zur römischen Liebeselegie; jetzt bringt Ovid das Motiv geschickt in die didaktische Tradition ein. Es ist im Lehrgedicht übrigens nicht selbstverständlich, dass der Autor eigene Sachkompetenz besitzt. In älterer Zeit beruft man sich auf Gottheiten (Hesiod); später behält man diese Form bei, wie etwa Lukrez und Vergil, die übernommenes Wissen für ihr Publikum dichterisch umsetzen. Ovid hingegen ist Sprachkünstler und Sachkenner in Personalunion. Aus dem Bereich der Prosa könnte man als ähnlichen Idealfall Ciceros Werk *Über den Redner* (*De oratore*) anführen. Selbständigkeit schließt freilich die Beschäftigung mit einschlägiger Fachliteratur nicht aus – eigene Erfahrung weitet sich so zur kollektiven (der Elegie, der Komödie usw.). Ja, die Berufung auf eigenes Erleben ist, wie wir sahen, selbst ein elegischer Topos. Es geht dem Didaktiker um Glaubwürdigkeit; daher werden die spezifisch poetischen Gottheiten – Apollo und die Musen – eingangs ausdrücklich beiseite gelassen (1,25–28), und am Ende stellt Ovids Erfahrungswissen gar das delphische Orakel in den Schatten (3,789 f.).

Freilich behält der poetische Lehrer die zu Anfang eingenommene Position im Folgenden nur mit Einschränkungen bei. Wie Amor im ersten Buch, wo es darum geht, ihn zu fangen, »wild«, im zweiten Buch, wo es darum geht, ihn zu halten, »geflügelt« ist, sich also jeweils dem Thema entsprechend von verschiedenen Seiten zeigt, so tritt auch der Dichter je nach dem Zusammenhang mit unterschiedlichem Anspruch auf.

Nicht erst das dritte Buch erneuert die eingangs verdeckte Inspirationsvorstellung (Venus-Offenbarung, V. 43 ff., 769), sondern schon das zweite (V. 493–510). Hier erscheint der anfangs verschmähte Apollo dem Poeten und fordert die Schüler zur Selbsterkenntnis auf. Auch am Ende des zweiten Buches klingen religiöse Töne an: Ovid vergleicht sich mit dem Seher Kalchas und mit dem göttlichen Waffenschmied Vulcan. In dieser Beziehung ist also eine kontinuierliche Zunahme des poetischen Anspruchs festzustellen; der Gipfel ist im dritten Buch erreicht, wo Ovid seinen Leserinnen als inspirierter Dichter gegenübertritt. Es würde nun wohl zu weit gehen, die verschiedenen, einander widersprechenden Stellen gegeneinander auszuspielen. Man muss vielmehr jede dieser Äußerungen in ihrem jeweiligen Zusammenhang sehen. Am Anfang kommt es vor allem darauf an, das Vertrauen der Schüler zu gewinnen. Hierfür ist einerseits Bescheidenheit die wichtigste Voraussetzung (ein Grunderfordernis der Prooemientopik), andererseits die Berufung auf eigene Erfahrung als beste sachliche Legitimation des Lehrers. Die Aufforderung zur Selbsterkenntnis im zweiten Buch bildet den Auftakt zu der eigentlichen erotischen Geheimlehre. Schon wegen des bekannten Spruchs »Erkenne dich selbst« liegt es hier nahe, Apollo als Autorität heranzuziehen. Vollends im letzten Buch bedarf der Dichter in dem Augenblick, wo er genötigt ist, unter Überschreitung der normalen Kompetenzen eines Weltmannes Frauen detaillierte Anweisungen für ihr Sexualverhalten zu geben, einer amtlichen Berechtigung, die Schwelle zum Schlafzimmer zu überschreiten. Hier beruft er sich passenderweise auf Venus. So werden göttliche Autoritäten dann zitiert, wenn der Dichter gezwungen ist, die Grenzen seines Bewusstseins zu erweitern oder über seine Zuständigkeit als Privatmann hinauszugehen. Ähnlich rief schon Homer die Musen vor dem Schiffskatalog an, einer gewaltigen Aufzählung, die dem Gedächtnis eines Einzelmenschen nicht zuzumuten wäre; entsprechend verfährt Vergil bei der Frage nach den Ursachen von Junos Zorn, die es in der fernsten Vergangenheit der Menschheit aufzusuchen gilt. Eigene Erfahrung und göttliche

Eingebung ergänzen sich bei Ovid insofern, als er beide Vorstellungen dem Prinzip des Angemessenen unterordnet. Der Inspirationsgedanke tritt am Anfang zurück, weil er dort unbescheiden wirken würde, und an beiden späteren Stellen erlaubt umgekehrt gerade dieses Motiv dem Dichter, auch heikle Fragen bescheiden und diskret zu behandeln.

Wenn es darum geht, die Zöglinge Selbsterkenntnis zu lehren, erscheint der hierfür zuständige delphische Gott (2,493–510). Und bei dem Wunsch, von Mädchen gelesen zu werden, ruft Ovid gar Apollo, Bacchus und die Musen an (3,347 f.): passend, denn hier geht es um Literatur qua Literatur. Dass den Dichtern eine Gottheit innewohnt, ist gewiss ein Grund dafür, dass Mädchen ihnen gewogen sein sollen (3,547–550). Doch bekräftigt Ovid seinen Glauben an die Göttlichkeit des dichterischen Talents – nicht nur seines eigenen – auch in ernsterem Zusammenhang (*trist.* 4,10,41 f.; vgl. *fast.* 6,5.251–256, *Pont.* 3,4,93).

Ausblick: Poetologie in Ovids späteren Werken

Ein kurzer Ausblick auf Ovids Poetologie in seinen späteren Werken bestätigt die beobachteten Tendenzen. Wenig erforscht, aber besonders aufschlussreich sind in dieser Beziehung die *Heroiden*. Zum einen liefert diese Sammlung das weibliche Gegenstück zu den *Amores*. Jetzt sind liebende Frauen die Sprecherinnen. Neu ist ferner in den *Heroiden* das poetologische Programm, hohe Dichtungsgattungen und hellenistische Kleinform zu vermählen (wie an anderer Stelle gezeigt werden konnte).[17] Einerseits behandeln sie Themen aus Epos

17 M. v. Albrecht, *Ovid. Eine Einführung*, Stuttgart 2003, S. 84–130, bes. S. 116.

und Tragödie im Lichte ›moderner‹ hellenistischer Psychologie, andererseits steigern sie private Stoffe hellenistischer Provenienz ins quasi Monumentale. Dieses hochintellektuelle Programm wird geradezu systematisch entwickelt, wobei sich die Intertextualität im Laufe der Briefsammlung zunehmend verkompliziert und sich auch auf Ovids eigenes Schaffen ausdehnt.

Die Inspiration für die *Metamorphosen* wird – wie in der *Liebeskunst* – von der für das Thema zuständigen Instanz erbeten (*met.* 1,2): den Göttern, welche die Verwandlungen herbeigeführt haben. Die Musen erscheinen später, und zwar – gewiss nicht zufällig – in den Schlussbüchern der drei Pentaden: Im fünften Buch treten sie als Handelnde und Erzählerinnen auf; im zehnten ruft der Musensohn Orpheus zu Beginn seines Gesanges passend seine göttliche Mutter an; im fünfzehnten schließlich wendet sich der Dichter vor dem gewichtigen Schlussteil selbst feierlich an die Musen.

Der Epilog der *Metamorphosen* lässt – im Anklang an Horaz (*carmen* 3,30) und Properz (3,2) – die Unsterblichkeit des Dichters, von der Ovid schon in den *Amores* (1,15; 3,15) durchdrungen war, als Folgerung aus dem Werk erwachsen. Das Selbstbewusstsein des Elegikers (vgl. Properzens Berufung auf das *ingenium* 3,2) weitet sich ins Kosmische. Zugleich weiß sich der Dichter – unter Überbietung des Horaz – gefeit gegen menschlichen Zerstörungswillen (*ferrum*) und »Iuppiters Zorn«, mit dem nur der des Herrschers gemeint sein kann. Ovid darf sich auf ein weltweites Leserpublikum stützen.

Der Übergang zu der Selbstbehauptung des *ingenium* in den Verbannungsgedichten – besonders in dem Vermächtnis an die junge Dichterin Perilla (*trist.* 3,7)[18] – ist bruchlos. Die Unver-

18 M. v. A., *Große römische Autoren*, Band 3, Heidelberg 2013, S. 269–277.

gänglichkeit geistiger Gaben und Werte, schon in der *Liebeskunst* kurzlebigen Gütern vorgezogen (*ars* 2,111 f.), gewinnt für den Verbannten Aktualität: *en ego, cum caream patria vobisque domoque, / raptaque sint, adimi quae potuere mihi, / ingenio tamen ipse meo comitorque fruorque, / Caesar in hoc potuit iuris habere nihil* (*trist.* 3,7,45–48). Mag er auch vieles verloren haben, der Dichter bleibt im Besitz seines Talents, das der Macht des Herrschers entzogen ist. Selbst ein gewaltsamer Tod, fährt Ovid fort, wird den Dichter nicht auslöschen können, der bei seinen Lesern im Ruhm fortlebt.

Daneben gewinnt in den Verbannungsgedichten ein weiterer Aspekt an Bedeutung: Dichtung als Trost für den Dichter.[19] In der poetischen Autobiographie (*trist.* 4,10,115–122) wird die Muse als Führerin und Begleiterin, Trostspenderin und Medizin angeredet. Poesie als Weg nach innen? Ovid ist von Natur kommunikativ und nach außen gewandt. In der Verbannung bleibt der briefliche Kontakt mit Angehörigen und Freunden für ihn das Lebenselixier, besonders aber auch das Bewusstsein, von vielen gelesen zu werden. Der Dank an den geneigten Leser und die Anrede an die Nachwelt sind bezeichnende Begleiterscheinungen bei der Geburt der Exildichtung und der poetischen Autobiographie.

Wie Livius vermittelt Ovid dem Leser zuweilen das Gefühl, den Autor schreiben zu sehen, ja ihm über die Schulter zu blicken, doch weiß er auch Distanz zu schaffen. Ovid ist der Dichter des *ingenium*; häufiger als alle anderen antiken Dichter spricht er von der poetischen Inspiration.

19 W. Stroh, »Tröstende Musen. Zur literarhistorischen Stellung und Bedeutung von Ovids Exilgedichten«, in: *Aufstieg und Niedergang der römischen Welt*, hrsg. von H. Temporini und W. Haase, II 31,4, Berlin 1981, S. 2644–47.

Für wen schreibt Ovid die *Liebeskunst*?

Das Problem der Adressaten der *Ars amatoria* ist komplex: In der ersten Zeile der *Liebeskunst* wird jeder Römer zum Lesen aufgefordert, der die Kunst oder Technik des Liebens noch nicht kenne. Die Formulierung als Bedingungssatz legt den Gedanken nahe, dass dies zu Ovids Zeit die wenigsten gewesen sein dürften. Wie wir aus einer späteren Äußerung wissen, war Ovid sich dieser Tatsache bewusst: »Diese Bücher lehren, was ohnehin schon jeder kann: das Lieben.« (*trist.* 1,1,112) So ist schon der erste Satz doppelbödig, eine didaktische Absicht zwar nicht bestritten, aber in ihrem Nutzeffekt doch ein wenig in Frage gestellt. In Bezug auf die männlichen Leser seiner ersten beiden Bücher braucht Ovid keine sozialen Einschränkungen zu machen. Anders steht es mit den Leserinnen. Schon im ersten Buch findet sich eine frühzeitige Warnung an Frauen von Stande; sie wird nachdrücklich an den Stellen wiederholt, die als Aufforderung zur Prostitution (vgl. die ersten hundert Verse des dritten Buches) und zum Ehebruch verstanden werden könnten (3,611 ff.). Ovid schreibt (so will er uns glauben machen) vor allem für Libertinen (3,615), d. h. jene Schicht von Frauen, die wegen besonderer Verdienste von ihren Herren freigelassen worden sind. Sie bildeten einen mittleren Stand (im 19. Jahrhundert hätte man gesagt: eine Halbwelt) zwischen der niedrigsten Stufe, den Sklavinnen und Prostituierten, die unter der Herrschaft von Zuhältern standen, einerseits und den vornehmen Matronen und Bürgerstöchtern andererseits, deren Schändung durch strenge Gesetze verboten war. Horaz gibt uns in der zweiten seiner *Satiren* (*Sermones*) eine Vorstellung davon, dass viele Römer die freie Liebe zu Freigelassenen als den goldenen Mittelweg empfanden. Die Sittenreinheit so mancher Matrone war freilich zu Ovids Zeit durch nichts so sehr in Frage gestellt wie durch deren eigenes

Verhalten. Ließ sich doch die eine oder andere sogar, um dem Arm des Gesetzes zu entgehen, amtlich als Prostituierte eintragen. Auf solche Leserinnen wird Ovid nur ungern verzichtet haben, da sie die nötige Bildung mitbrachten, um die Feinheiten seiner Dichtung zu verstehen. Ohnehin konnte er ja nicht verhindern, dass neugierige Jungfrauen und Matronen trotz oder gerade wegen seines ausdrücklichen Verbotes weiterlasen. Es konnte also nicht darum gehen, einen bestimmten Kreis von Leserinnen auszuschließen, sondern nur darum, ihnen juristisch den Schwarzen Peter zuzuschieben. Dass Ovid andererseits auch nicht für ganz gewöhnliche Prostituierte schreibt, ergibt sich aus den hohen kulturellen und intellektuellen Anforderungen, die er an die Mädchen stellt. Die für sie bestimmte Lektüreliste umfasst so schwierige griechische Autoren wie Kallimachos und reicht von Homer bis in Ovids eigene Zeit. Wie schon der männliche, so ist auch der weibliche Kreis der Leser mit aller Ironie zugleich ganz eng und ganz weit gezogen.

Individuum, Gesellschaft, Natur: ein Erotiker großen Stils

Ovids Ansatz ist in allen Literaturgattungen umfassend: Die *Amores* spiegeln alle erdenklichen Situationen des Liebeslebens in subjektiver Sicht, *Ars* und *Remedia* in didaktischer Systematisierung. Mit den *Heroiden* schafft er eine Enzyklopädie der Frauenseele, mit den *Metamorphosen* eine solche der Verwandlungssagen; die *Fasti* sollen den römischen Jahreslauf abschreiten, *Tristia* und *Epistulae ex Ponto* das Verbannungsthema erschöpfen.

Der Universalitätsanspruch des Dichters trägt typisch römische Züge: Man denke an die Vielseitigkeit der Pioniere der altlateinischen Poesie. Die hellenistische Vorstellung vom universalen Wissen Homers und die enzyklopädische Leistung Varros machen es möglich, dass nun in Rom *poetae docti* wie Vergil und Ovid auftreten. Nicht nur im ersten und letzten Buch der *Metamorphosen* steht das mythische Weltbild der Dichter neben dem naturwissenschaftlichen der Philosophen und der Staatsreligion.[20]

Der typisch römische Wille, sich ganze Stoffgebiete zu unterwerfen, verbindet sich bei Ovid mit einem weiteren Prinzip, das für ihn in besonderem Maße eigentümlich ist und seinem Werk zugleich Begrenztheit und Tiefgang verleiht: dem Eros. Ovid hat als Liebesdichter begonnen und sich noch auf seiner Grabschrift als *tenerorum lusor amorum* (*trist.* 3,3,73; vgl. 4,10,1) bezeichnet. Auch in den *Metamorphosen* und *Fasti* bleibt er ein unverbesserlicher Erotiker. Das Verwandlungsmotiv selbst hat eine erotische Komponente: Die Polarität von Eros und Thanatos steht hinter allem Werden und Vergehen. Gegenüber der *Liebeskunst* treten freilich in den *Heroiden* und *Metamorphosen* persönliche Bindungen stärker in den Vordergrund; Liebe wird aus einem Spiel zum Schicksal. In den *Verbannungsdichtungen* setzt Ovid seiner Gattin ein Denkmal; das reichlich gespendete Lob gewinnt durch leise Vorwürfe an Lebensfülle, ohne an Glaubwürdigkeit zu verlieren.

Neben der Liebe ist die Freundschaft für den Dichter ein Lebenselement. Die prosopographische Methode vermag in unserer Zeit die Verbannungsbriefe in neuer Weise zum Sprechen zu bringen.

Ein weiteres Grundthema, das Ovids Gesamtwerk durchzieht, ist die Trennung des Individuums von seiner Umwelt. Die Ironie des Schicksals hat es gewollt, dass er in den *Heroiden* ein Problem in allen Variationen behandelt, das er in seinen letzten Lebensjahren am eigenen Leibe erfahren muss. Die

20 Vgl. Varros *theologia tripertita* bei Augustinus, *De civitate Dei* 6,5.

Kommunikation, für den Großstadtdichter eine Notwendigkeit, wird gewaltsam zerrissen; so kommen Gedanken und Gefühle auf, die Modernes vorwegzunehmen scheinen und Ovid zum weltlichen Schutzpatron aller Exilautoren machen.

Die spezifische Situation des Autors bedingt eine ungewöhnliche Mischung zeitbedingter mit zukunftweisenden Gedanken. Daher erfordert eine Behandlung von Mythos und Religion bei Ovid feine Distinktion. Die Mythen werden zwar aus ihrem rituellen Zusammenhang gelöst und radikal vermenschlicht, doch nicht ihrem ursprünglichen Sinn entfremdet. So ermöglicht der Dichter die Rezeption der antiken Sagenwelt in anderen Kulturkreisen, unabhängig von der Annahme ihrer religiösen Voraussetzungen. Die Literaturgottheiten werden zum Ausdruck eines Glaubens an Genie und Kunst. Vom Kaiser fühlt sich Ovid schlechthin abhängig und kann ihn daher im heidnischen Sinn durchaus korrekt als Gott bezeichnen. Die Monarchie stellt er nicht in Frage und insofern akzeptiert er ihre kultischen Grundlagen; doch ist er ganz gewiss weder ein leidenschaftlicher Anbeter des Augustus noch ein Held des Widerstandes. Die Sympathie für Germanicus wirkt echt; im Übrigen sollte man nicht nach persönlichen politischen Bekenntnissen suchen, wo der kosmologische Kontext (*Metamorphosen*) oder der rhetorische Zweck der Rückberufung (*Tristia*) die Färbung der Kaiserthematik prädestiniert. Wärmere religiöse Töne vernehmen wir im Zusammenhang mit Mysteriengöttern – Ovids Unterstützung des Isiskults entspricht den Gefühlen vieler seiner Leserinnen und läuft den Absichten des Augustus zuwider. Die verinnerlichte und persönliche Gotteserfahrung, wie sie die Mysterienkulte vermitteln, berührt sich mit dem *est deus in nobis* des dichterischen Lebensgefühls Ovids.

Vielleicht zu wenig kennt man den Gesellschaftskritiker Ovid (vgl. dazu S. 271 ff.). Mit scharfem, unbestechlichem

Blick beobachtet er die Schwächen der Frauen und Männer seiner Zeit (und aller Zeiten): Sprechende Einzelzüge sind mit spitzer Feder festgehalten, zuweilen grotesk karikiert. An Ovid ist ein Satiriker verlorengegangen: Humorvoller als Iuvenal, der größte und kleinste Sünden mit gleichem Pathos geißelt, und doch zupackender als Horaz mit seinem unergründlich diplomatischen Lächeln, entlarvt Ovid die Torheiten der Gesellschaft, in der er lebt. Vieles, was er in der *Liebeskunst* zur Anweisung erhebt, prangert er dadurch indirekt an.

Doch findet die Kritik ihre Grenzen in der Freude des Dichters an der Zivilisation, seiner Liebe zur Weltstadt. Liest man die *Liebeskunst* als Äußerung eines geistreichen Mannes in einer Epoche sozialer, politischer und moralischer Umschichtungen, so erkennt man, dass auch er sich von Normen leiten lässt; freilich sind diese mehr sozialer und ästhetischer als moralischer Natur (vgl. S. 268). Auch heute, wo die gesellschaftlichen Bedingungen und mit ihnen auch das Bild des Eros vielfach im Wandel begriffen scheint, bleibt Ovid mit seiner vorurteilslosen Toleranz, seiner psychologischen Erfahrung und seinem Humor eine Stimme, die gehört zu werden verdient.

Ovid beobachtet das Verhalten der Liebenden fast wie ein Naturwissenschaftler. Ein Franzose hat Ovids Werk daher einmal überspitzt »die Liebeskunst ohne Liebe« (*l'art d'aimer sans amour*) genannt. In der Tat sieht der Dichter hier weitgehend von sentimentalen, moralischen und existentiellen Implikationen ab. Dass er diese Aspekte kennt, zeigt sich freilich in seinen anderen Werken; in der *Liebeskunst* ergibt sich die Begrenzung der Perspektive logisch aus dem Ansatz, eine ›Kunst‹ oder ›Technik‹ der Liebe zu schreiben. Andererseits weiß er, dass sich aus dem entsprechenden Verhalten durch Einübung eine Haltung entwickeln kann; die echte Liebe ist also nicht ausgeschlossen.

Metaphern aus Theater und Rhetorik darf man nicht als Anstiftung zur Lüge missverstehen: »Du musst den Liebenden spielen«. Gewiss, aber nicht wie ein schlechter Komödiant; denn nur, wer selbst von einer Empfindung durchdrungen ist, kann sie im andern wecken. »Um geliebt zu werden, sei liebenswürdig.« So wird Liebe insgeheim zu einer anmutigen Schule der Selbsterziehung zu Solidarität und Toleranz. Die Frau, die sich schön macht, ist zugleich Künstlerin und Kunstwerk. Will sie ihre Attraktivität auch in späteren Jahren bewahren, so sei sie auf Geistesbildung bedacht. Die Daseinsform des Liebenden mit ihren Opfern und Entbehrungen ist dem Kriegsdienst ebenbürtig (vgl. *am.* 1,9). Die Liebe, beim Tier durch Mechanismen des Triebes geregelt, ist beim Menschen durch das Bewusstsein mitbestimmt, ist also zugleich ein Stück Natur und Kultur. Liebeskunst wird zum Paradigma für Zivilisation. Nicht zuletzt durch die Fähigkeit zu spielen erhebt sich der Mensch über die Natur. Vor allem aber ist er das Wesen, das sich selbst erkennen soll. Mit Panaitios empfiehlt Ovid hier die Erkenntnis der eigenen besonderen Fähigkeiten und ihrer angemessenen Entfaltung in der Wechselwirkung mit dem Partner.

Bei dem angeblich unphilosophischen Ovid fällt der Begriff des ›Angemessenen‹ (*aptum*) auf – eine gesellschaftsorientierte Norm, die die ganze *Liebeskunst* beherrscht und auch die spezifische Form der von Ovid gelehrten Selbsterkenntnis bestimmt: Anders als im frühen Griechentum soll sich der Mensch nicht seiner Nichtigkeit angesichts des Göttlichen bewusst werden, sondern positiv seine spezifischen Fähigkeiten erkennen und entwickeln. Diese Art der Selbsterkenntnis hat nichts mit dem delphischen Apollo zu tun, auf den sich der Dichter mit komischem Ernst beruft, sondern mit der Lehre der Mittleren Stoa. So betrachtet ist Ovids *Liebeskunst* eine Lehre vom angemessenen Verhalten in der Liebe und damit ein heiteres Gegenstück zu Ciceros Traktat *Über die Pflichten*.

Das Vorurteil, die römische Gesellschaft sei rein patriarchalisch gewesen[21], trifft in solcher Eindeutigkeit weder auf die Römer im Allgemeinen noch im Besonderen auf Ovid zu. Neben Euripides und Plutarch ist Ovid wohl derjenige antike Schriftsteller, der für die Seele der Frau das größte Verständnis aufgebracht hat. Zwar sieht man fast jeder Zeile der *Liebeskunst* an, dass sie von einem Mann geschrieben ist, und nicht selten – vor allem in den auf Abbau der Hemmungen zielenden Teilen des ersten Buches – herrscht männlicher Egoismus, oft allerdings so unverhohlen, dass die Selbstironie unverkennbar ist. Andererseits finden wir bei Ovid gerade nicht den von manchen für typisch patriarchalisch und römisch gehaltenen Sadismus gegenüber Frauen. Der Dichter warnt ausdrücklich vor sadistischen Handlungen gegenüber Sklavinnen (*ars* 3,239 ff.), er rät von jedem Verhalten ab, das den Partner kränken oder erniedrigen könnte. Gibt es eine schönere Huldigung an das angeblich schwache Geschlecht als die Bitte, uns Männern die Illusion zu lassen, wir seien Helden und überaus begehrenswert? Ein streng patriarchalischer Standpunkt würde im Wesentlichen zwei Typen von Frauen gelten lassen: Hausfrau und Kurtisane. Die eine dient dem Fortbestand der Familie, die andere dem Lustgewinn des Mannes. Gewiss ist so manche Zeile der *Liebeskunst* dem zweiten Typus zuzuordnen. Daneben aber deutet sich ein dritter Aspekt an: die Frau als Part-

21 Reich an Fehlinformationen: E. Borneman, *Das Patriarchat. Ursprung und Zukunft unseres Gesellschaftssystems*, Frankfurt a. M. 1975; z. B. S. 471 f. Richtigstellungen hierzu: In 1,5 wird die Geliebte mit ihrer eigenen Zustimmung besiegt (wohl das Gegenteil von Sadismus); in 1,7 will Ovid dafür bestraft werden, dass er die Frisur seiner Dame zerstört hat (ein witziges juristisches Gedankenspiel); in 2,4 geht es nicht um Züchtigung, sondern um Liebkosung; in 3,4 fürchtet sich die Frau nicht etwa vor dem Liebhaber, sondern vor der Heimkehr des Ehemannes.

nerin. Wiederholt fordert Ovid, dass der Genuss ein wechselseitiger sei, und äußert seinen Abscheu gegenüber erkaufter oder pflichtmäßig abgeleisteter oder einseitiger Liebe. So bleibt bei ihm bis in den intimsten Bereich die Freiheit und Menschenwürde der Frau als Partnerin des Mannes gewahrt.

Ovid ist freilich kein ›Ritter Frauenlob‹. In seiner lesenswerten »Anleitung zu Ovids Metamorphosen« nennt ihn K. Kerényi einen »unverbesserlichen Erotiker«[22]. In der Tat geht es dem Dichter nicht um eine (partielle und dadurch notgedrungen schiefe) Betrachtung des Eros *in* der Kultur, sondern um Eros *als* Kultur. Insofern ist es konsequent, dass die Erfüllung der geschlechtlichen Liebe den Zielpunkt des Lehrgangs für Männer (Buch 2) wie Frauen (Buch 3) bildet.[23]

Die Abfassung einer ›Kunstlehre‹ setzt eine bestimmte Auffassung vom Wesen der Kunst voraus. Da der Mensch von Natur aus Vernunft besitzt, ist Kunst kein Gegensatz zur Natur, sondern deren Vollendung. Man mag einen solchen überwiegend rationalen Zugang auf den ersten Blick für oberflächlich halten, aber man wird auch nicht verkennen, dass in dem durchgehenden Appell an Bewusstsein und Vernunft ein starkes soziales Moment liegt, ein Gefühl für Solidarität und ein Anreiz zur Konzessionsbereitschaft. Hier bewegt sich die *Liebeskunst* im Umkreis der Menandrischen Komödie und ihrer reifen Menschlichkeit.

22 In: *Ovid, Metamorphosen, Buch 10. Mythen um Orpheus*, übers. von E. Zinn, ill. von M. Henninger, Heidenheim 1969, S. IX–XVII, bes. S. XIII.

23 Eine moderne, ausgewogene und sehr lesenswerte Beurteilung von Ovids Frauenbild liefert Katharina Volk, *Ovid. Dichter des Exils*, Darmstadt 2012, S. 102–117.

Betrachten wir Ovids Verhältnis zur römischen Gesellschaft und zu ihren Werten noch einmal genauer: In diesem Verhältnis zeigt sich eine (seiner Poetologie vergleichbare) Doppelheit von radikaler Identifikation und innerer Distanzierung. Bedenkt man, dass Ovid im Unterschied zu der älteren Generation der Augusteer die Bürgerkriege nicht mehr bewusst miterlebt hat, wird man von ihm nicht die Dankbarkeitsbezeugungen eines Vergil oder Horaz für den neugeschenkten Frieden erwarten. Der Frieden ist für den Jüngeren bereits eine Selbstverständlichkeit. Ovid verschmäht die ihm offenstehende Senatskarriere – seine Generation durchschaut die Entwertung der republikanischen Ämter und Institutionen. Er sieht herab auf die Neureichen und Glücksritter, die nun den Ton angeben – erkennt er doch, dass der Glanz der neuen Zeit auf der Macht des Geldes beruht. Hier gibt er der traditionellen Zurückhaltung der Elegiker gegenüber der Absolutsetzung des Reichtums eine neue, aktuelle Spitze: »Heute sind wahrhaft goldene Zeiten: Für Gold lassen sich die meisten Ehrenämter kaufen« (*ars* 2,277 f.). Seine Kritik macht auch nicht vor der Vergötzung der modernen Machthaber halt: Die traditionelle Klage über die Maßlosigkeit des Menschen, der die so frevelhafte und gefährliche Seefahrt erfand, überbietet der Dichter: »So weit es dir möglich ist, [o Mensch,] tastest du auch noch den Himmel an: Tempel haben Quirinus, Bacchus, Hercules und neuerdings auch Caesar« (*am.* 3,8,51 f.).[24]

Die Mischung von restloser Bejahung des Zeitgeistes und kritischer Distanz zu ihm bedarf der Präzisierung. Als Elegiker

24 Die Streichung dieser Verse durch Ehwald (dem Kenney folgt) beruht offensichtlich nicht auf textkritischen Erwägungen, sondern auf unovidischem Untertanengeist.

verabscheut Ovid die Verbindung von Liebesgunst und Geldgeschenken. Eine Frau, die Geschenke fordert, verhält sich wie eine Prostituierte. Der reiche Rivale, der dem armen Poeten vorgezogen wird, ist als Soldat vorgestellt, der seine Reichtümer im Krieg erworben hat. Gleich einer Prostituierten hat der Krieger nur aus seinem Körper Kapital geschlagen. Dass geistige Werte nicht hoch im Kurs stehen, weiß unser Elegiker, doch versucht er für sie eine Lanze zu brechen. Um in menschenwürdiger Weise, d. h. nicht mit Gewalt, sondern durch Überredung, ans Ziel ihrer Wünsche zu gelangen, sollten Männer Rhetorik studiert haben, vor allem freilich die Kapitel, die sich auf Vermeidung unnatürlichen Schwulstes und auf schlichte Glaubwürdigkeit beziehen; Frauen sollen sich außer auf Kosmetik besonders auf Dichtung und Musik verlegen, um ihrem Charme und somit auch der Liebe Dauer zu verleihen. Ovids anspruchsvoller Lektürekanon für Mädchen würde heute jedem Philologischen Seminar Ehre machen.

Freiwilligkeit ist, wie gezeigt, einer der Werte, die Ovid uneingeschränkt bejaht. Die zynischen Lehren der Kupplerin lehnt er nicht deswegen ab, weil sie die traditionelle Frauenmoral untergraben (fordert doch auch er im Prolog zum dritten Buch der *Liebeskunst* die Frauen offen zum Lebensgenuss auf), sondern weil sie die Liebe zur käuflichen Ware erniedrigen. Noch in den *Metamorphosen* wird er die Propoetiden, die mythischen Erfinderinnen der Prostitution, brandmarken, weil sie die Gottheit der Venus leugneten. Liebe ist etwas Göttliches, ihre Kommerzialisierung ein Sakrileg. Die häufige Erwähnung der Liebesgötter in den *Amores* entspricht zwar poetischer Konvention, sie ist aber weit mehr als dies. Amor und Venus sind göttliche Mächte, von denen sich der Liebende schlechthin abhängig fühlt und auf deren Gnade er gerade deswegen angewiesen ist, weil er so oft ihre Grausamkeit erfährt.

Das Bild der römischen Gesellschaft ist in den *Amores* und

in der *Ars amatoria* mit kecken Strichen gezeichnet. Ovids Gesellschaftskritik (s. dazu auch S. 266 f.) ist bissiger als die des Horaz, obwohl oder gerade weil Ovid die neuen Zeiten voll bejaht, ja in ihnen aufzugehen scheint. Er macht es mit der zeitgenössischen Gesellschaft wie mit Amor: Er versucht zu überleben, indem er sich ihrer Macht restlos ausliefert. Anders als Tibull verklärt Ovid nicht die altrömische Vergangenheit. »Das Altertum möge andere erfreuen; ich aber wünsche mir Glück, dass ich erst jetzt geboren bin. Dieses Zeitalter passt zu meinem Charakter« (*ars* 3,121 f.). In dieser Beziehung muss man ihn (was oft vergessen wird) den überzeugtesten Augusteer nennen. Seine Identität als Augusteer ist freilich primär keine politische, sondern eine kulturelle. Er bejaht die moderne Zivilisation. Mit Scharfblick beobachtet er den Verfall der alten Werte. Den Wandel im Verhältnis der Geschlechter nimmt er zur Kenntnis und ist bereit, Frauen wie Männern gleiche Freiheit in sexueller Hinsicht zuzugestehen. Wofür er sich dabei jedoch mit Nachdruck einsetzt, ist die Freiwilligkeit der Liebe, ihre göttliche Würde (die keine Käuflichkeit duldet) und die gegenseitige Achtung und Diskretion zwischen den Partnern. Wenn Ovid ein Moralist ist, so gewiss ein Moralist ohne erhobenen Zeigefinger, dafür mit einem ungewöhnlichen Maß von Witz, Humor und Ironie, ein vorurteilsloser Menschenbeobachter, vergleichbar französischen Moralisten der frühen Neuzeit.

Die *Liebeskunst* in Ovids späterem Schaffen[25]

Die *Ars amatoria* findet im weiteren Schaffen Ovids erste Spiegelungen: Wie Ovid die gleichen psychologischen Techni-

25 Zur Überlieferung vgl. R. J. Tarrant, in: L. D. Reynolds (Hrsg.), Texts and Transmission, Oxford 1983, S. 257–286. – Zum Fort-

ken wie in der *Ars* verwendet, um das entgegengesetzte Ziel zu erreichen, zeigen die – hier nicht näher zu betrachtenden und im Ganzen etwas weniger amüsanten – *Heilmittel gegen die Liebe* (dazu S. 242).

In den *Heroidenbriefen* scheinen z. B. Paris und Acontius die *Liebeskunst* studiert zu haben. Die *Metamorphosen* erweitern und vertiefen die Liebesauffassung und stellen elegischen Erzählungen der *Ars* stärker episch orientierte Fassungen gegenüber. In der *Exilpoesie* geht es nicht selten um die *Liebeskunst* als einen der Gründe von Ovids Verbannung.

Ovid bei der Nachwelt

Früh regt sich Kritik: Ovid verstehe nicht, rechtzeitig aufzuhören (Sen. *contr.* 9,5,17), und er hätte mehr leisten können, wenn er sein *ingenium* beherrscht hätte, statt ihm nachzugeben (Quint. *inst.* 10,1,98). Trotzdem ist er schon zu Lebzeiten der meistgelesene Autor. Pompejanische Wandinschriften bezeu-

wirken vgl.: M. v. Albrecht, *Rom: Spiegel Europas*, Heidelberg 1968, passim; I. Glier, *Artes amandi. Untersuchungen zu Geschichte, Überlieferung und Typologie der deutschen Minnereden*, München 1971; C. Martindale, *Ovid Renewed. Ovidian Influences on Literature and Art from the Middle Ages to the Twentieth Century*, Cambridge 1988; G. May, *D'Ovide à Racine*, Paris 1949; F. Munari, *Ovid im Mittelalter*, Zürich 1960; *Ovide en France dans la Renaissance*, Vorwort von H. Lamarque und G. Soubeille, Toulouse 1981; E. K. Rand, *Ovid and his Influence*, Boston 1925, Nachdr. 1963; K. Stackmann, »Ovid im deutschen Mittelalter«, in: *Arcadia* 1 (1966) S. 231–254; W. Stroh, *Ovid im Urteil der Nachwelt*, Darmstadt 1969; S. Viarre, *La survie d'Ovide dans la littérature scientifique des XIIe et XIIIe siècles*, Poitiers 1966; L. P. Wilkinson, *Ovid Recalled*, Cambridge 1955, S. 366–444.

gen Ovids Popularität im 1. Jh. n. Chr. Seneca der Ältere (*contr.* 3,7) bemerkt mit Recht, Ovid habe die Welt nicht nur mit Liebeskünsten, sondern auch mit geflügelten Worten für Liebende erfüllt. Besonders die *Amores* sind in dieser Beziehung eine Fundgrube. Sein literarischer Einfluss auf Spätere – Seneca, Lucan, Statius, Iuvenal, Apuleius, Claudian – ist beträchtlich. Aus seniler Perspektive erneuert Maximian die Liebeselegie in der Spätantike; dies gilt nicht nur für das hier einschlägige Impotenzmotiv, das wir aus den *Amores* kennen. Ovids Liebesdichtungen stehen Pate bei der Entwicklung der ritterlichen Liebe im Mittelalter, besonders der *aetas Ovidiana*; sie beeinflussen auch die rhythmische Vagantenpoesie. Das ›Tagelied‹ ist eine Gattung, die sich im Mittelalter, vielleicht unter dem Einfluss von Ovids *Amores* (1,13), entwickelt hat. Das (vermutlich unechte) Traumgedicht (3,5) ist im Mittelalter sehr beliebt, sagen doch Allegorien dem damaligen Publikum besonders zu. Ovid gilt jahrhundertelang als *Venus' clerk Ovyde*[26], *maître du cœur* und *sweet witty soul*[27]. Noch Dante (gest. 1321) stellt Ovid mit Selbstverständlichkeit neben die Größten: Homer, Horaz, Vergil.

Man liest ihn nicht nur aus ästhetischem, sondern auch aus naturwissenschaftlichem Interesse – eine heute weniger beachtete Linie seines Fortwirkens, die von Lucan bis in die wissenschaftliche Literatur des 12. und 13. Jahrhunderts, ja bis in die Romantik reicht. Noch 1970 verwendet K. Penderecki in seiner *Kosmogonia* für Soli, Chor und Orchester Ovidtexte.

Die Liebesdichtungen stehen Pate bei der Entwicklung der ritterlichen Liebe im Mittelalter; vielleicht ist der Typus des »Tagelieds« aus *am.* 1,13 hergeleitet. Eine *Aetas Ovidiana* be-

26 L. P. Wilkinson, *Ovid Recalled*, Cambridge 1955, S. 366–398 [zum Mittelalter].

27 Ebd., S. 399–438 [zur Renaissance].

ginnt gegen Ende des 11. Jahrhunderts. Hildebert von Lavardin (gest. 1133) und Balderich von Bourgueil (gest. 1130) schreiben Verse in der Nachfolge Ovids. Beliebt sind ›Komödien‹, die sich stofflich und metrisch zum Teil Ovid anschließen. Auch die rhythmische Vagantenpoesie – man denke an den Archipoeta – orientiert sich an unserem Dichter. Goliardische Strophen münden oft in ein Ovidzitat. Volkslegenden ranken sich um den ›Magier‹ und gar ›Bischof‹ Ovid. In vielen Florilegien und sogar im *Speculum mundi* von Vinzenz von Beauvais (gest. 1264) ist er der meistzitierte Autor. Der *Roman de la rose* (13. Jh.) ist mit Ovidreminiszenzen gespickt. Ovid ist im 11. bis 13. Jahrhundert einer der wichtigsten Schulautoren; man schreibt didaktische Einführungen, auch zur *Liebeskunst*, die man bald ernsthaft als Lehrbuch studiert, bald herb kritisiert. Um 1160 wird dieses Werk von Chrestien de Troyes übersetzt; die erhaltenen französischen Nachbildungen beginnen mit Maître Elie. Erst recht nimmt man die *Remedia amoris* medizinisch ernst – noch Luther wird sie als junger Mönch ohne Erfolg erproben. Getrennte Liebende berufen sich schon seit Abaelard (gest. 1142) und Héloïse auf den Dichter, der das Getrenntsein zum Thema zahlreicher Gedichte erhoben hat.

So mancher eifrige Ovidleser stellt in reiferen Jahren sein Christentum unter Beweis, indem er den Erotiker nachträglich verdammt oder seinen Dichtungen einen tieferen moralischen Sinn unterlegt. Im frühen 14. Jahrhundert entsteht in Frankreich der anonyme *Ovide moralisé*; man verfasst zu Ovid *Allegoriae* und *Moralia*; Petrarcas Freund Pierre Berçuire (Berçoire, Berchorius, gest. 1362) bezieht Ovid in das letzte Buch seines *Reductorium morale* ein. Diese für uns heute befremdlichen Werke tragen in ihrer Zeit theoretisch zur Rechtfertigung von Poesie und Mythos bei und dämmen in der pädagogischen Praxis kulturfeindliche Tendenzen ein.

Aus der frühen Renaissance ist neben Boccaccio (gest. 1375)

auch Petrarca (gest. 1374) als Liebhaber Ovids zu nennen – wegen des Gleichklangs *laurus* – *Laura* hat es ihm besonders die Daphne-Geschichte angetan; sein *Trionfo d'amore* ist von *am.* 1,2 angeregt. Später verurteilt er die *Liebeskunst*. Chaucer (gest. 1400) ist – vor allem in seinen früheren Werken – ein Ovidianissimus. Du Bellay (gest. 1560) fühlt sich als der ›französische Ovid‹ und folgt in seinen *Regrets* dem Dichter der *Tristia* nach. Mit dem Humanismus nimmt auch die Gattung des *Heroidenbriefs* einen neuen Aufschwung[28]. Spenser (gest. 1599) lehnt sich z. B. in allegorischen Ortsbeschreibungen an Ovid an (*Faerie Queene* 1,1,8 f.). Lebensweisheiten unseres Dichters zitiert Michel de Montaigne (gest. 1592) häufig.

Die *Amores* und die *Liebeskunst* bestimmen das Bild der Liebe in der europäischen Literatur lange Zeit mit. Noch die Überwindung der traditionellen Liebesdichtung in Goethes Lyrik ist vielfältig mit Ovid verknüpft. Das gilt nicht nur von den *Römischen Elegien*, sondern sogar von seiner scheinbar so spontanen Liebeslyrik: »Und Zärtlichkeit für mich, ihr Götter!, / Ich hofft' es, ich verdient' es nicht« (vgl. Ovid, *am.* 2,19,17 f.: *Quas mihi blanditias, quam dulcia verba parabat! / oscula, di magni, qualia quotque dabat!*).

Ovids von aller Prüderie freier Lobpreis der Diskretion und des Taktes in Liebesdingen hat im Mittelalter wie in der Goethezeit und noch später zahlreiche Leser in seinen Bann gezogen. Was seine spezifisch poetische Leistung betrifft, so hat Lessing in seinem *Laokoon* gerade an einer Kernstelle aus Ovids *Amores* (1,5,19–22) den Unterschied zwischen Malerei und Poesie veranschaulicht: »Malet uns, Dichter, das Wohlge-

28 Außer H. Dörrie, *Der heroische Brief*, Berlin 1968; vgl. noch W. Schubert, »*Quid dolet haec?* Zur Sappho-Gestalt in Ovids *Heroiden* und in Christine Brückners *Ungehaltenen Reden ungehaltener Frauen*«, in: *Antike und Abendland* 31 (1985) S. 76–96.

fallen, die Zuneigung, die Liebe, das Entzücken, welches die Schönheit verursachet, und ihr habt die Schönheit selbst gemalet« [...] »Nicht weil uns Ovid den schönen Körper seiner Lesbia [sic!] Teil vor Teil zeigt, sondern weil er es mit der wollüstigen Trunkenheit tut, nach der unsere Sehnsucht so leicht zu erwecken ist, glauben wir eben des Anblickes zu genießen, den er genoss«. Hier sind es die affektiven, der lebendigen Rede nahestehenden Sprachmittel, die dem Bild Leben verleihen. Ebendort beobachtet Lessing einen weiteren Zug, der auf Ovid in besonderem Maße zutrifft: »Ein anderer Weg, auf welchem die Poesie die Kunst in Schilderung körperlicher Schönheit wiederum einholet, ist dieser, dass sie Schönheit in Reiz verwandelt. Reiz ist Schönheit in Bewegung und eben darum dem Maler weniger bequem als dem Dichter.«[29] Noch ehe Ovid Corinnas Schönheit beschreibt, hat sie uns schon bei ihrem ersten Erscheinen durch ihren königlichen Gang bezaubert (*am.* 1,5,11: »Semiramis«!); in einem späteren Gedicht entzückt das Mädchen den Geliebten noch, während sie auf nackten Füßen enteilt (3,7,82). Die unnachahmliche Leichtigkeit der Bewegung von Ovids Muse hat in unserem Jahrhundert der bedeutende italienische Autor Italo Calvino in einem *Leggerezza* betitelten Kapitel seiner postum herausgegebenen *Lezioni americane* meisterhaft gewürdigt.[30]

Nicht allein die *Metamorphosen* – in denen Ovid die Liebesthematik erweitert und vertieft – befruchten Literatur, bildende Kunst und Musik in einem Umfang, der sich kaum noch überblicken lässt und hier nicht einmal skizziert werden kann.

29 G. E. Lessing, *Laokoon oder über die Gränzen der Malerei und Poesie*, Kap. XXI. Von hier aus versteht man, dass Simone Viarre der Kunst Ovids kinematographische Qualitäten zuschreibt (*L'image et la pensée dans les Métamorphoses d'Ovide*, Paris 1964).

30 Die Kenntnis dieses Textes verdanke ich Corinna Bottiglieri.

Gerade die Größten – Shakespeare, Milton[31], Goethe[32], Puschkin[33] – fühlen sich spontan zu Ovid hingezogen. Goethe und Puschkin setzen sich auch mit der *Liebeskunst* auseinander. Der Held des Versromans *Eugen Onegin* wird als Kenner und Meister der ovidischen Liebeskunst vorgestellt. Der oberflächliche Dandy erteilt dem Mädchen, das ihn liebt, eine trockene Lektion in *remedia amoris*. Als ihn später – zu spät – wahre Liebe ergreift, wird er seinerseits zurückgewiesen. Zwischen dem Augusteer und dem großen russischen Dichter entspinnt sich somit ein kritischer Dialog über das zentrale Thema der *Liebeskunst*: Liebe als Gesellschaftsspiel, das durch rationale Technik verfügbar gemacht werden soll. Puschkins *Eugen Onegin* ist wohl der gewichtigste Beitrag zur Kritik und Ergänzung der Liebesauffassung in Ovids Lehrgedicht.

Das Behagen des Römers an der Kultur (*ars* 3,121–128) hatte schon ein Jahrhundert zuvor Voltaire zu seinem Gedicht *Le mondain* angeregt (1736). Wenn im 20. Jahrhundert Ezra Pound überraschend die Schriften des Konfuzius und Ovid für die einzigen sicheren Führer auf dem Gebiet der Religion hält,[34] so

31 Zu Shakespeare und Milton: L. P. Wilkinson, *Ovid Recalled*, Cambridge 1955, S. 410–438.

32 Gegen Herder, der Ovid am Maßstab des Natürlichen und Nationalen misst, verteidigt Goethe Ovids Dichtertum (»was ein vorzügliches Individuum hervorbringe, sei doch auch Natur«, *Dichtung und Wahrheit* 2,10; W. A. 1,27, S. 319 f.). Dieses Argument Goethes lässt sich übrigens heute gegen die Behauptung anführen, Ovids elegische Frauengestalten seien Ergebnisse einer *womanufacture* (doch richtet sich das unkünstlerische Wortungeheuer ohnehin selbst).

33 M. v. Albrecht, *Rom: Spiegel Europas*, Heidelberg 1988, Tübingen [2]1998, S. 207–278, 433–469, 613–616, 627–632.

34 »Brief an Harriet Monroe, 16. 7. 1922«, zit. bei W. Stroh, *Ovid im Urteil der Nachwelt*, Darmstadt 1969, S. 130.

mag dies mit der undogmatischen Haltung des römischen Dichters zusammenhängen.

Die Faszination, die der Erotiker Ovid auf bildende Künstler ausübt, hält seit Berninis *Daphne* unvermindert an: Besonders um die Wende vom 19. zum 20. Jahrhundert entdeckt man gleichzeitig zwei ovidische Themen, die letztlich eng zusammengehören: Eros und Verwandlung. Rodin, dessen Kunst an den Grenzen von Raum und Zeit rüttelt, zeigt sich nicht nur in der erotischen Gestaltung ovidischer Themen als ein Geistesverwandter unseres Dichters,[35] Maillol und Picasso illustrieren die *Liebeskunst*, Dalì malt und dichtet einen *Narcissus*. Genannt seien auch Manfred Henningers *Mythen um Orpheus*[36] und Hermann Finsterlins erotische Miniaturen[37]. Von Tag zu Tag entstehen neue Bilder zu Ovid.

Ovid, *poetarum ingeniosissimus* (Seneca, *Naturales quaestiones* 3,27,13), bereitet – allein schon durch den *ingenium*-Gedanken seiner Liebeselegien den modernen Genie-Begriff vor. Der verbannte Dichter selbst wird – besonders seit der Romantik[38] – zu einem quasi mythischen Identifikationsmodell für Autoren, die sich von ihrer Gesellschaft isoliert fühlen. Russlands größter Dichter, Alexander Puschkin, der sich als Verbannter mit Ovid solidarisch fühlt (doch dessen Verban-

35 M. v. A., *Rom: Spiegel Europas*, Heidelberg 1988, Tübingen ²1998, S. 517–568.

36 *Ovid, Metamorphosen. Buch 10. Mythen um Orpheus*, übers. von E. Zinn, ill. von M. Henninger, mit einer Einleitung von K. Kerényi, Heidenheim 1969.

37 *Verwandlungen des Zeus. Erotische Miniaturen*, Stuttgart 1970. Vgl. auch Mac Zimmermann, *Daphne und Apoll*, s. Mac Zimmermann, *Ölbilder, Zeichnungen, Graphik*, Katalog zur Ausstellung im Kulturhaus, Wiesloch 1980.

38 M. v. A., *Rom: Spiegel Europas*, Heidelberg 1988, Tübingen ²1998, S. 433–469.

nungsort im Vergleich mit Russland lieblich findet), übt in seinem großen Versroman *Eugen Onegin* die wohl fundierteste Kritik an Ovids *Liebeskunst*.[39] Das breite Fortwirken, das die Grenzen der Künste zu sprengen scheint, entspricht der Eigenart der Phantasie Ovids, die musikalische Bewegtheit mit plastischer Anschaulichkeit verbindet.

Zur Übersetzung

Übersetzungen sind und bleiben immer problematisch. Sie tun zwei Sprachen Gewalt an, metrische Übersetzungen außerdem noch dem antiken Versmaß, sofern es sich nicht um Meister wie Hölderlin, Voß oder Hertzberg handelt, deren feines Gehör freilich im Maschinenzeitalter auszusterben scheint. Und selbst korrekte deutsche Distichen sind als solche immer noch keine Poesie, denn wer von uns Übersetzern ist schon ein Dichter? Die in anderen europäischen Ländern längst übliche Prosaform schaltet wenigstens einige Quellen des Unbehagens aus: Dem Leser bleibt der Umweg über ein antikisierendes Metrum erspart, der Text wird vom Podest des Klassizismus herabgeholt. Auch der lebensnahe, alltägliche Stoff und Ovids rhetorischer Denkstil legen die Prosaform nahe. Eine prosaische Wiedergabe bietet vielleicht die gleichen Chancen wie eine Schwarz-Weiß-Photographie: Konturen treten schärfer hervor. Ohne durch Übermalung abgelenkt zu sein, mag man dem Gegenstand neue Seiten abgewinnen: Es gibt nicht nur

39 M. v. A., »De recentioris aetatis poetis Torquato Tasso, Wolfgango Goethe, Alexandro Puschkin Artis amatoriae Ovidianae imitatoribus atque censoribus«, in: M. v. A., *Scripta Latina*, Frankfurt 1989, S. 71–89.

den etwas geschwätzigen Ovid unserer Handbücher, sondern auch den herben, nüchternen, lakonischen.

Der Versuch einer modernen Prosaübersetzung scheint daher eine lohnende Aufgabe zu sein; doch stellt er immer noch ein Wagnis dar. Prosaübersetzungen antiker Dichter haben sich bei uns noch nicht so selbstverständlich eingebürgert wie in anderen Ländern und auch noch keinen eigenen Gattungsstil entwickelt. Dabei könnten sie sich schon auf Heinrich Heines Autorität berufen, der in kritischer Auseinandersetzung mit August Wilhelm von Schlegels Shakespeare eine Lanze für Prosaübertragungen gebrochen hat: »Nur in den Stellen, wo der ganze Genius von Shakespeare hervortritt, wo seine höchsten Offenbarungen laut werden, da streift er auch jene traditionelle Theatersprache von sich ab, und zeigt sich in einer erhaben schönen Nacktheit, in einer Einfachheit, die mit der ungeschminkten Natur wetteifert und uns mit den süßesten Schauern erfüllt. Ja, wo solche Stellen, da bekundet Shakespeare auch in der Sprache eine bestimmte Eigentümlichkeit, die aber der metrische Übersetzer, der mit gebundenen Wortfüßen dem Gedanken nachhinkt, nimmermehr getreu abspiegeln kann. Bei dem metrischen Übersetzer verlieren sich diese außerordentlichen Stellen in dem gewöhnlichen Gleise der Theatersprache, und auch Herr Schlegel kann diesem Schicksal nicht entgehen. Wozu aber die Mühe des metrischen Übersetzens, wenn eben das Beste des Dichters dadurch verlorengeht, und nur das Tadelhafte wiedergegeben wird? Eine Übersetzung in Prosa, welche die prunklose, schlichte, naturähnliche Keuschheit gewisser Stellen leichter reproduziert, verdient daher gewiss den Vorzug vor der metrischen.«[40] Es ist beherzi-

40 »Shakespeares Mädchen und Frauen«, in: Heinrich Heine, *Werke*, Band 2, hrsg. von Wolfgang Preisendanz, Frankfurt a. M. 1968, S. 737 f.

genswert, wenn ein großer Dichter uns philologischen Übersetzern die einfache Wahrheit ins Gedächtnis zurückruft, dass es für unsereinen immer noch ein weniger utopisches Ziel ist, ordentliche Prosa zu schreiben als gute Verse. Mittelmäßige Verse aber (die wir bestenfalls zuwege bringen) sind – nach Horazens Urteil – eines der Dinge, die es nicht geben sollte.

Indessen bedeutet die Prosaform nur scheinbar eine Erleichterung für den Übersetzer. Zwar darf er auf metrisch bedingte Füllwörter verzichten und kann somit hoffen, dem Lakonismus des Originals näherzukommen, doch ist dafür der Prosastil ungleich empfindlicher gegen unidiomatische Phrasen und verdrehte Wortstellung. Mit dem Metrum verliert der Übersetzer eine Krücke, die seiner Schwachheit aufhilft. Da ist kein Firnis, der Eleganz und Glätte vortäuscht, da gibt es keine Entschuldigung mehr für steife, gekünstelte oder undeutsche Ausdrücke. Der Verzicht auf poetische Lizenzen macht die Verschiedenheit der lateinischen und deutschen Syntax doppelt spürbar. Schwerfällig hinkt die Prosa mit ihrem unausrottbaren Bedürfnis nach Zusammenhang und Logik hinter dem poetischen Gedankenflug her. Mit der Auflösung der Form droht das eigentliche Signum der römischen Poesie, die Wortarchitektur, verlorenzugehen. Zudem kennt die deutsche Literatur, wie erwähnt, kaum eine Stiltradition der Prosaübersetzung. Kurz: Beim Verdeutschen lateinischer Verse ist es paradoxerweise schwerer, gute Prosa zu schreiben als Distichen in der vossischen Tradition.

Auch lässt sich das lobenswerte Prinzip der Buchstabentreue, das in Friedrich Schleiermachers Platon und Wolfgang Schadewaldts Homer überzeugende Früchte gezeitigt hat, nicht ohne weiteres auf Übersetzungen aus dem Lateinischen übertragen, das nach Wortschatz, Satzbau und Wortstellung dem Deutschen noch ferner steht als das Griechische. Zudem darf der Dolmetscher eines Weltmanns wie Ovid viel weniger vom geläufigen deutschen Sprachgebrauch abweichen, als dies bei einem archaischen Dichter wie Homer oder einem Philosophen wie Platon vertretbar sein mag. Mehr noch: Der Verzicht auf das Metrum birgt zwei neue Gefahren in sich: hier ausufernde Formlosigkeit, dort stockende Kurzatmigkeit. Der Schreibart Ovids ist aber trotz ihres Kunstcharakters ein ungezwungener, geradezu natürlich anmutender Fluss eigen. Die Wirkung einer Prosaübersetzung hängt somit entscheidend davon ab, ob es ihr ohne die Krücke des Versmaßes gelingt, eine Vorstellung von der gleichsam spielerischen Leichtigkeit des Originals zu vermitteln. Der vorliegende Versuch ist dazu bestimmt, laut gelesen zu werden; möge er den Hörer möglichst selten an die Mühen des Übersetzers erinnern.

Inhalt